狄仁杰之夺命幽谷

轩胖儿 著

辽宁人民出版社

© 轩胖儿　2023

图书在版编目（CIP）数据

狄仁杰之夺命幽谷/轩胖儿著．—沈阳：辽宁人民出版社，2023.1
　（狄仁杰地支传奇系列）
　ISBN 978-7-205-10541-9

　Ⅰ.①狄… Ⅱ.①轩… Ⅲ.①推理小说—中国—当代 Ⅳ.① I247.5

中国版本图书馆 CIP 数据核字（2022）第 152956 号

出版发行：辽宁人民出版社
　　　　　地　址：沈阳市和平区十一纬路 25 号　邮编：110003
　　　　　电　话：024-23284191（发行部）　024-23284304（办公室）
　　　　　http://www.lnpph.com.cn
印　　刷：北京长宁印刷有限公司天津分公司
幅面尺寸：170mm×240mm
印　　张：16.25
字　　数：200 千字
出版时间：2023 年 1 月第 1 版
印刷时间：2023 年 1 月第 1 次印刷
责任编辑：赵维宁　段　琼
封面设计：乐　翁
版式设计：一诺设计
责任校对：吴艳杰
书　　号：ISBN 978-7-205-10541-9
定　　价：49.80 元

目录

第一章　夺命幽谷 / 001

第二章　飞虹行动 / 011

第三章　地狱之旅 / 018

第四章　鏖战 / 024

第五章　活着 / 029

第六章　马匪 / 035

第七章　简单计划 / 043

第八章　局中局 / 051

第九章　四面楚歌 / 058

第十章　舍命相救 / 065

第十一章　双胞胎 / 073

第十二章　离奇死亡 / 080

第十三章　少年神探 / 087

第十四章　奇怪的石头 / 095

第十五章　大难不死 / 100

第十六章　神仙谷 / 110

第十七章　鬼打墙 / 117

第十八章　地下城 / 124

第十九章　再遇敌手 / 130

第二十章　第二块石头 / 136

第二十一章　意料之外 / 145

第二十二章　奇迹 / 152

第二十三章　霍老三的困惑 / 159

第二十四章　祸不单行 / 165

第二十五章　弃暗投明 / 172

第二十六章　新飞虹小队 / 179

第二十七章　大战在即 / 186

第二十八章　熟人 / 193

第二十九章　意外收获 / 200

第三十章　更大的阴谋 / 207

第三十一章　田忌之法 / 214

第三十二章　幽魂函 / 219

第三十三章　投诚 / 224

第三十四章　泥石流 / 230

第三十五章　正面恐惧 / 241

第三十六章　尾声 / 247

第一章　夺命幽谷

措温布是青海湖的藏语名字，是中华大地最大的咸水湖，湖边是大面积的青青绿草，当第一缕太阳光飞出地平线时，静谧的湖水由黑色渐渐地变成深蓝色，又渐渐地变成碧蓝色。

湖水居然可以这么蓝，仿佛一块镶嵌在大地上的蓝宝石，除了蓝色，还可以看到它的纯，纯纯的蓝色令人想起当年纯洁如雪的邻家女孩儿，始终藏在心头。

一只赤狐突然从暗处奔出打破了宁静，受到惊吓的棕头鸥立刻飞起，惊慌失措地飞远。

远处的两座山脉之间夹着一座山谷，山谷常年被阴云和迷雾笼罩，与外界有一条明显的界限，只要生灵踏入界限，便会遭到天雷袭击。据当地的村民说，风吹开迷雾时，可以看到山谷中满是动物和人类的骸骨，因此称之为幽魂凼，也有人称为夺命幽谷。

一只迷失方向的棕头鸥飞进幽魂凼的浓雾中，随即一条闪电从天而降，转瞬之间，轰隆隆的雷声才传了出来。

"听，这就是雷公的怒吼声！"一名身穿青色长袍的男导游站在众游人面前卖力地介绍着。

幽魂凼入口是一大片平整的草地，草地的尽头是一条大峡谷，也是通往鄱州和冷泉的官道的一部分。穿着华丽的游人站在草地上，有男有女、有老有少，有的穿汉服，有的穿胡服。听到轰隆隆的雷声，他们惊讶不已，伸着脖子向幽魂凼里面看去。

"这就是传说中的幽魂凼！"导游又接着说道，"据说，原本的山谷里长满了奇花异草，有延年益寿的功用，这样一来，就扰乱了地府的轮回，于是玉皇大帝派雷公降下天雷诅咒，毁灭了仙草，让神仙谷变成了生灵勿进的死亡禁区。"

曾经的山谷温暖湿润，长满了奇花异草，大量的飞禽走兽在其中悠哉乐哉，是方圆千里内采药人最为理想的采药地点，其中产出的草药药效极佳，还有很多世间罕见的品种，被人们称为神仙谷。不知是哪一天，神仙谷突然涌出大量浓雾，将整个山谷笼罩其中，上空乌云密布，无数道雷电从天而降，把生机勃勃的神仙谷变成寸草不生的死寂之地。

"不就是一片雾嘛，没什么稀罕的，我老家有好几处这样的地方。四面环山，外面的风雨进不来，加上有地下河经过，有雾是很正常的事儿。雷声应该是用大鼓和铜钹仿造出来的吧，可不怎么像呦！旅游景点不咋样，你还推荐了一大堆包治百病的大力丸和低劣的首饰，明明就是黑导游，坑我们外地人的钱！"一名有异域风情长相的男游客不屑一顾地说着。

幽魂凼远近闻名，外地人蜂拥而至，要一睹其风采。于是当地人便动了心思，有些人故意在去往幽魂凼的路上设置一些障碍来收费。有些人摇身一变，由从前的二流子变成了能说会道的导游。还有些人不知从哪里弄来一些手工作品，联合导游推荐给游客。

总之，游客们就是一个移动的银库，要想尽办法不断地从其中提取银子，不能放过任何一个机会。

游客都是冲着幽魂凼来的，却白白地在其他项目上多耗费了很多银两，最后才来到幽魂凼。在这个交通并不发达的时代，能够腾出时间旅游，非富即贵，这些人的确有钱，却不傻，但强龙不压地头蛇，面对各种压榨，只好忍着。

正所谓墙倒众人推，见有人终于敢说出实情，游客心中积攒已久的愤怒终于爆发，纷纷加入谴责导游的行列中。

导游被挤对得有些心急，却依仗着是当地人的优势，涨红着脸、歪着脖子转移话题道："谁要是不信，可以踏过这条死亡线试试，看看我说的是不是真的！"

话题转移法果然奏效，游客渐渐地没了声音，你看看我，我看看你。

其中一人被导游激起了倔劲儿，说道："试试就试试，你吓唬谁呀？要是没事儿怎么办？"

"怎么办都行，但有一条，要是被雷劈死了，棺材钱可得自己来出。"

挤对导游最多就是和他闹翻，大不了离开冷泉，天下之大，还愁没地方玩？踏过那条死亡线，万一真的存在雷神诅咒一说，代价就是白白搭上一条性命。想到代价问题，人们犹豫起来。

"哎呀，这里哪来的乞丐，浑身脏兮兮、臭烘烘的，快滚开！"人群中站在靠后位置的一名身穿华服的妇女喊着。

众人听到妇女的叫声后纷纷扭头看了过来。

被称为乞丐的男子衣衫褴褛，胡子很长，手臂和脸部、脖子等露出来的部分脏得看不出肤色，整个人瘦得如皮包骷髅一般，但双眼炯炯有神，气质极为高贵。

乞丐的到来打破了导游和游客之间的僵局，人们的注意力纷纷转移到这个可怜的乞丐身上。

导游被游客挤对，心中恼怒不敢发泄，见来人一副乞丐模样，怒火终于有了出口，他绷着脸向乞丐骂道："要饭的滚远点，别碍着大爷的生意。"

乞丐看了看导游，并未理会他的咒骂，反而走向死亡线，同时向幽魂凶深处望着。幽魂凶中的雾气很浓，只能看到距离死亡线不到一步的位置。幽魂凶常年遭到雷击，草木皆化为灰烬，而死亡线之外却绿意葱葱、生机盎然，以死亡线为界限，里面和外面是死与生的两个世界，泾渭分明。

"我让你滚开你没听见是吧？"导游长得人高马大，满脸痞气，见乞丐不理会他，有些恼羞成怒，拨开人群走向乞丐。

众游客见导游发了火，都不愿意多管闲事，纷纷让开。导游使劲儿推了一把乞丐，按照两人体型的差距，乞丐肯定要被推进死亡线中，被天雷劈死。没想到乞丐居然纹丝未动，他转过身来，面对着比他高上一头的导游竟然没有一丝畏惧之色。

"你想干什么？"导游有些色厉内荏，冲着人群中的两个人使了使眼色。

另外两人和导游是一伙儿的，是当地的地痞流氓，一般都隐藏在游客中充当奸细，诱导着游客进行非理性消费，一旦导游和游人发生争执时，他们也会出面，以极其蛮横的方式来解决问题，大部分的游客不愿意和他们硬碰硬，选择破财消灾。就算有人闹到官府，当地的捕头、捕快也早已被导游们收买，最终会以和稀泥的形式不了了之。

三人将乞丐围在中间，撸胳膊、挽袖子，看样子是准备要动手教训乞丐一番。

导游三人膀大腰圆，看架势应该是练家子，不知道这一顿老拳会不会将乞丐打死。人类喜欢崇拜强者，鲜有同情弱者的，更何况是一个没名没姓的乞丐。游客中没人出来阻止，生怕导游的怒火会迁到他们身上，更怕乞丐的血会溅到自己身上，于是纷纷向后退，让出了一大块空地。

人性的冷漠在此刻体现得淋漓尽致！

孩子是天真的，并未受到人性影响太多。两个小男孩和他们所养的大黄狗玩得正欢，大一点儿的小男孩儿朝远处扔了一个藤球，大黄狗撒欢似的冲了过去，令人意想不到的是，藤球居然鬼使神差地滚过了幽魂凼的那条死亡线，向深处滚了过去。

"大黄，快回来！"

两个小男孩儿边喊着边朝大黄追了过去，等大人们反应过来时，他们已经跑到了大雾的边缘，眼看着就要冲进幽魂凼中，只见他们身上的毛发根根竖起，刺痛感让两人不由自主地叫唤起来。上空的乌云之间隐隐迸发出电光，眼见着电光越聚越大。

父母之爱是伟大的，为了孩子可以不计较任何代价，哪怕是生命。

"快救人！"小孩子的父亲第一个冲向他们，他的速度很慢，无论如何都来不及在闪电落下来之前将孩子救出来。

就在众人愣神之际，乞丐身形一闪，闪电般冲向两名小孩，同时人群中的一名女子也飞速地跨过死亡线，他们各自抱起一个小孩儿又飞奔出来。大黄狗却没那么幸运了，当它感到危险临近时，转身欲向外奔跑，却无论如何都赶不上闪电的速度。

"轰！"

大黄狗甚至来不及惨叫，便被雷电击中，倒在地上一动不动，一股皮毛烧焦的味道随即传了出来！孩子的父母把孩子拉到一旁查看，两个孩子缓过神来，吓得哇哇大哭。

幽魂凶的传说居然是真的，生灵勿进、死亡禁地！而那条死亡线也是真的，只要不在死亡线以内，便不会遭受雷击。

事不关己，高高挂起，其他游客并未受到太大的影响，反而兴高采烈地讨论起来。孩子的父母显然是嫌弃众人的冷漠，不满地嘟囔着，抱着孩子转身离开了幽魂凶。

乞丐抬起头看向对面的女子，抱拳冲着对方拱了拱手，正要离开，他的眼神突然凌厉起来，身形晃动几下居然比刚才救人时还要快，他从腰间抽出一把匕首，逼在女子的脖子上，爆发出极强的杀意："真的是你！"

众人被突如其来的一幕惊呆了，刚才还做好事的乞丐突然变成了凶徒，导游和两名地痞本来还想找乞丐算账，见他如此疯狂的模样，哪里还敢上前。

"你不可能还活着！如果不能给我一个合理的解释，我让你血溅当场！"乞丐恶狠狠地说着，手上的匕首已经割破了女子的皮肤，鲜血顺着雪白的脖子流了下来。

人们见乞丐身手不凡，说话间爆发出极强的杀意，吓得一哄而散，站得远远地看着。

年轻女子可怜楚楚地望着乞丐，眼泪在眼圈中不停地打转，小声哀求道："我知道你怀疑我，但我真的不是奸细，绝对不是我泄露了任务信息。"

乞丐正是狄仁杰，但没人知道他究竟经历了什么，让他从一名朝廷命官变成衣衫褴褛的乞丐，还出现在距神都洛阳千里之外的边陲小镇。

"行动失败了，除了你，其余队员都死了，这件事绝不是你一句话就能解释的。"狄仁杰的双眼爆发出凶光，握着匕首的手臂青筋暴起，看样子是准备对女子下杀手。

"事情不是你想象的那样，我可以告诉你我的一切……"年轻女子苦苦哀求着，眼泪稀里哗啦地流了下来。

狄仁杰的手颤抖着，双眼不住地左右摆动，显然是在进行着激烈的心理斗争，过了好一阵，他慢慢地把匕首撤了回来，整个人仿佛被抽掉了魂魄一般，无力地挥了挥手："我没法相信你，不过，我也下不了手。你走吧，不要让我再看到你。"

女子犹豫了好一阵，眼神才逐渐坚定起来："既然你不信我，那我活着也没什么意思！"

狄仁杰叹了一口气，把脸撇到一旁，不再理会女子，显然他对女子失望至极，甚至连一句话都不想再说。女子见狄仁杰久久都没有回应，绝望地朝着幽魂凼中走去。

"你要做什么？"当狄仁杰拉住女子的时候，她的脚已经接近那条死亡线，可以清晰地看到她的秀发和脸上的汗毛都竖了起来，要是慢上半分，怕是就要遭到天雷的洗礼了。

女子并未作声，只是小声地哭泣着。

"一个大男人，居然欺负一名弱小女子，成什么体统！"

"要不是看你刚才救了人，我现在就一拳打死你。"

"不要觉得你拿把破匕首就了不起，老子的长刀也不是吃素的。"

女人的眼泪和退让的态度博得了众人的同情，矛头纷纷指向狄仁杰。众游客见狄仁杰不作声，骂得更加来劲儿，甚至有人还捡起石头准备砸他！

"也许我们应该换一个地方说话。"狄仁杰无奈地瞥了众人一眼，一声长叹，思绪回到了半个月之前。

……

公元694年，这是由李唐社稷变成大周王朝的第四个年头，经历了无数风雨考验的武则天站在辉煌壮丽的万象神宫中，她并未像以往那样意气风发，反而望着金光灿灿的龙椅和上方"万象神宫"的金色牌匾发愣，拿着一封涂着火漆的信件的手微微颤抖着。

政权稳定后，能让武则天有如此情绪的事件并不多，上一次把她气到手抖的还是越王李贞的叛乱。

站在下方的宰相娄师德和武承嗣偷偷互看了一眼，彼此的眼神中流露出既依赖又厌烦的眼神，最终两人还是礼貌性地微微一笑，随即收起笑脸低下头，不再看对方一眼。

"吐蕃和西突厥在冷泉汇集了三十万军队，欲对我大周动武，却迟迟未发兵进攻，你们觉得该如何应对？"武则天打破了沉默，转过身来，向二人问道。

武承嗣眼珠一转，得意地瞥了默不作声的娄师德一眼，立刻说道："回禀陛下，臣认为应该立刻调集拱卫西京长安的百万军队，将他们剿灭以绝后患！"

在武承嗣的眼里，拱卫西京长安的百万军队是万能的，他们既能平息大周内部叛乱，又可抵挡西北部地区游牧民族的入侵。但驻守长安的军队控制权掌握在关陇贵族手中，他们大多都是李唐的强力拥护者，哪是武则天想调动就能调动的！

武则天哼了一声，说道："自打朕即位以来，打的仗还少吗？打仗、征税、征兵，男丁都去打仗了，谁来种地？国库亏空、民不聊生，更何况周边的这几个国家都是游牧，如草原上的野草一般，打也打不完，烧也烧不尽……不战而屈人之兵才是王道啊。"

武承嗣察言观色的本领很强，看武则天的神色想必是早就有了主意，所谓的问题其实只是虚问一句罢了，于是说道："那些蛮人迟迟不敢进攻，定是畏惧陛下威名！"

听到恭维的话，武则天并未像以往一样高兴，反而深思了好一阵，才看向一直未说话的娄师德，把手上的密信递给他："好啦，少说一些恭维的话，多为我大周做一点儿实事。你们先看看这则情报！"

娄师德还未来得及上前，却见武承嗣疾走两步，上前接过信件，急匆匆打开后展开查看。信是内卫府大阁领贾威猛呈给皇帝的密信，内容极为惊人。

情报是潜伏在边境冷泉镇的秘密内卫鹰隼冒死传来的，吐蕃和西突厥屯兵冷泉，却苦于军饷不足，无法购买足够的粮草和军械，因此迟迟未发动进攻。于是默啜可汗便命人从洛阳黑市购买了一份炼制假银锭的配方，由西突厥大将军哈赤儿伪装成西域行商亲自押送到冷泉。配方可把一锭银子炼制成五锭银子，无论质感、重量、体积、色泽等绝无法分辨真伪。

联军一旦获得配方，不但可以拥有大量军饷，指挥大军长驱直下，侵占甚至吞并中原，还能利用假银锭使大周的经济体系崩溃，令物价飞涨、国库亏空、民不聊生。

"陛下，这……"武承嗣眼珠乱转却说不出一句完整的话来。

娄师德见状急忙上前，从武承嗣的手中接过情报看了一阵，原本还轻松的脸色逐渐凝重起来。

"两位爱卿可有什么好办法？"

武承嗣抹了抹额头上的汗，立刻回答道："封锁边境，把哈赤儿揪出来，或者派大军直接拦截哈赤儿，把配方抢回来。"

娄师德微微摇了摇头，却并未说话。

情报是内卫鹰隼从冷泉用信鸽发过来的，再经过内卫府呈报给皇帝武则天时，已是五天之后的事儿了。哈赤儿得到配方后立刻离开洛阳，此时应该已经进入陇右道界内。军队行动不比个人，就算轻装急行军，每天行军二百里也是极限了，怎么可能截住哈赤儿？

至于封锁边境，以大周戍边军队的数量，不可能对绵延数千里的边境完全封锁。

武则天叹了一口气，无奈地看了一眼武承嗣，又把目光移向娄师德。

武则天即位后，为了巩固政权，保证政令畅通，提拔了很多武氏亲属，梁王武三思和魏王武承嗣官拜宰相，但这两人把仅有的一点点智慧用作争权夺势，无心朝政，以至于在内忧外患之际，无法为武则天分忧解难。

截击哈赤儿的问题看似简单，真正操作起来却很难，武承嗣未经过思考，顺嘴说出来的主意，绝不是武则天想听到的。

娄师德有些为难，要是他不能出良策，会令武则天恼怒。要是出了良策，定会得罪无能的武承嗣，弄不好还会被他反咬一口。武则天身为人皇，对娄师德的性格了如指掌，便笑着冲武承嗣说道："承嗣，你劳累一天了，就先回府上休息吧！"

早朝刚刚结束，哪里是"劳累了一天"，武承嗣知道武则天是在赶他走，心中不服却不敢违抗圣意，只得张了几下嘴，暗自叹了一口气，使劲儿白了娄师德一眼，朝武则天施礼后退去。

"宗仁，万象神宫中只有你我君臣二人，有话可以直说了吧。"娄师德字宗仁，武则天这样称呼他是为了凸显君臣之间并无芥蒂。

娄师德并未因此而得意，脸上依然是谦恭的笑容："两国联军三十万屯兵冷泉，若只是兵戎相见倒也无妨。自大唐建立以来，经历了多次外族入侵，但他们都以游牧为生，习惯了马背上的生活，攻城容易守城难，因此大多都是掠夺了财物便主动退回到草原。更何况，我大周在陛下的治理下国富民强，坐拥百万军队，此役必胜。只是陛下怜悯百姓，不愿意让他们遭受战火侵害而已。"

武则天听后满意地点了点头。

"这件事影响最大的反而是假银锭配方，正如陛下所料，一旦假银锭被两国制造成功，就会极大地破坏稳定的经济体系，届时，就算异族无入侵之心，大周亦会从内部瓦解。"

武则天虽说没有娄师德分析得这么详细，但大体上也是这样想的，但娄师德把这份分析推理的结果又扣在武则天身上，令她更加满意。

"有道理，爱卿可有对策？"武则天急忙问道。

"臣年事已高，身体又差，无力解决此事，放眼整个朝廷，只有一个人可办！"

武则天立刻明白了娄师德所指，试探着问道："宗仁说的可是狄仁杰？"

娄师德故作惊讶状，鞠躬施礼，拉长声音说道："陛下圣明！"

武则天白了娄师德一眼，心中暗道："这个老狐狸，明明要推举狄仁杰，却还说朕圣明！"但脸上却没有丝毫波澜，沉思一阵后点了点头："准奏，替朕拟旨吧！"

娄师德虽贵为宰相，却是朝中有名的油滑人，这也是他能在佞臣当道的时代得以幸存的主要原因。他眼珠转了转，看了看四周，小声说道："陛下，上官大人不在宫中吗？"

武则天重用了有才华、有心计的上官婉儿，一些不太重要的圣旨基本都由她代劳，娄师德为人圆滑，怎肯抢上官婉儿的风头，平白无故遭人嫉妒。

"宗仁，你哪点都好，就是做事太过圆滑，有违玄成之风。"

李唐老臣魏徵字玄成，是辅佐唐太宗李世民的贤臣，哪怕到了武则天执政的大周，依然崇尚敢于直谏的玄成之风。

娄师德听后并未在意，说道："臣明白，那臣就代劳了。陛下，冷泉处于三个国家的边缘地带，属于三不管地带，马匪、盗贼横行，哈赤儿又是虎师大将军出身,凶横狡猾、武功高强,此次任务极为艰难,陛下可否……"

武则天打断了娄师德的话:"朕什么都不能给他,甚至连身份都不能,他只能以个人名义前往冷泉,一旦出现差池,朕绝不会承认他和大周有任何关联。"

娄师德脸色稍微变了变,随后又恢复之前的笑脸,说道:"臣明白陛下的苦衷,想那吐蕃和西突厥已经屯兵冷泉,一旦狄仁杰以我天朝钦差身份处理此事,怕是会给他们出兵加了一个最大的借口。"

武则天满意地点了点头:"狄卿本领再大也无法独自完成此事,朕的心腹爱将冷无缺由他遣用。另外,此事必须秘密进行才可,朕……给此次行动起个名字,就叫'飞虹行动'吧!"

第二章　飞虹行动

狄仁杰心怀敬意地听完对其有知遇之恩的娄师德的口谕，心中对任务大概有了个了解，打量了站在一旁的内卫副阁领冷无缺，略加思索后说道："除了冷大人之外，下官还需要一些帮手。"

冷无缺年方二十三，相貌虽不比西施倾国倾城，却也极为耐看，内卫的制服也掩饰不住她凹凸有致的身材，浑身上下散发着一股让人难以抵抗的媚意，她冲着狄仁杰笑了笑："以后狄大人叫我无缺就好，冷大人这个称呼听着怪别扭的。"

冷无缺一言一行都媚意十足，以至于娄师德都不敢正眼看她，只得假装低头咳嗽几声，说道："时间紧、任务重，有要求尽管提，我个人能做到的一定做到，不过人手尽量精简。"

狄仁杰曾经位列人臣之极，他听得出来，娄师德的话前半句完全是官话、套话，就算他当了真，提了诸多要求，最终也是无法满足，后半句的"人手精简"才是重点，便说道："此次任务看似简单，但如有丝毫闪失，必定会成为三个国家之间战争的导火线。"

见狄仁杰一语中的，娄师德笑得更加轻松，赞赏地看向他："看来本官推荐你是正确的。"

"大理寺金牌神捕袁客师、白鸽门门主齐灵芷、太医院御医邱不悔、羽林卫飞骑大将军鹰眼老九。"狄仁杰点了几个人。

娄师德听后点点头，夸赞道："狄仁杰果然好眼光，袁客师如他父亲一般，精通奇门异术，轻功无双，白鸽门门主齐灵芷消息极为灵通，武功又传承了江湖奇人青玄师太，位列江湖超一流高手之列，这自不必多说。邱不悔的医术可以说是太医院的第一把交椅，若是行动中有些伤病，只要有他在，可保平安。鹰眼老九箭术无双，加上他有长期戍边的经历，对冷泉一带地形非常熟悉，最适合这次行动了。没问题，没问题，由本官协调吏部和兵部调派给你。"

"最后一人怕是要让你为难了，善金局将作监大匠钟嘉盛。"狄仁杰说道。

钟嘉盛是盗墓出身，对历朝历代精美器具的鉴赏有着极高的造诣，金盆洗手后便追随狄仁杰来到洛阳，建立了嘉盛货栈，造福于天下百姓。

武则天听说钟嘉盛操弄金银的手艺后，便委任他为善金局将作监大匠，负责金银、玉器、织造、刺绣等手工艺品的制造。除了满足皇帝的需求，一些王公大臣也都找他帮忙，制作所需的精美器具、鉴赏古董等，每天忙得不亦乐乎，别说离开神都洛阳到外地执行任务，就连原地休息一天都是奢侈的事儿。

钟嘉盛追随狄仁杰后，等于是已经洗白了身份，凭借着早年积累的财富，原本可以逍遥自在，现在却被俗务缠身。用他的话说，现在他最后悔的事儿就是当了这个官儿。

娄师德咂了咂嘴，并未立刻应承。

他熟知官场的规则，知道狄仁杰口中的为难是什么意思，想调动一个位置非常重要的京官儿，只能皇帝点头才能办到。他对钟嘉盛曾是盗神的过往并不知情，在他眼里，钟嘉盛现在只是一个金银匠，武功不高、智慧普通，想不出他在此次任务中能起到什么作用。

"要完成任务，他可是关键！"狄仁杰语气坚定地说道。

"你才是关键吧。"

狄仁杰摇摇头："哈赤儿武功高强，手下定有能人跟随，想明抢怕是不太可能，巧取才是王道。"

狄仁杰把"偷盗"说成了"巧取"，也算是为钟嘉盛的职业遮了羞。

"那行吧，我再去一趟万象神宫，请陛下开恩。"娄师德见狄仁杰如此坚决，也不再纠结。

"多谢娄大人！"狄仁杰有意无意地用眼角瞄向冷无缺，询问此人为何而来。娄师德会心一笑，随后眼眉挑了挑表示无可奈何。

冷无缺是皇帝亲派的，表面上是帮助狄仁杰完成任务，实则行使的是监视职能，狄仁杰有任何异动，冷无缺都会在任务之后禀报给皇帝。

娄师德智慧极高，怎能看不出来。

狄仁杰也不再纠结冷无缺的事儿，把娄师德拉到一旁，小声问道："陛下有没有赐一些保命的家伙事儿？比如亢龙锏、免死铁券、宝刀宝剑、金丝宝甲之类的？"

娄师德嘿嘿一笑，说道："你想得太多了，陛下一再嘱咐我，什么都没有，甚至连身份都不能给你。如果行动败露，朝廷绝不会承认你们是大周官员。"

狄仁杰深吸了一口气，久久之后才缓缓吐出："冷泉地区是三不管地带，如果没有保命的家伙，岂不是九死一生？"

"你不是带了那么多高手能人嘛，另外，内卫府已经安排冷泉那边的内卫接应了，你们只负责把配方取来，再顺利回到大周境内就安全了，简单得很，又不是和两国联军作战，有啥九死一生？说得那么严重！"

狄仁杰咂了咂嘴："那银子总该有一些吧？"

娄师德耸了耸肩："没有，陛下说了，从朝廷的角度而言，一个铜钱都不能给，还说你能解决这些问题。不过，我友情提示你一下……"说到这里，娄师德偷偷瞄了瞄冷无缺，见她并未关注二人之间的谈话，便小声地说道，"这个任务你可以不接。"

娄师德深知狄仁杰的性格，遇到这等关乎国家生死存亡的大事，他不可能坐视不理。

果然，狄仁杰挥了挥手做以否定："陛下真是好算盘……那能不能多给我几天准备一下？"

娄师德收起笑脸，干净利落地拒绝道："不行，今天就得出发。否则，一旦哈赤儿回到冷泉，配方到了联军手里，就不可能再有机会了。还有，到目前为止，只有陛下、冷大人、你和我知晓，记住，此次行动事关三个国家的和平，需要高度保密，一旦泄露消息，后果不堪设想。"

狄仁杰重重地点了点头："下官明白！"

"陛下亲自为此次行动起了个名字，叫飞虻行动。"

虻善于远距离飞行，吸食牲畜或人类的血液时又快又狠，哪怕是皮糙肉厚的牛马，亦很难逃过它们的袭击，更加恐怖的是，它们在袭击人类时，会以露在外面的颈部为目标，啄取大块皮肉后才会离去，恐怖得很！

武则天以飞虻为行动代号，意思是让狄仁杰如飞虻一般，迅速在敌人要害部位取得任务目标，要是能再带回来一些意外收获，便圆了"飞虻"之意！

……

夕阳下的洛阳城是极其美丽的，新建成的万象神宫和百年的古老城楼一内一外俯视着整座城市。多年未经历战争的神都洛阳处处体现着大周的繁荣昌盛，商贩们纷纷走上街头，让原本宁静的街道热闹起来。七匹快马在街道上飞奔着，径直穿过城门，消失在一片漆黑的官道中。

对于齐灵芷和袁客师而言，狄仁杰代表着信任，追随已经成为一种习惯。对于一向锦衣玉食的御医邱不悔和指挥千军万马的羽林卫飞骑将军鹰眼老九来说，这次任务却来得有些莫名其妙。早想摆脱官职束缚的钟嘉盛表现得异常兴奋，骑着马在整支队伍的前面引着路。

冷无缺虽说担负着监视狄仁杰的任务，但旅途劳顿令她牢骚满腹，要不是武则天严厉的面容时不时地出现在脑海中，她早想放弃此行。

"我说狄大人，你这样急行军，可是犯了军中大忌，弄不好仗还没打，自己人先累死了！"冷无缺终于忍受不住夜间的寒冷和马背上的颠簸，挥舞着马鞭催着马儿疾跑了几步，来到狄仁杰身旁抱怨着。

狄仁杰假装没听见，双腿一夹，马儿加快速度奔了出去。

冷无缺不甘心，再一次追了上来："咱们这几人聚集得很仓促，大伙儿弄不清任务的内容，怕是会影响军心……"

冷无缺的声音很大，听得众人纷纷向狄仁杰看了过来。

"吁！"狄仁杰一勒马缰绳，马儿慢慢地停了下来，他看向众人，发现他们眼中散射出渴望之色，遂点了点头："大家下马休息，客师，给马喂一些草料。老九，点一堆篝火给大伙儿取取暖吧！"

鹰眼老九不愧是军队中的精英，一炷香后，众人围坐在篝火旁，狄仁杰将一幅地图平铺在一块石头上，说道："各位，此次事态紧急，加上保密需求，狄某未经过众位同意，便擅自做主，将大伙儿请来，心中愧疚万分。"

无论是在江湖上，还是在朝堂，狄仁杰都极具影响力，备受官员、百姓、江湖人物的尊重，如今他一开口便先道了歉，众人就算有些怨言，也不好意思说出口了。

"狄大人，究竟是什么急事，让咱们连夜赶路？"袁客师好奇地问道。

袁客师年轻帅气，他自幼饱读经书，身上自带着一股书生气息，是大理寺的金牌神捕，身份极其显赫，在隐居这段时间，他还蓄了胡子，令他更加男人味十足。在初次见面时，冷无缺就对袁客师产生了浓厚的兴趣，怎奈袁客师和齐灵芷始终黏在一起，令她没有任何搭讪的机会，如今见袁客师提问，便立刻回道："咱们去冷泉执行一项极其重要的任务，取回一张假银锭的配方。"

"假银锭配方！"

众人听后皆是一愣。

既然是执行一项重要任务，应该从军队中选取一支配合密切的队伍，无论战斗力还是执行力，都要比现在的杂牌军要强上很多。

在弄清大伙儿是否能真心执行任务之前，狄仁杰不想把任务内容告诉众人，却想不到急于和袁客师搭讪的冷无缺抢先说了出来。对于冷无缺的鲁莽，他只能把叹息装在肚子里，把任务内容简单陈述一遍，随后摊了摊手，苦笑一声："现在你们知道了任务内容，无论同意与否，都要与狄某一起奋战到底了。"

钟嘉盛一拍大腿，瞪着狭长的小眼睛说道："老狄，你这说的是什么话！别说咱们是奉旨行事，就算没有圣旨，只要你一句话，赴汤蹈火在所不惜！"

齐灵芷和袁客师随着表了态，誓死追随狄仁杰。鹰眼老九和邱不悔见如此，只好应和着。

狄仁杰指了指地图上一处地点："从鄯州到冷泉要经过一片沙漠，沙漠中有成群的胡狼出没，还有数拨马匪横行，路途异常艰险。根据行商的记载，一队行商携带的水和粮食等补给有限，不足以支撑一口气走到冷泉，只能选择在这个位置暂作休息和补给。"

"此处是个官方的大型驿站，叫大川驿，后来围绕大川驿又建造了一些商铺和民宅，大约和一个自然村落差不多，内卫府已经派人在那儿接应咱们。"冷无缺介绍着，眼睛却有意无意地瞄向袁客师。

"负责押运配方的哈赤儿已经先于咱们出发，要是咱们急行军，也许还能在大川驿截到他。客师，你擅长布阵和幻术，到了驿站后，你立刻布下阵法，让他们短时间内无法离开驿站。"狄仁杰说道。

袁客师的布阵之法和幻术皆传自父亲袁天罡所著奇书，他天资聪慧，加上勤于钻研，自诩所学本领已经超越父亲，放眼江湖，亦可以位列顶级之流。

袁客师自信地笑了笑："没问题。"

"灵芷，你负责搜集哈赤儿相关的情报以及驿站的地形图，以方便咱们行动。"狄仁杰说道。

齐灵芷是白鸽门门主，门人遍布天下，搜集情报对她来说易如反掌。她微微点了点头，带有敌意的目光投向正暗中观察袁客师的冷无缺。

"无缺，听闻你媚术无双，又擅长读人心理，打探配方所在就拜托你了！"狄仁杰说道。

冷无缺朝着袁客师妩媚一笑，看得众人皆心中一颤，她感到齐灵芷的敌意后，这才收回眼神："放心吧狄大人，这天下，还没有我搞不定的男……难事儿！"

"老九，你神箭无双，到达驿站后，你隐匿起来观察对方的动向，一旦行动成功，我需要你殿后，全力保护我们撤退到安全地带。如果行动出现意外，你要阻击哈赤儿等追兵，保证所有人顺利撤离。另外，你戍边多年，有极其丰富的野外生存经验，能否平安穿越沙漠戈壁就看你的了！"

鹰眼老九拍了拍胸脯，说道："能和狄大人一起共事，是老九的荣幸，虽说事起仓促，但老九愿意誓死追随狄大人。"

鹰眼老九战功赫赫，在一次与突厥的战斗中左眼中箭，他咬牙把羽箭拔出，仅凭一只眼睛射杀了突厥将领，瓦解了突厥骑兵的进攻，是敢拼敢打的沙场悍将。虽说此次行动属于小范围行动，没有战场上的大规模冲锋陷阵的豪气，却凶险万分，激发了鹰眼老九的好胜之心。

狄仁杰又转向一脸不情愿的御医邱不悔，语气带着歉意："邱老哥，咱们虽说不是上阵杀敌，但人在高原上容易得病，加上野兽出没，生病受伤实属常态，原本我想请毒郎中徐莫愁与我一同前往冷泉，怎奈他一生只攻毒术，医术远不如您，这才贸然请您出马……"

人都愿意听好听的话，邱不悔听狄仁杰如此评价他，原本一脸的不乐意立刻转成一脸得意，捋着山羊胡子哈哈一笑："不碍事，不碍事，咱们都是天子门生，理应为吾皇分忧解难。"

狄仁杰的几句话便将一盘散沙的队伍团结在一起，袁客师看在眼里，对他更加佩服得五体投地。

"哎哎哎，老狄，你们一个个都忙得不亦乐乎，那我干什么？"在一旁侧耳倾听的钟嘉盛眨巴着小眼睛问道。

狄仁杰一脸郑重地握住钟嘉盛的手，说道："我需要你打破誓言，重新做一回盗神，把配方取出来。"

"那不就是偷？"钟嘉盛愣住了，张着嘴不知所措地看着狄仁杰。

钟嘉盛是盗墓出身，一生盗取无数王侯之墓，若遇到为富不仁的地主恶霸，他也不会放过，闯荡江湖几十年从未失手，后来在狄仁杰的感化之下才金盆洗手，发誓此生再也不与偷盗二字有任何关联，想不到时隔数年，又是狄仁杰要他破了当年的誓言，去偷一个配方。

"此次是为三个国家的和平而取，是为了百姓不受战争侵害而取，是取之有道，算不上偷！"狄仁杰急忙解释道。

钟嘉盛并非迂腐之人，稍加思索后咬咬牙说道："好，有你这番话，这任务我接了！"

第三章　地狱之旅

无垠的戈壁滩上错落着低矮的蒿草和干刺，一些不知名的枯草团成一团，随着风在地面上不停地滚动着，寻找适合的土地以获得新生。三月本是万物复苏的季节，但戈壁滩上依然没有一丝绿色。

戈壁滩的沙尘暴比洛阳六月的天气还难捉摸，说来便来，前一刻还是晴空万里，转瞬之后便是黄沙漫天飞。刺骨的寒风挟带着细细的黄沙不断刮过，将土壤中不多的温度和水分掠走。

原本那条被商队踩踏出来的路随着风沙的洗礼越来越模糊，隔不远便会有一堆半埋在沙子中的骸骨，是戈壁滩在宣告它的神秘与恐怖。

狄仁杰等人早在鄯州便将马匹换成骆驼，棉布袍也换成了厚厚的皮袍子，但依然无法抵挡高原的寒冷和缺氧。众人的嘴唇早已被风吹得干裂，脸颊呈紫红色，骑在骆驼背上呼哧呼哧地喘着气。

"起风沙了，大家快把口鼻蒙上！"鹰眼老九喊着，他的声音洪亮，在大风中却传得不远。

饥寒交迫是众人需要克服的第一重困难。袁客师、齐灵芷内功高深，鹰眼老九是戍边军人出身，钟嘉盛曾为盗墓贼，这几人的耐受能力极强。苦就苦了狄仁杰、邱不悔、冷无缺三人，尤其是冷无缺，本就不想参与这个不属于她的任务，见条件如此艰苦，能不能走出戈壁滩还是个未知数，心中起了一万种悔意，见狄仁杰等人丝毫没有怜香惜玉之意，更是万分恼火。

"狄仁杰，咱们……"她的话还未说完，口中却灌满了风沙，她急忙扭过头去，用手捂住嘴，吐了几口唾沫，勉强将沙子吐了个干净。她松开牵骆驼的缰绳，疾走几步，挡在了狄仁杰面前，背对着风沙说道："咱能不能休息一下？我上不来气，浑身没劲儿，实在走不动了！"

狄仁杰抬头看了看天，随后指了指太阳，又摇了摇头。

鹰眼老九叹了一口气，从行囊中找出一块布，走到冷无缺身边，将布递给她，随后说道："冷大人，风沙太大，得遮住口鼻才行。"

女人便是女人，哪怕是到了极其恶劣的环境，也忘不了美。冷无缺并不买账，白了鹰眼老九一眼，从怀中掏出粉红色的纱巾，自顾着裹在脸上，只露出一双眼睛："鹰眼，咱们什么时候能到驿站啊？"

鹰眼老九是羽林卫飞骑大将军，从四品上的官职。冷无缺是内卫府的副阁领，正六品的官衔。从理论上来说，鹰眼老九比冷无缺的官职高很多，但内卫是皇帝的直属建制，她的态度甚至可以左右皇帝对官员的看法，官职虽小，但官威很大，能记住鹰眼的名字已属恩惠。

鹰眼老九并未在乎冷无缺对他的称呼，脸色渐渐凝重起来，望了望漫布黄沙的天空："沙尘暴太大，行走的速度比预计的慢了很多，今晚咱们很难到达目的地了。"

"什么？今天到不了驿站？"冷无缺几乎尖叫出来，随后冲着鹰眼老九喊着，要不是有纱巾蒙着脸，唾沫星子都能喷在他的脸上，"你这向导是怎么当的？还号称戍边军人出身，原定计划不是能到的嘛？天这么冷，要是到不了驿站，还不得被冻死啊？"

鹰眼老九抱歉地笑了笑，嘴唇上裂开了一个口子，血珠从伤口处冒了出来。他心里清楚，恶劣天气给他们的行进造成了很大的困难，但并不致命。在茫茫戈壁滩上，更危险的是守卫地盘的戈壁熊和成群的饥饿胡狼，还有盘旋在天空中的秃鹫等猛禽。尤其是胡狼，戈壁滩上食物较少，胡狼们饿一两个月实属常态，成群的饿狼尤为凶猛，绝非一两名江湖高手可以抵挡。但这些事他哪敢说给胆小的冷无缺，只得说道："咱们尽量快点走，赶一赶路吧。"

沙尘暴越来越大，眼见整个戈壁滩沦陷在黄色沙海中。前一刻还在鼓励大伙儿继续前进的鹰眼老九，不得不停下脚步和狄仁杰商量，最后作出一个迫不得已的决定，找一处避风之所安营扎寨。

冷无缺并未提出任何异议，因为她现在又冷又饿，脑袋像裂开了一般，别说是说话，就连喘气都感到费劲。

趁着众人挖坑搭建临时营地，邱不悔便拎着药箱给冷无缺把脉诊治。

"冷大人，你现在感觉如何？"邱不悔边给她把脉边问道。

冷无缺有些不耐烦地白了他一眼："不是说御医一把脉就能看出病人是什么病吗？"

中医讲究的是望闻问切，绝非一把脉就能得知病人的病，显然冷无缺是受到说书人的影响较大，对中医产生了误解。

邱不悔微微摇头，却不敢对冷无缺不敬，只好说道："那是扁鹊、华佗这样的绝世名医才行，下官还没到那个境界，所以还请冷大人多多指点几句。"

冷无缺不屑一顾地撇了撇嘴："有点儿上不来气，头晕、头痛，脖子也有些疼痛，还有些恶心，手脚指头有些发麻……其他的……就这些吧！"

邱不悔的手从冷无缺的手腕上拿开，把她的手反过来看了看手指甲，说道："还有心悸，手指甲根部出现发绀现象，应该是高原反应。"

"那他们为什么没有？"冷无缺指着袁客师和齐灵芷说道。

邱不悔一笑："他们有内功傍身，一口气可以在体内运转数个小周天，哪是咱们普通人所能比拟的。"

"你一点儿武功都不会，还不如我呢，为啥没事？"

邱不悔笑了笑："因为我是御医，有独特的药丸可以避免。"

说罢，邱不悔从药箱中拿出一个瓷瓶，倒出一颗红色药丸来，递给冷无缺。冷无缺将信将疑地把药丸拿到手，却闻到药丸又腥又臭，差点儿没吐出来，苦着脸说道："你这是什么呀！"

邱不悔无奈地摇摇头，不再理会她，转身向狄仁杰等人走去。

……

俗话说得好，怕啥来啥。

随着沙尘暴的褪去，戈壁滩的天空变得格外纯净，天上的星星不时地眨着眼睛。

狄仁杰等人围坐在篝火旁，疲倦至极的冷无缺歪躺在狄仁杰的肩膀上睡着，齐灵芷和袁客师笑着窃窃私语。

"嗷！"随着一声长啸，远处的地平线出现了若干绿色的光芒，与天上的星星形成鲜明的对比，绿色光芒时而聚在一起，时而分开。

正在给篝火添柴火的鹰眼老九突然喊道："糟了，是狼群。"

众人向远处看去，果然看到很多散发出绿色光芒的眼睛。冷无缺也从梦中醒来，虽说依然头痛难忍，却也因为狼群的到来，一下子精神起来。

齐灵芷并未在意，拍了拍青霜宝剑："也就十几头狼，凭咱们的身手，有什么可怕的！"

钟嘉盛叹了一口气，解释道："灵芷你有所不知，沙漠中的狼属群居，少则六七只，多则十几只。因为食物匮乏，胡狼一年中大部分时间都饿着肚子，见着最容易捕获的人类，哪有放过的道理。如果它们觉得没有把握把咱们干掉，头狼就会嚎叫，把附近的狼群叫来。"

"狼有那么聪明吗？"齐灵芷不屑一顾地说道。

话音未落，只听见远处传来一阵阵的狼嚎声，转瞬后，四面八方纷纷传来狼嚎声遥相呼应。

鹰眼老九脸色一变，苦着脸看向狄仁杰："狄大人，这回真的是十死无生了。"

鹰眼老九早年在边关服役，对沙漠和戈壁滩再熟悉不过了，哪怕是小型军队，遇到狼群也要头痛一番，更何况是他们。

"狼群进攻时，骆驼定会烦躁不安，邱御医，你用布把骆驼眼睛蒙上，看住它们。冷大人，你负责篝火，千万不能让火熄灭。"狄仁杰吩咐道。

冷无缺急忙点头，把捡来的荒草和矮小灌木拢到身边，邱不悔从行李中找出几件布袍撕成布条。

"客师、灵芷、钟大哥与我从四个方位守住外围，咱们四人的任务是不能让狼把骆驼伤到，咱们能否走到驿站，全靠它们了。"狄仁杰看向另外三人。

戈壁滩上极为干燥，很难找到水源，所有的补给都由骆驼驮着，要是骆驼被狼咬死，光靠人背补给，很难走到驿站。

袁客师抽出腰刀，齐灵芷把青霜宝剑拔出，宝剑在暮色中居然隐隐发出荧光，钟嘉盛从腿上拔出两柄匕首，狄仁杰右手紧握一根实心镔铁棍，样式与亢龙锏相仿。

镔铁棍是洛阳城最著名的铁匠仿造亢龙铜锻造出来的，虽没有亢龙铜破万物的神奇能力，但破坏力极强，舞动起来时还会发出呜呜的声音，摄人心智、令人分神，是对敌的利器。但对于狼群而言，此项功能只能是聊胜于无了。

"鹰眼老九，咱们能否活下来全靠你了！"狄仁杰看向鹰眼老九手中的长弓。

羽林卫作为皇家卫队高手如云，鹰眼老九仅凭借精准的箭术从一名兵士一路晋升到飞骑大将军，可见其射术有多精良。

鹰眼老九看向狄仁杰，赞许地点了点头。面对大劫难，狄仁杰并未慌乱，根据现有情况及时作出了应对措施，还看出了破解此局的最关键部分——射杀头狼。

人类军队有将帅作为指挥，狼群有头狼坐镇，只要将头狼射杀，等于是擒贼先擒王，狼群会不攻自破。但头狼狡猾异常，一般都是躲在狼群后面指挥，加上天黑无法远视，很难分辨出头狼的位置，更别提精准射杀了。

鹰眼老九抹了抹嘴唇上的血珠，咧嘴一笑："咱们得先熬过第一波进攻！"

狼没有老虎和狮子的力量，却极具技巧。第一波攻击并没有想象中的激烈，十几头狼试探着攻击众人，在丢下了四具尸体后，头狼一声嚎叫，指挥狼群撤了回去。

这一仗赢得非常轻松，众人甚至都未伤到一根毫毛。

"九哥，您有些太高估这些狼了吧。"袁客师在狼尸体上擦拭着腰刀上的鲜血。

"你再看看这些狼！"狄仁杰提醒着。

狄仁杰杀死那头狼，头部被镔铁棍砸开一个大洞。齐灵芝杀死那头狼，是喉部被青霜宝剑刺中而死，袁客师身前躺着两头狼，其中一头狼的脖子被砍断了一半，另一头脖子的伤口相对较浅，鲜血咕嘟咕嘟地冒出来，它并未死透，身体不时地抽搐一下。

单从杀狼的手法来说，齐灵芝的功力最高，一剑封喉，没浪费一点儿力气。袁客师因为对力度的掌控不好，导致其中一头狼被砍断了脖子。而钟嘉盛连一头狼都未杀死，在四人中功夫最差。

袁客师凑近了未死的狼仔细观察一番后，说道："这些狼有的原本就带伤，有的瘦骨嶙峋，有的浑身的毛杂乱无泽，看样子都是老弱病残……"

众人纷纷看向远处的狼群，大部分的狼都是膘肥体壮，皮毛浓密而油亮。

狄仁杰眼神复杂地看向钟嘉盛，说道："狼群的这次进攻就是为了试探咱们的虚实，并寻找薄弱点，你们看，钟大哥用的是匕首，属于短兵器，在和狼的较量中需要考虑到自保，一头狼都未杀死。因此，狼群下一次进攻的重点就是钟大哥！"

齐灵芷原本瞧不起这些畜生，但经过狄仁杰和鹰眼老九一分析，她亦觉得这些狼并不简单，使用的战术战略居然不逊于人类。

"我的弓箭有效杀伤距离只有三十丈，从刚才头狼的叫声来判断，它距离我有两里有余，连射都射不到，更别提射杀它了。"鹰眼老九说道。

"只要你告诉我哪只狼是头狼，我可以用轻功飞奔过去将它杀了。"齐灵芷说道。

齐灵芷出自江湖奇人青玄师太门下，武功和轻功在江湖上位列一流高手，自打从大周第一高手李元芳处学了移形换影之后，已达到顶级高手行列，诸多的江湖高手她都不放在眼里，更何况是一只狼。

"狼是群居动物，你要袭杀头狼，必定有很多狼拼命保护它。另外，狼的奔跑速度很快，身形比人小很多，就算你的轻功了得，也很难在短时间内袭杀它。"鹰眼老九脸上显出一丝愧疚，又说道，"更何况，那么远的距离，我也没法告诉你哪只是头狼。"

"那怎么才能把它引过来？"袁客师问道。

"尽可能地杀狼，动摇它的信心，当它好奇我们为什么能杀这么多狼时，它就会走到近前来查看。"狄仁杰说道。

众人听后心中皆是一惊。

人类打仗时，要是久攻不下，头领也会深入前线进行勘察，再根据敌人的部署重新制定作战计划。想不到的是，狼居然也能和人类一样！

更让人心凉的是，更多的狼从四面八方聚集而来，一副不死不休的模样！

第四章　鏖战

　　戈壁滩上的大型食草动物有羚羊、野骆驼、野驴、野马等，这些生灵天生机敏，奔跑速度快，加上耐力极强，狼群捕捉它们的难度很高。反观人类，除了成建制的军队和训练有素的武装人员外，普通人防御力极差，又不擅奔跑，是狼群捕食的最佳对象。

　　狼的嚎叫声引起了一只戈壁熊注意，它人立而起，向篝火方向望了一阵，又扭头看向黑压压的狼群，无奈地向远处走去。戈壁熊原本以植物根茎、浆果为生，偶尔会吃一些鼠类，饿极了也会袭击商旅驼队。它们的体型比狼庞大很多，单体战斗力远高于狼，却不愿和饥饿的群狼对抗，更何况，这次狼王聚集来的是方圆百里内的所有狼群。

　　随着狼王的一声嚎叫，狼群发动了第二次攻击，几十头狼从四面八方扑了过来。

　　攻击狄仁杰、齐灵芷和袁客师的是一些体型较小、行动灵敏的狼，这些狼以缠斗为主，见三人反击，便会立刻退下，若他们想援助钟嘉盛，狼们便会扑上来缠住。还有几头狼在外围不断地踱来踱去，它们死死地盯着围着篝火的冷无缺、邱不悔和瑟瑟发抖的骆驼。

　　袭击钟嘉盛的狼体型要大上很多，进攻方式简单粗暴，几头凶猛的狼不顾他手中的匕首，猛扑上去撕咬能够得着的部位，另外几头狼不断地围着钟嘉盛来回走动，寻找进攻的最佳机会。

　　开始时，钟嘉盛依仗着身体的灵活勉强躲过众狼的攻击，时间久了，他内力不支，身形渐渐慢了下来。狼哪肯放过这个机会，之前在外围伺机而动的几头狼也开始进攻，这几头狼比最先攻击的那几头强壮的狼更为狡猾，进攻凶猛却不给钟嘉盛伤害它们的机会，咬中后立刻撒嘴后退，绝不恋战。

一阵阵的剧烈疼痛不断地冲击着钟嘉盛，要不是有强大的信念支撑，怕是早就倒下了，他挥舞着匕首，尽量护住脖颈等要害。甚至有几次他已经闻到了狼嘴里腐臭的味道。

狄仁杰和袁客师被数头狼围攻，勉强自保，无法顾及钟嘉盛。齐灵芷对付眼前的几头狼游刃有余，却因为需要保护身后的邱不悔二人，不敢擅自离开位置，见钟嘉盛状态不佳，只得不惜耗费大量内力，使用移形换影的功夫帮助钟嘉盛化解一次又一次的危机，实在来不及救援时，鹰眼老九便会射出为数不多的羽箭将狼杀死。

进攻钟嘉盛的狼既要提防齐灵芷的袭杀，又要防着鹰眼老九的致命羽箭，进攻频率和强度渐渐弱了下来。外围的几头狼反常地趴了下来，安安静静地看着狼群和狄仁杰等人厮杀。

这一轮攻击持续了一炷香的时间，随着狼王的嚎叫，狼群丢下十几具同伴尸体，不甘心地退了回去，戈壁滩上再次安静下来。

由于高原地区缺乏氧气，加上剧烈的搏杀，哪怕如齐灵芷具有高深内力，亦气喘吁吁。狄仁杰和袁客师更是一屁股坐在地上，急促地喘着气，汗水和血水混合在一起，早已湿透了衣衫。

钟嘉盛身前躺着十具狼尸，有几头狼还未死透，躺在地上呼哧呼哧地喘着气。他的手臂和双腿被狼咬了数口，胸口被狼爪抓伤，鲜血染红了衣袍，他脸色惨白，整个人有些萎靡，半躺在地上苦笑着。

御医邱不悔拎着药箱急忙上前查看，见钟嘉盛伤势虽重，却并未伤及要害，这才松了一口气，敷上金疮药后包扎起来，对守护着的狄仁杰三人说道："嘉盛老弟有几处伤口深至骨头，要是再动，伤口定会崩裂、血流不止，到那时，就算大罗金仙来了，也救不了他的命！"

狄仁杰拍了拍钟嘉盛的肩膀，安慰了一番后，又起身向齐灵芷和袁客师问道："你们怎么样？"

两人脸上没有丝毫倦意，双目精光四射，身上的鲜血定是狼血。

齐灵芷的眉头拧成了一团，担忧地看了看狄仁杰，说道："我倒还能支持住，不过，狼群放倒钟大哥之后，下次进攻的重点就是您了。"

狄仁杰甩了甩镔铁棍，望向远处幽绿色光芒，放声大笑一阵："我的兵器要比盗神的占一些优势，大家合力之下，定能挺过下一轮攻击。"

越是逆境，越激起狄仁杰内心的倔强，令他更加坚毅，反正也是放手一搏，与其愁眉苦脸不如放声大笑。

冷无缺被狄仁杰的豪气感染，抽出腰间长刀："有狄大人如此态度，也算我冷无缺一份。"

她是内卫文职出身，武功比寻常人强不了多少，但长刀出鞘时发出极其悦耳的龙吟声，声音随着刀身的颤动久久不散，刀刃发出的寒光在星光之下居然显出幽蓝色光芒。

"此刀不会是传说中的龙吟吧？"袁客师对宝刀、宝剑极有研究，看着冷无缺手中长刀竟然莫名地激动起来。

传说龙吟刀是内卫大阁领贾威猛的成名兵器，当年他以此刀斩杀了数名作恶多年的黑道高手，在江湖上传有"听闻龙吟声，至此黄泉路"的说法。

冷无缺支吾了一阵："可能……是吧……"

袁客师质疑地看向冷无缺："可我听说，贾威猛视这把龙吟为至宝，从不离身，怎么可能让你带来？"

冷无缺俏皮地哼了一声，媚笑着说道："你想知道我可以单独告诉你。"

齐灵芷狠狠地瞪了一眼袁客师，吓得他立刻缩了缩脖子，不敢再说话。

狄仁杰仔细打量了一下刀，面色渐喜，说道："传说这把刀血不沾刃，刀锋利而轻盈，哪怕是不会武功的人也可以挥舞自如，有它相助，冷大人也可以上阵杀敌了。"

冷无缺得意地歪了歪头，有意无意地冲着袁客师说道："是上阵杀狼！"

"嗷……"头狼并未打算给众人休息的时间，它们要趁着天黑拿下众人，等天亮了，狼的优势就会荡然无存。

狼王的决心很大，几乎所有的狼都围了过来，它们死死地盯着狄仁杰等人，龇着牙，喉咙里发出低沉而凶狠的吼声。

"各位，拜托了！"狄仁杰挥舞了一下镔铁棍。

果然如众人所料，此轮进攻的重点变成了狄仁杰。在头狼的计划中，钟嘉盛已经没有任何战斗力，只要再放倒狄仁杰，人类的防御阵型就会被彻底破坏，齐灵芷和袁客师的功夫再好，也抵御不住四面八方的进攻，吃掉这些人和骆驼是早晚的事儿。

想不到的是，狄仁杰武功虽不强，却非常顽强。原本看起来弱不禁风的冷无缺补上了钟嘉盛的位置，仗着龙吟刀的锋利，斩杀了两头不知深浅的狼。

狼群丝毫不受同伴死亡的影响，疯狂地扑咬着众人，甚至有几头狼突破了四人组成的防御阵，要不是鹰眼老九果断地射杀，它们险些冲到重伤的钟嘉盛和邱不悔身边。被人类驯养的骆驼胆子很小，幸好邱不悔死命地拉住缰绳，否则，它们早就四散而逃了。

狼群的进攻频率和力度远远超过之前，它们不顾众人手中的兵器，奋不顾身地撕咬着，被打倒后，哪怕还有一口气，也要龇牙咧嘴地向众人方向爬去。有的狼甚至直接咬住兵器，拖慢众人挥舞兵器的速度，为其他的狼制造机会。

在狼群强力而持久的进攻下，众人纷纷受伤，就连武功最高的齐灵芷也被狼咬掉了手臂上的一块肉。狼群损失惨重，狼王却没有退兵的意思，狼的低吼声、惨叫声和众人奋力搏杀的怒吼声掺杂在一起，在戈壁滩上回荡着。

狼的尸体不断地堆砌起来，在众人面前形成了一座小山，人们和狼的鲜血喷溅而出，染红了附近的戈壁滩。

也许是闻到了鲜血的味道，头狼终于嚎叫起来。狄仁杰等人听后皆松了一口气，脸上带着喜色相互鼓励着。

"天快亮了，大伙儿坚持住！"狄仁杰给大伙儿鼓着气。

鹰眼老九听后脸色一变，急忙提醒着："众位勿喜，这是头狼命令狼群继续进攻的叫声。"

话音未落，只见大批的狼从四面八方涌来，几百双绿色的眼睛在夜间格外瘆人。眼见如此，狄仁杰知道这是必死之局，索性大吼一声，不顾伤势，手中镔铁棍大开大合，将扑过来的一头狼打飞。

在战事胶着之时，比拼的就是毅力。众人受到狄仁杰的气势影响，军心振奋,皆大吼一声,奋力和狼群搏杀着。狼群也杀红了眼,比之前的进攻更加疯狂。

"它来了。"鹰眼老九从箭囊中抽出一支锯齿倒钩箭搭在弓弦上。

"谁?是救兵吗?"邱不悔向四周望着。

距离众人不到五十丈的距离出现一头狼,它的体型要比其他狼大上一圈,毛色呈杂灰色,胸口上有一块纯白色的毛。它并未被眼前的惨烈震惊到,眼睛中满是冷静和坚毅,耷拉着头缓慢地向众人的方向走来。

"再近一点,再近一点……"随着距离拉近,鹰眼老九越来越兴奋。

随着狼王越走越近,鹰眼老九几乎可以感应到对方所散发出的杀气。也许是狼王对鹰眼老九也有所感应,在距离众人四十余丈时,它居然停住脚步,坐在一个土包上死死地盯着鹰眼老九,仿佛是在挑衅。

齐灵芷武功高强,原本认为杀死狼王只是举手之劳,现在她完全改变了看法。狼要猎杀比自己强壮很多的食草动物,要抵御其他猛兽的袭杀,还要提防其他狼群的竞争,绝对是刀头舔血得来的功夫,加上狼群善于合作,堪比人类一支配合极其完美的小型军队,绝非一两名江湖高手可以匹敌的。

当年大周第一高手李元芳曾经说过,在特定的条件约束下,武功的作用才会比较明显,要是换作在羽箭乱飞、刀枪无眼的战场上,武功再高也是白费。

"狄大人,我需要你们掩护我,直到可以射杀狼王的距离!"鹰眼老九喊着。

"灵芷、客师,你们掩护老九,我和冷大人坚守阵地。"狄仁杰又击飞了一头狼。

第五章　活着

狼王的敏捷程度远远超出了鹰眼老九的预料，只见它左突右闪，利用其他狼的身体做掩护，成功地躲过了鹰眼老九的数支羽箭，来到包围圈最前线后，它没有丝毫犹豫，凭借着敏捷的身手躲过冷无缺毫无章法的刀锋，冲向邱不悔。

鹰眼老九瞥了一眼空空的箭囊，将搭在弓弦上的最后一支羽箭捏得更紧了些，要是这一箭没射中，他们就会陷入更为残酷的血战中，被狼群咬死只是时间问题。

狼王瞅准一个机会猛地扑向邱不悔，鹰眼老九按照狼王的轨迹射出羽箭，在这种距离内，他的命中率几乎是百分之一百，他甚至看到了狼王中箭之后在地上苦苦挣扎的样子。

可惜的是，狼王身体硬生生地扭了九十度，放弃了快要咬到的邱不悔，转向一旁趴着的骆驼，羽箭贴着它的身体飞过，箭尖划破了它的皮毛，带着一缕鲜血钉在地面上。

狼王的动作非常快，在鹰眼老九还未来得及抽刀之前，便迅速在几头骆驼身边掠过，随后又从冷无缺身旁蹿出，利用狼群的掩护消失在夜空中。

鹰眼老九挥刀杀死一头冲破防御圈的狼，把插在地面上的羽箭拔出来，弯弓搭箭后却发现狼王早已不见踪影。他叹了一口气，把最后一支羽箭放入箭囊中，挥着钢刀砍杀着突围进来的狼。

狼的数量越来越多，众人的状态越来越差，狄仁杰的镔铁棍早已不知去向，只得拳打脚踢对抗着疯狂的狼，袁客师和冷无缺的防守也没了章法，拼着最后一丝力气胡乱地挥舞着手里的长刀。武功最强的齐灵芷耗尽内力，手臂和腿部被狼咬了几处伤口，呼吸极为急促，要不是鹰眼老九在危急时刻及时援救，四人怕早就丧命狼口了。

就在众人哀叹着生命即将终结时，狼王的嚎叫声再次传来，群狼仿佛杀红了眼睛，又与众人拼杀了一阵后，才依依不舍地退去。

随着狼群的退去，整个戈壁滩变得安静起来，只剩下众人急促的呼吸声和奇怪的沙沙声，过了一阵，沙沙声才逐渐停止，狄仁杰长长地吐了一口气，强忍住剧烈的头痛，嘶哑着声音问道："大伙儿都还好吧？"

众人都累得筋疲力尽，没有半分力气回答狄仁杰的话，直到很久之后，冷无缺舔了舔嘴唇说道："有点儿饿了，这些狼肉能不能烤着吃点？"

冷无缺的话让大难不死的众人相视一笑，狄仁杰看着渐渐远去的狼群却依然愁眉不展，心里像是在琢磨着什么。

狄仁杰早年戍边时，曾经与契丹等部族进行过数次交战，如今看狼王的指挥，居然和契丹作战的风格极为相似，懂得取舍、进退有度、战术战略分明。现在众人都受了伤，加上饥渴、高原反应所带来的不适，早已精疲力竭，狼群只要继续进攻，众人绝挺不过一袋烟的时间，却不知狼王为何会起了退意。

齐灵芷和袁客师恢复得很快，两人不顾伤势到四周查看，发现距离营地较远之处也有一些狼的尸体，大多尸体被啃噬得鲜血淋漓，有的还露出了内脏。有几头狼还未死透，但腹部却是鲜血淋漓，身体不断地抽搐着。

"这是怎么回事？"齐灵芷从未见过如此景象，便向袁客师询问着。

袁客师指着附近几只沙鼠的尸体说道："这些应该是沙鼠，生活在沙漠或者是半沙漠地带中的，我听我爹说过，这种沙鼠喜欢囤积食物，在它们的洞穴中经常会挖到八十斤的牧草，而一匹成年的河曲马一天的食草量也就十斤左右！"

齐灵芷盯着老鼠尸体的眼睛露出恐惧："你不会是说这些老鼠杀了狼吧？"

袁客师不置可否地咂了咂嘴："有些离奇，但还能怎么解释！狼在沙漠地区没有天敌，而且沙鼠以植物为生，偶尔可能会吃一些虫子，体型最大的也就比我的手大一些，绝不可能去吃狼啊！"

"别说了，别说了，太恶心了。"齐灵芷厌恶地瞥了一眼老鼠尸体，转身向狄仁杰等人走去。

袁客师曾是仵作出身，遇到尸体不检验一番会觉得心里有缺憾，所以等齐灵芷离开后，他蹲在沙鼠尸体前仔细观察了一阵，发现沙鼠嘴边有鲜血，还有狼毛，这说明狼被这些老鼠攻击过，他又尝试拨开沙鼠的嘴，发现里面有一些碎肉，确定了之前的想法。但胆小的沙鼠为什么会攻击狼群，他却百思不得其解。

鹰眼老九军人出身，内功不强，但身体素质是众人中最好的，缓息过来之后，便起身来到骆驼身边查看，正要从背囊中拿出干粮，却愣住了。

狄仁杰见鹰眼老九没了动静，便跟跄着走了过来。骆驼并未受伤，反而是驮着的水囊破了，水早已流干。

鹰眼老九检查了水囊破损的数量和破损原因，才向狄仁杰说道："狄大人，是狼王咬破了水囊，这家伙真够狡猾的。"

狄仁杰从思绪中回到现实，问道："还剩下多少？"

鹰眼老九并未回答，反而用手势偷着向狄仁杰示意：只剩下两个水囊。冷无缺对水囊的数量并不敏感，并未在意，反而对鹰眼老九极其悲观的语气产生了不安，问道："有什么问题吗？"

在戈壁和沙漠行走，水要比食物更为重要。狼王常年生活在这片戈壁滩上，自然明白水对于人类的重要性，它见群狼损失严重，这才冒险突进防御圈，以一己之力破坏了大部分水囊，只要没了水，狄仁杰等人最终会渴死在戈壁滩上，也就成了它们的口中餐。

鹰眼老九和狄仁杰都有在沙漠生存的经验，知道两个水囊意味着什么，要是此时和众人和盘托出，除了影响军心之外，怕是没有任何好处，所以鹰眼老九才用手势偷偷地告诉狄仁杰。

狄仁杰笑了笑，说道："冷大人请勿担心，没有问题，这些水囊足够支撑咱们走到驿站。"

众人听后都松了一口气，冷无缺更是白了鹰眼老九一眼，说道："看你俩这么神秘兮兮的，害得我跟着紧张了好一阵。行了，天快亮了，咱们起程吧，早点儿到达驿站，完成任务后赶紧回神都洛阳，这儿可不是人待的地方！"

冷无缺原本把任务想象得很容易，只要骑着骆驼到了驿站，然后凭借各人的本领从哈赤儿手中拿回配方，再回到洛阳，任务顺利完成，不但能在内卫立住脚，更重要的是能得到武则天的赏识，等贾威猛致仕后，大阁领的位置就非她莫属了！

凡事都是想得容易做着难，以为一段稀松平常的旅途，却在一开始就变得如此艰难，要不是几人团结起来拼死抵抗，早被狼群撕成碎肉了。如今，冷无缺算是领教了这句话，但她不知道，更为艰难的还在后面。

对于人类来说，高原戈壁滩从来都是不友好的，不但会给人带来致命的高原反应，还有狼等危险的动物，缺少水源加上炎热的天气，使这里成为人类的禁地。

随着时间的推移，水囊中的最后一滴水被冷无缺喝光，她双手举起水囊继续向口中倒去，可等了半天，一滴水也没滴出来。

"狄仁杰，你不是说前面就有水源吗？水源呢？"冷无缺的声音有些嘶哑，满脸怨气地质问着狄仁杰。

狄仁杰咧嘴一笑，刚刚长好的嘴唇裂口再次裂开，一滴暗红色的鲜血冒了出来，他赔笑着说道："请相信我，再向前走一段路就是水源了，我和鹰眼老九都在边陲当过兵，对这片地形非常熟悉，不信你问他。"

刚才的话狄仁杰已经重复了数遍，众人坚持了一天时间，居然还是没遇到所说的水源，虽说心里犯了嘀咕，却因为狄仁杰的威信并未质疑。大伙儿守着两个水囊，每次喝水都只抿一小口，只有冷无缺毫无心机，一大口一大口地喝。

齐灵芷看得来气，每次想骂她时，都被狄仁杰劝阻。

水源在茫茫戈壁滩属于稀有，而且变化极大，碰到干旱之年，可能昨天还是一处小型湖泊，今天却变成一片泥泞的沼泽，再有一两天时间，也许会变得和其他的荒漠一样凄凉。

戈壁滩上的地貌一年数个变化，更何况狄仁杰和鹰眼老九戍边是多年前的事儿了，他之所以这样说，就是为了让众人有个目标，支撑着走下去，要是他们知道了狄仁杰说谎，丧失了斗志，怕是连一里地都走不出去。

长时间缺水对于武功高强的齐灵芷和袁客师影响不大，但钟嘉盛被狼咬成重伤，身体本就极度虚弱，要不是狄仁杰时不时地用银针刺激他的穴位，怕是早就昏迷不醒了。

鹰眼老九用坚定的眼神告诉冷无缺，狄仁杰的话是正确的，但他心里明白，要是再补充不到水，哪怕众人的意志力再强，也走不出这片戈壁滩。

白天的戈壁滩是极热的，让人恨不得找个冰窖躲进去。一到了夜晚，却变得奇冷无比。幸运的是，风不大，也没有漫天的黄沙。为了尽快到达驿站，狄仁杰决定连夜赶路。一向都会提出反对意见的冷无缺默不作声，下意识地裹了裹衣袍，双眼无神地半伏在驼峰上，她不是不想说话，而是没了力气。

他们把补给都集中在四头骆驼上，腾出另外三头骆驼给重伤的钟嘉盛、冷无缺和手无缚鸡之力的邱不悔骑乘，狄仁杰、鹰眼老九、袁客师和齐灵芷四人牵着骆驼步行。

由日到夜，又由夜到日，戈壁滩的温度开始飙升，已经一天一夜没休息的众人累得几乎迈不动步，仅凭着一缕信念驱动着灌铅的双腿前行着，体温随着气温上升着，却不见汗水冒出。

意外的是，最先倒下的是狄仁杰。由于之前的激战受了伤，导致伤口化脓感染，加上长时间缺水，导致他的抵抗力急剧下降，但他作为整个队伍的灵魂人物，却不得不硬撑着。

十几只秃鹫一直在队伍上空盘旋着，始终盯着几人，眼神中透露着一丝嘲笑，也透露着一丝渴望，它们从狄仁杰等人的行动力上看出他们的身上已满是死亡的味道。

狼群并未放弃对他们的猎杀，可能是为了尽量减小损失，它们只是远远地跟着，时不时地发出一声嚎叫，惊走尾随而来的其他猎食者，宣布这些行走的肉已经有了主人。

冷无缺一路都在找狄仁杰的麻烦，当她看到狄仁杰倒下后，却起了怜悯之心。她默默地从骆驼背上滑下来，无力地用手指了指狄仁杰，又指了指自己所骑乘的骆驼。鹰眼老九叹息一声，在几人的帮助下把狄仁杰扶上了骆驼。

随着狄仁杰的倒下，他们心里清楚，附近根本就没有水源，狄仁杰谎称有水源，就是为了给他们一些希望，好让他们坚持走下去。袁客师等人把狄仁杰扶上骆驼，正准备出发时，钟嘉盛却停住不动了，只见他俯下身子，趴在地面上抽着鼻子，随后又在沙地上挖了一阵，手捧着沙子闻了闻，面色一喜："这附近真有水源！"

鹰眼老九和狄仁杰对视一眼，无奈地冲着钟嘉盛摇了摇头。钟嘉盛站起身，晃晃悠悠地朝着地势低的位置走了一段路程，在地上挖了一个坑，重复着之前的动作，随后用手一指："相信我，这边一定有水源，我们有救了！"

狄仁杰苦笑一声，眨了眨眼睛，示意众人继续前行，他心里清楚，靠着"马上就到水源地"这句谎言支撑到现在已经是极限，钟嘉盛再用这招亦是徒劳。

"我走不动了，你们走吧！"冷无缺的求生欲望被各种负面的感受所击垮，松开缰绳，顺势躺在地上，眼睛一闭便要睡去。

"别让她睡，一旦睡着，就不会再醒来。"狄仁杰从牙缝中挤出这句话。

袁客师自然听得明白，不顾齐灵芷的白眼，来到冷无缺身边，用力地拍了拍她的脸，在她耳边大声喊着："冷无缺，快起来。"

冷无缺本对袁客师很感兴趣，但现在她却只想睡一觉，当她躺下的时候，所有的负面感受几乎立刻离开身体，一股温暖、湿润、柔和的感觉包围着她，让她忘记了时间和空间。

袁客师见冷无缺脸上露出诡异的笑容，便知道再不唤醒她，怕是真的要死在这里，于是从怀中掏出一个小瓷瓶，打开塞子后放在她的鼻子下面晃了晃，一股非常刺激的味道钻入她的鼻孔中，令她不由自主地打了一个喷嚏，刚才美好的感觉立刻散去，又饿、又渴、又累的感觉重新回到身体里，看到一脸关心的袁客师，她心中一暖，下意识地伸手将他抱住。

袁客师不敢躲，被她带得一下子坐在了地上，他苦笑着举起双手，向齐灵芷表示自己的清白。

冷无缺无意中看到了齐灵芷冷若冰霜的脸，瞬间缓过神来，松开袁客师，口中呻吟了一声，从地上抓起拴骆驼的缰绳，慢慢地从地上爬了起来，一把扯掉遮脸的纱巾，冲着袁客师一笑。

"快来，前面有水！"钟嘉盛的声音缓解了三人的尴尬。

第六章 马匪

戈壁滩上的水源极为稀少，是众多生灵赖以生存的必要条件。

一条很细小的河流汇聚成一个很浅的水坑，水坑旁的土地很湿润，留下了大大小小的动物脚印，却不见动物的踪迹。

水有些浑浊，很多叫不上来名字的虫子在里面游来游去，附近还有很多动物的粪便，但狄仁杰等人也顾不了那么多，就连极爱干净的冷无缺也是连呼带喊地扑到水坑里，不停地用手捧着水喝了个足。

狄仁杰并未急着喝水，反而看着大大小小的动物脚印愣神。鹰眼老九走到狄仁杰身边，悄声问道："狄大人，您也看出不对劲儿来了？"

狄仁杰微微点点头："方圆百里之内可能就只有这一处水源，却为何一只动物都没有？"

话音未落，只听见一声狼的嚎叫声传来。狄仁杰苦笑一声："果然是它们！"

原来，狼王早带着群狼守在这里等着狄仁杰等人。其他的动物警觉性高，在群狼还未到来之前便跑了个精光。

狼王身边守着几只极为强壮的狼，其他的狼埋伏在周边相对隐蔽的地点，只等着狄仁杰等人逃跑时伏击众人。

众人都受了伤，又经过一天一夜的长途跋涉，饥渴交加，身体状况已经到达极限，别说和饥饿的群狼对抗，就连走路都有些费劲。

鹰眼老九把手中的水囊扔在地上，抽出钢刀，苦笑一声，他知道这次是真的熬不过去了，杀一只是一只吧！

但在戈壁滩上，狼绝不是最凶猛的。

茫茫戈壁滩上存在很多马匪，多则几百人，少则几十人，他们大多是游牧民族出身，马背上的功夫极佳，武器装备多以弓箭和马刀为主，来去如风，以抢劫过往的行商为主，偶尔也会到戈壁周边的镇甸进行掠夺。

马匪之所以成为马匪，是因为物资极度匮乏，不得已而为之。当雨水充足、水草肥美的年份，他们会回归游牧部落的生活，摇身一变，成为一名朴实的牧民。出于对身份保密的需求，他们在抢劫后会杀人灭口，将村甸烧毁。

对于这群时而牧民，时而马匪的人，朝廷也是大为头痛，每年都会派大军进行清剿，怎奈马匪狡猾，绝不与军队作战，一旦得知有军队前来，便退到戈壁滩深处，等大军退去后再出来作恶。

狼王警惕地竖着耳朵转头向周边看了看，随后龇着牙嚎叫一声，极不甘心地率领狼群迅速离去。正当众人疑惑时，一阵阵低沉的马蹄声才从远处传来。

"糟了，是马匪！"鹰眼老九戍边多年，奉命清缴马匪多次，对马匪的马蹄声非常熟悉。

马匪的马大多数属于吐谷浑马，马蹄大而质软，奔跑起来的声音闷而低沉，若成群结队地奔跑，声音如初雷般，极具震撼力。相对高大神骏的中原马而言，吐谷浑马爆发力较弱，但耐力极强，对草料和水源的要求不高，不易得病，适合军队用马。吐谷浑马后腿力量强大，能将狼头踢碎，而且雄马具有很强的争斗心，要是遇到狼群，绝不会逃跑，反而会上前拼杀一番。

马且如此，再加上全副武装的人，群狼哪里是对手，只能落个逃跑的下场。但对于狄仁杰等人来说，这并不是一个好消息。

刚脱离狼群，又入虎口！

马匪有一百来人，他们骑着马，弯弓搭箭对准狄仁杰等人。为首的马匪相貌极为凶恶，脸上有一道斜着的疤痕，受到疤痕的影响，左眼角向下耷拉着，小眼睛不时地露出凶光，他打量了众人后，目光落在冷无缺身上，肆意地看了她好一阵，才冷哼一声："都绑了！"

"等等！"冷无缺走到马匪头目的马前，冲着他抱了抱拳。

"胆子不小，就不怕我大哥一怒，把你的人头砍了？"一名马匪冲着冷无缺吼着。

冷无缺并未理会马匪，冲着马匪头目说道："你看我们这几个人，伤的伤、病的病，哪还有力气反抗，把我们绑起来，只会拖累你们。"

冷无缺的话一出，吓得鹰眼老九和狄仁杰等人冷汗直冒。

马匪本就有杀人灭口的习惯，冷无缺这样说无非是表明他们不但没用，而且还可能成为拖累，给马匪一个充足的理由杀人。

想不到的是，马匪头目并未在意，反而又上下打量了冷无缺一番，笑着说道："只要你愿意当我的压寨夫人，我就饶了你们的命。"

冷无缺眼珠一转，有意无意地向袁客师的方向瞥了瞥，说道："我有心上人了，没法答应你，除非……"

马匪头目眼睛一瞪，身子向前一探，趴在马身上："除非什么？"

冷无缺轻蔑地看了一眼马匪头目："除非你能打赢他！"

冷无缺的话引起马匪们的一阵嘲笑，马匪头目也得意地笑了笑，环顾了狄仁杰等人，说道："告诉我，他是谁？我现在就可以杀了他。"

冷无缺也看众人一眼，最后停留在袁客师身上好一阵，才转向马匪头目："是哈赤儿，西突厥虎师大将军！"

听到冷无缺的话后，袁客师终于松了一口气。他现在的状态很差，别说和马匪头目比试，就连走路都费劲。

突厥军队的建制与大周军队不同，主要分为虎师、豹师、鹰师。虎师是突厥最精锐的部队，装备精良、训练有素，军权一般都掌握在可汗手中。豹师其次，由各部落的酋长和族长所掌控。鹰师最次，主要以小股的形式存在，执行侦查、巡逻、驻防等任务，战斗方式多以偷袭为主。

哈赤儿是虎师的大将军，武功韬略，在西突厥皆属顶流，多年来率领虎师征战南北，战功赫赫，哪是一名小小的马匪头目可比拟的！

想不到的是，马匪头目居然有一身傲骨，听了哈赤儿的名号后并未惊慌，反而哈哈大笑起来，笑够了之后才向冷无缺说道："你说的那个哈赤儿正被我困在大川驿，我可以带你去那儿，当着你的面杀了他！"

狄仁杰听后心中一喜。踏破铁鞋无觅处，得来全不费功夫。朝思暮想的哈赤儿居然被马匪困在了大川驿，虽说听起来有些匪夷所思，但依然是个好消息。

冷无缺用余光瞄了一眼狄仁杰，随后歪着头哼了一声："可别怪我没提醒你，三招之内，你的人头就会被哈赤儿砍下来，你这些兄弟，遇到了虎师的精锐，怕是连给你收尸的胆子都没有。"

"少废话，我赢了哈赤儿，你就得随我心意！带走！"

冷无缺为自己的机智和智慧暗暗喝彩，得意地看了一眼呆若木鸡的狄仁杰。

狄仁杰看着马匪头目离去的背影有些疑惑，却被一名马匪用刀鞘顶了一下，不得不牵着骆驼跟着队伍向前走去。

……

大川驿之所以繁荣，只因它的地理位置极佳，是鄯州到冷泉的必经之地。它是由来往于吐蕃、突厥和大周之间的行商自发形成的，后来鄯州刺史见此地位置重要，可能会对今后行军、补给等有利，便禀报皇帝武则天，经同意后斥巨资将此地建造成一个驿站，并派了一个骑兵小队驻守。由于是边境，战争长年不断，吐蕃和突厥频繁偷袭大川驿，掠夺囤积的资源。大周官方接手后，官僚主义极其严重，官员们只顾着从中获取利益，补给不及时，服务质量很差，导致有一段时间大川驿十分萧条，路过的人们宁可绕道去其他的补给点，也绝不来大川驿。

经历了几次战争的洗礼后，大川驿终于成为三个国家之间的过渡区域，由官方管制演变成民间自营的模式，也正因为如此，它成了三不管地带，三个国家的律法在这块土地上都失去了作用。

大川驿有一套只属于这个地区的规则，无论是行商、马匪、官兵、江洋大盗、普通百姓等，只要进入大川驿的地盘，就不能擅自动用武力，否则定会遭到所有人的攻击。就像狄仁杰等人遇到的那个水坑一样，无论是凶猛的豺狼、虎豹，还是弱小的驼、羊、鹿、兔等，它们在喝水期间，很少会发生相互攻击的现象。

遇到马匪是不幸的，但也是幸运的，若非马匪，凭借狄仁杰等人很难走到大川驿，更加幸运的是，狄仁杰等人果然看到了被困在大川驿的哈赤儿。但哈赤儿之所以被困，并非马匪的缘故，而是大川驿以西地带完全沙漠化，刚好这几天沙漠地区起了大风，黄沙遮天蔽日，能见度极差，在这种天气下，就连骆驼都容易迷路。

虽说哈赤儿非常熟悉沙漠地带的气候，也不敢在这种天气冒险前行。

被同样困在客栈的，还有很多金发碧眼的异族行商，他们穿着的衣袍有着典型的异域风情，身上挎着弯刀，围坐在一张桌子旁用牛耳尖刀切着肥美的羊肉。

还有一些本不属于这条路的人。有八人穿着统一样式和颜色的袍子，手中拿着同款式的长剑，从坐姿到说话的腔调，无不表明他们是一个江湖门派的弟子。这些人正是在边境谋求发展的封山派，以剑法和轻功擅长，因边境物资匮乏，江湖门派少之又少，封山派算是方圆五百里内最大的门派了。另有八人身穿锦衣，武器五花八门，有的使用流星锤，有的使用虎头双钩，有的使用分水峨眉刺，各不相同，他们的衣袍左胸襟上都绣着一个"来"字，行为极其嚣张，花钱大手大脚，很明显是来俊臣的人。

还有一些人散坐在其他散台上，行事很低调，桌子上放着一盘花生米或者普通酒菜，喝酒吃菜的同时，偶尔小声地交流着。

外面风沙四起，大川驿的大堂却是温暖而热闹的。店小二边吆喝着边将一盘盘热气腾腾的牛羊肉端给客人们，精明的店老板将算盘拨弄得啪啪直响，粗壮的大手拿起一些散碎银两，捏了捏之后便放入柜台的抽屉里，乐得嘴都合不上。柜台后的墙上挂着一把样式古朴的腰刀，缠着刀柄的麻绳被磨得油亮，显示着腰刀主人勤于练习。

哈赤儿有着突厥人的明显特征，腰粗背阔，满脸的胡子极尽所能地显示着他的雄性特征，他用随身的刀切下一大块羊肉，蘸了一些盐巴，放在口中咀嚼了几口便咽下，端起酒碗咕嘟咕嘟地干了一碗酒。与哈赤儿同坐的是一群和他同样彪悍的汉子们，他们身穿动物毛皮制成的袍子，有些罗圈腿，显然是长期骑马造成的，他们中只有一半人和哈赤儿喝酒吃肉，另外一半人只是干坐着，干坐着的其中有三人与其他人有所不同，其中一人气质阴鸷，身体瘦长，另一人眼睛犹如鹰隼一般，背上斜挎着一把古朴的长弓，第三人穿着与那些西域行商相仿，却一直闭着眼睛，双手不停地掐着手诀，如同一名算命先生一般。

这些人并非不饿，而是怕酒菜中被人下毒，要是都倒下了，怕是连身家性命都难保。

冷无缺见到哈赤儿后，便欲摆脱看守马匪的束缚，却被马匪头目用短刀顶在腰间，小声在她耳旁说着："要是你敢乱动，我先要了你的命！"

冷无缺反应过来，并未恐惧，反而扑哧一笑。马匪头目困住哈赤儿的事儿完全是吹牛，别说挑战哈赤儿，估计他连正眼看哈赤儿一眼都不敢！

店伙计点头哈腰地给马匪等人安排好了房间，又把酒肉送到房间里，拿了赏银后才赔着笑离开。

马匪并非善类，当狄仁杰等人正在疑惑马匪救助他们的动机时，马匪头目的说辞却令狄仁杰等人吓了一跳。

"我知道你们的身份，不过，我不想要你们的命，只想借你们的手拿点东西！"马匪有意无意地瞄向冷无缺丰满的胸部。

狄仁杰是断案高手，对这种虚张声势的做法早已见怪不怪，并未接话茬，反而冷眼看着马匪头目问道："敢问你是什么身份？"

马匪头目一笑："我什么身份并不重要，重要的是你叫狄仁杰，此行的目的是从哈赤儿手上截获一份配方，制造假银锭的配方，对吗？"

刚才狄仁杰经过大堂时，便预感到有些不妙。胸前绣着"来"字的那些人定是来俊臣府上的门客，这些人平时养尊处优，如果不是为了极特别的目的，绝不会来这等荒凉之地。那些衣袍、兵器完全一致的人，应该是某个江湖门派的人。还有那些散坐在其他座位的人们，绝非善类。

店老板虽说看起来人畜无害，但从其粗壮的四肢来看，此人定是一名高手，能在三不管地带生存下来，还将大川驿经营得有模有样，也不是一般人物。

连马匪都知道假银锭配方一事，这些人不约而同地在这个时间聚集在大川驿，怕也是冲着配方而来的。

狄仁杰暗暗吃惊，此行目的只有武则天、宰相娄师德以及狄仁杰精英小队的人知道，精英小队自打离开洛阳后，并未与外界有过多的接触，也不太可能泄露秘密，那究竟是谁泄露了他们的行踪？

马匪头目哈哈一笑："别吃惊，我只是想用你们的命来做一个交易，对我有好处，但对你们绝对没有任何坏处。"

狄仁杰端起桌子上的一碗水，一口喝干后说道："那你说说！"

"大川驿突然来了多股势力，他们的目标都是哈赤儿手上的假银锭配方，你们应该也是为此而来。"说到这里，马匪头目盯着狄仁杰看了一阵，见他并未有反应，才接着说道："我的意思是咱们联手，拿到配方，你拿着一份回朝廷交差，我留下一份……嗯……我还可以一次性给你们一百万两作为酬劳！"

从马匪的话中不难听出，定是有人泄露了他们的身份和行踪，马匪才知道了他们的身份和任务，这才有了马匪从狼群口中救出他们的事儿。否则，他们怕是早已丧命于狼口。至于迎娶冷无缺以及挑战哈赤儿的事儿，只是马匪头目临时起意罢了。

"好主意呀！这样一来我能向朝廷交差，还能落个实惠！"狄仁杰的话出乎了所有人的意料，更是让马匪头目一愣。

原本他以为会费很多口舌，也许还可能使用一些暴力手段，想不到狄仁杰一上来就答应了，反而打破了他原本的计划："哎……这……"

狄仁杰呵呵一笑："不过，这位兄弟，凭借你们的实力，完全可以把他们绑了，再搜出配方不就得了嘛，何必非要带上我们？"

马匪头目摇了摇头，说道："要是这么简单就好了，也不必非得等到大川驿才下手！我们曾正面和哈赤儿对峙，折损了十几名兄弟，却连人家一根毫毛都伤不到，更别提绑了人家。我还听道上的人说，这一路有很多势力和高人尾随，没一人得手，他们的实力太强悍了。不过，也有人怀疑配方究竟是否存在！"

"哈赤儿是突厥虎师的大将军，能劳他大驾守护的，定是非常重要之物，因此配方一定在他们手中。"袁客师说话时左手托着受伤的右手臂。

马匪头目正要说话，却见邱不悔把药箱放在桌子上，用手指了指药箱，又指了指众人身上的伤。先不说哈赤儿和军中健儿，光是来俊臣和封山派等势力，就不是狄仁杰等人可以对付的。马匪头目要利用狄仁杰等人，自然要保证他们恢复到最佳状态，因此点了点头，让邱不悔为众人诊治包扎。

见冷无缺满脸都是鄙夷之意，马匪头目尴尬地抖了抖衣袍，沙子不断地从衣袍上掉落下来："据我观察，沙尘暴最多能刮到后天，今天天色已晚，加上你们身上有伤，不宜行动，也就剩下明天一个白天和晚上了。"

"如果我们得不了手呢？"齐灵芷问道。

马匪头目眼中的杀意一闪而过，笑着说道："你们不是朝廷命官，就是大理寺神捕、门派掌门，都是精英中的精英，我们一个小小的马帮，又能怎样呢！"

狄仁杰看出马匪头目已经起了杀意，无论他们能否成功，最终都难逃马匪的魔掌！

"好，那就一言为定。但有一条，在没得手之前，你们不得再干扰我们的行动，也不得再与我们接触，需要你配合之处需全力以赴才行！"狄仁杰说道。

马匪头目撇了撇嘴："可以。不过你也不用过于担心，除了我们之外，再也没有人知道你们的身份了！"

"你们应该对哈赤儿的情况比较熟悉，那就劳烦你先说说具体情况！"袁客师说道。

"这是应该的！"马匪头目冲着一名马匪挥了挥手。

马匪立刻取出笔墨纸砚，一应俱全后，马匪头目拿着毛笔在纸上画着。令人意想不到的是，马匪的字写得很好，画工更是了得，若不是提前知道他的身份，还以为是画圣下凡！

第七章　简单计划

很多人原本以为大川驿就是一座普通的驿站而已，只有真正来过的人，才知道它是一座名副其实的销金窟。

大川驿是由诸多的建筑组合而成，原本都是地上建筑，却因为常年遭受风沙，将一层建筑连同通道逐渐掩埋成地下一层。

经过改造后，各个建筑之间通过地下通道连在一起，形成了极具风格的蛛网状建筑群体。中央部分是一座大型的酒楼，其中一口深达三十多丈的水井源源不断地为大川驿提供优质的水源，周边的建筑主要以住宿为主，大通铺的客房数十间，为节俭的客人所准备。独立客房四十二间，规格有高有低。还有一些房子是经常来往于大周和西域的行商自行修建的临时住所，虽说条件比不上大川驿，却相对安全、幽静。

酒楼的占地面积很大，堪比洛阳最大的酒楼朱雀楼。地下一层是赌坊，以满足人们的赌欲。一层是大堂，中央是一个大舞台，有歌女、舞女在台上表演。舞台四周是散台，散台的周边还有很多间挂着珍珠帘子的包厢。二层则是装修豪华的房间，是好酒好色的客人发泄的场所。

只要有银子，在这蛮荒之地居然能享用到各地的特色食物和品质极高的美酒，加上拥有异域风情的女子温柔陪伴，令人乐不思蜀。

哈赤儿所住的房间距离酒楼不远，是一处独立的建筑。被风沙困在大川驿后，他并未着急，反而悠然自得地享受起生活来，白天到酒楼的地下一层赌钱，晚上喝酒、作乐，累了便回住所休息。

随哈赤儿来的有十二个人，从体型和神态来看，这些人应该是虎师中的精英，每三人为一组，无时无刻不在保护哈赤儿。加上哈赤儿居住之所是一座相对独立的建筑，别说盗取配方，就连靠近都很难。

人为财死，鸟为食亡，能拥有假银锭配方，就意味着拥有了大量的财富，这也是众势力蜂拥而至的原因，至于是谁泄露了消息，目前还是个谜！

冲着配方来的势力很多，包括来俊臣的门客、封山派的剑客、盘踞在鄞州和冷泉之间的马帮。一些走单或者三两人的小团伙根本无法与这几个势力抗衡，哪怕没有来俊臣门客等势力，他们也无法对抗哈赤儿的护卫，因此他们临时组成了一个联盟，企图与众势力共分这杯羹。还有那些西域行商，表面看起来人畜无害，其实内心更渴望得到配方，他们精于算计，绝不会正大光明地与虎师大将军为敌，但暗地里动什么手脚却不好说。

几个势力各有所长，最终鹿死谁手还是未知数。

"要是几方势力齐齐动手，哈赤儿等人很难抵挡，现在的问题是没人知道配方放在哪儿，一旦哈赤儿死了，配方的事儿怕是就落了个空。"马匪头目说道。

狄仁杰听完马匪头目的介绍后，又拿起他画的大川驿地形图端看了好一阵，才说道："还是按照原计划，客师趁着夜色到客栈外面布阵，防止哈赤儿提前离开。无缺，打探配方所在就看你的了。"

冷无缺媚笑一声："没问题。"

狄仁杰又与钟嘉盛对视一眼，却并未说话，显然是防着马匪头目知晓全部计划。

"现在最重要的就是知道配方放在哪里。否则，咱们就算有能耐也无从下手不是！"马匪头目有意无意地瞥了瞥钟嘉盛。

狄仁杰等人不再说话，马匪头目觉得有些尴尬，只好告辞离开。众人见马匪离开，便立刻凑到狄仁杰身边。

"邱神医，他们的伤势怎么样？"狄仁杰急忙问道。

邱不悔捋着胡子沉吟了一阵，说道："他们的伤势并未伤筋动骨，但依然会影响行动，不过有我在，明天早上，定会还你一个生龙活虎的队伍！"

狄仁杰听后松了一口气："按照马匪头目所说，这个时间应该是哈赤儿喝酒取乐的时间，他们的住所防备相对比较松，灵芝，探查哈赤儿住所的任务就交给你了！"

"我去马棚看看。"鹰眼老九始终不太相信袁客师的阵法,他认为与其相信虚无缥缈的阵法,还不如在马和骆驼身上动手脚来得实在。

冷无缺有些疑惑地说道:"不是说内卫安排了接头人吗?应该到了才是,怎么还不见踪影?"

钟嘉盛摇摇头,笑着说道:"冷大人毕竟是冷大人,是在内卫中做大官的,不知道接头的规矩。"

狄仁杰摆了摆手:"该来的自然会来,急不得!咱们一路九死一生,幸好邱神医帮咱们治好了伤,也该庆祝一下,你们先忙活自己的事儿,半个时辰后在酒楼大堂汇合,开开荤!"

众人一听,顿时觉得肚子空空的,遂欢呼一阵,各自忙碌起来。

……

夜色如墨,月明千里。

大川驿已陷入沉睡中,只有酒楼依然是灯火通明。人们并未到地下一层的赌场挥金如土,也未到二楼享受西域美女的温柔,反而都聚集在一楼的大堂中。人们的胃口好像无底洞一般,早上宰杀的一头牛和两头羊都化作美食上了桌子,整个空间满是酒肉的香气。

酒是好酒,人们却各怀心思。

狄仁杰等人坐在相对比较偏僻的角落,喝着热乎乎的咸奶茶,看着站在一旁的店伙计:"伙计,给我们来五斤羊肉、五斤牛肉,两坛上好的青稞酒。牛要一年的小牛,羊要三年的老山羊。"

店伙计脸上的笑容没有半分变化,眨着眼睛望向狄仁杰。

狄仁杰叹了一口气,向钟嘉盛使了个眼色。钟嘉盛从怀中掏出一锭金子,用力地拍在桌子上:"剩下的赏你了,赶紧弄去!"

店伙计不卑不亢地拿起金子,向柜台走去,边走边冲着厨房方向大声喊着:"一年的小牛肉五斤,三年的山羊肉五斤,上好的青稞酒两坛!"

大川驿的理念是只要有钱,可以给客人享受到人间任何享受。虽然狄仁杰的要求很刁,在店伙计眼里却习以为常。

趁着厨房做菜的机会,众人开始向狄仁杰禀报探查所获。看众人精气神十足的状态,说明邱不悔在疗伤和治病这两方面有着极高的造诣,绝不是只擅长解毒的徐莫愁可比的。

　　袁客师利用地形在唯一一条离开大川驿的路上布置了反五行阵法，一旦有人进入，便会陷入阵中，要是没有外力干扰，仅凭自身很难突破出来。

　　鹰眼老九脸上洋溢着自信和得意，他在马和骆驼的草料中动了手脚，就算袁客师的阵法失效，哈赤儿等人也无法在短期内离开大川驿。

　　齐灵芷心有不甘地小声说道："抱歉啊大人，我这儿什么收获都没有，哈赤儿所住的建筑防守极其严密，建筑周边没有障碍物，加上看守的几人都是高手，根本无法接近！"

　　"没能力就是没能力，找那么多理由干吗？"冷无缺的声音不大。

　　"你……"齐灵芷有些恼怒，却碍于他们要执行的任务无法发火。

　　从见到冷无缺的第一眼开始，齐灵芷对她就没有半分好感，这一路走来，两人非但没能化解相互之间的厌烦，还数次因为袁客师而加剧了彼此的恨意。

　　想不到的是，狄仁杰等人并未劝阻，仿佛此事与他们无关，就连一向护着她的袁客师也假装没听见，自顾着喝着咸奶茶。

　　"还说什么高手，怕是徒有其名罢了！"冷无缺白了齐灵芷一眼，不屑一顾地把头撇向一边。

　　"你……不要得寸进尺！"齐灵芷有些压制不住心中怒气，内力催动之下，一股杀气罩向冷无缺。

　　冷无缺感到一股强悍无比的压力迎面扑来，吓得立刻后退了两步，才算勉强挺住，脸色变得惨白，可怜巴巴地向袁客师投出求助的眼神。

　　正当众人尴尬时，店伙计端着托盘和一名厨师模样的人走到狄仁杰等人的桌子前。仔细一看，厨师居然是一名长相清秀的年轻女子。

　　厨师仿佛并未察觉到异常，把牛羊肉亲自端到桌子上，并给众人倒了酒，端起一碗做敬酒状："天下美酒无数，却不如青稞酒来得醇厚！"

　　狄仁杰哈哈一笑，端起一碗酒，闻了闻："芬芳在外，醇厚在内，酸甜可口，好酒，好酒！"

　　厨师和狄仁杰对视一眼，碰了一下酒碗，随后一饮而尽。一旁的店伙计撇了撇嘴，显然是对两人的文采嗤之以鼻。

青稞酒是当地酒，以青稞为原料酿制的酒，度数相对烧刀子等烈酒来说低了很多，喝起来口感酸中带着甜香，而且酿制的手法相对简单，一般人家也可以自行酿造，对于当地人来说，它只是一种家中常备的饮品而已，所以店伙计才对狄仁杰把青稞酒夸成如此嗤之以鼻。

"大堂太过嘈杂，不如咱们到房间饮酒作诗如何？"老江湖的袁客师看出了门道。

狄仁杰呵呵一笑，冲着店伙计和厨师抱了抱拳："那就劳烦二位将酒菜送过去。"

"店伙计，给我们也来什么几年的牛肉和几年的羊肉，还有那个酒……嗯……就跟他们一样！"哈赤儿的一名部下喊着。

店伙计立刻向狄仁杰拱了拱手，抱歉一笑，急忙向哈赤儿的座位走去。

哈赤儿桌子上的肉已经见了底，却并未影响他们的兴致，部下和哈赤儿吆喝着从神都洛阳学来的行酒令，蹩脚地喊着，你一碗我一杯地喝着。

"可我觉得这大堂热闹得很，有人间烟火味儿，房间里冷冷清清，有什么意思！"冷无缺颇有兴趣地看向哈赤儿，随后端起一个碗，走向哈赤儿的座位。

齐灵芷白了她一眼，鼻子里发出一声冷哼。

众人都看得出，狄仁杰队伍里的两大美人不和。冷无缺不愿意和他们一起喝酒，于是便找了个理由留在大堂，远离齐灵芷等人。

至此，齐灵芷这才明白，冷无缺故意气她是在为留在大堂，并接近哈赤儿作铺垫，但冷无缺的演技太好，居然真的把齐灵芷气个半死！

哈赤儿早就被冷无缺的美貌吸引，喝酒时，总是有意无意地看向她，见冷无缺缓缓走来，他不由自主地站起身，拎起一坛酒，给自己斟了一碗，歪着头颇有意味地看着冷无缺。

不得不说，冷无缺的媚术天下无双，只是十几步路，硬生生地将整个大堂大部分男性的目光吸引过来。冷无缺把酒碗"嘭"的一下放在桌子上，看向哈赤儿的眼神满是挑逗。

更令人惊讶的是冷无缺的酒量，只见她将身边的一名护卫推到一旁，一只脚踏在椅子上，一手拎起一个酒坛，举起酒坛向口中灌去，整坛酒一滴不洒地下了肚，她呼出一口酒的辣气，脸颊上升起两朵红云，令其更加妩媚，她双眼朦胧地看向哈赤儿，洁白的牙齿咬着下嘴唇，令她更具挑逗性。

男人哪能在女人面前失了面子，更何况冷无缺还是位绝世大美女！

哈赤儿见众人都看向他，便哈哈一笑，也学着冷无缺的样子喝下一坛酒。两人相视一笑，仿佛多年未见的知己一般，毫不在意他人异样的目光，搂肩搭背、饮酒作乐……

……

厨师端着满是酒菜的木盘来到狄仁杰的住所后，放下木盘冲着狄仁杰抱拳施礼："狄大人，久闻大名。在下黎映雪，是负责接应你们的。"

任何人都想不到负责接应的内卫居然是一名女子，还是大川驿的一名厨师，刚才两人的敬酒词正是接头的暗号。

内卫是武则天为了排除异己、巩固政权才设立的机构，内卫在等级上极为严格，分为核心内卫、外围内卫。核心内卫都是从忠于武则天的人才中优选而出，再经过特殊训练，经历过多重考验后才能加入，一般会安排在朝廷的各个部门中，或者外派至各个地区作为负责人，时刻收集情报并监视着官员。冷无缺就是典型的核心内卫，她的武功不高，却拥有极高的媚术。周兴、来俊臣、卫遂忠等人都是典型的核心内卫，手中掌握着生杀大权。

外围内卫的选拔条件相对宽松了很多，只要愿意为朝廷效力，能够有一定贡献的，就可以成为外围内卫。外围内卫可以是官员、商人、农民、士兵、马夫等，也可以是社会上的闲散人员、江湖人士等，所覆盖的职业广泛，主要负责收集各行各业中的人员对朝政不利的行为和言论。黎映雪就是典型的外围内卫，对当地的社情地貌熟悉而加入内卫，大部分时间都在收集信息，并通过特殊方式报告给所在地的核心内卫，当地的核心内卫再通过内卫特有的通信手段传递给神都洛阳的内卫府。

内卫府在很多方面都与白鸽门有相似之处，不同的是，一方直接隶属于皇帝，另一方是江湖门派。

狄仁杰吃过来俊臣等人的亏，对内卫本没有好感，但见黎映雪态度谦逊，好感度增加了不少，遂点了点头，将他们和马匪之间的协议以及情报泄露的事情陈述出来，却对马匪救他们之前的事只字未提。

黎映雪思索了好一阵，才说道："狄大人，从掌握的情况来看，很难判断出情报泄露的渠道和范围，刚才我见副阁领冷大人已经和哈赤儿接触上了，凭她的能力，应该能探听出配方所在。"

狄仁杰赞同地点了点头，不禁对这名女子更是刮目相看。

黎映雪话锋一转："不过，就算知道了也没用。现在，大川驿的几股外来势力都是冲着配方来的，有来俊臣的人，封山派的主力弟子也全部出动，还有马帮的人，原本不成气候的散兵游勇也联合起来，加上西域行商一共是五大势力，他们每时每刻都盯着哈赤儿，若非大川驿不准动武的规矩，怕是早就把哈赤儿大卸八块儿搜取配方了！"

据马匪头目说，之所以不惊动哈赤儿，是因为不知道配方所在，与黎映雪所说略有不同。狄仁杰心里清楚，规矩是人定的，也是人来破坏的，一旦知道配方所在，定会引起你死我活的争夺，哪还顾得了规矩。

"我的计划是利用马帮吸引其他势力的注意，再盗取配方后撤离。"狄仁杰说道。

黎映雪沉思一阵，微微摇摇头，表示不理解："小女子愚钝，请狄大人明示！"

"如果马帮拿到了配方并离开大川驿，其他势力会怎么做？"狄仁杰引导着黎映雪的思路。

"其他势力都是为配方而来，势在必得，肯定会追着马帮抢回配方才是。"黎映雪说道。

狄仁杰微笑着点了点头，说道："那就伪造一个配方，让马帮做一场假戏，带着它离开，咱们再趁机围绕哈赤儿执行计划。"

"这些人都是人精中的人精，哪有那么好骗！再说，马帮能这么配合咱们，带着大队人马离开大川驿吗？"黎映雪反驳道。

"人性是贪婪的，一旦众势力知道马帮拿到了配方，无论真假，他们都会去抢。退一步说，马帮会吸引大部分人离开，剩下的一部分人，已不足为惧！另外，方圆百里内皆是戈壁滩，马帮根本不担心咱们逃脱他们的掌控。"袁客师补充道。

狄仁杰呵呵一笑："越简单的计划，成功概率就越高！"

"好吧，我只是个接头人，主意您来定，不过，咱们还得等冷大人……"

黎映雪的话还未说完，便被一阵浪荡的笑声打断，正当众人扭头看向房门时，冷无缺推开门，晃晃悠悠地走了进来，冲着狄仁杰等人挥了挥手，脸上满是得意之色。

"想必是冷大人知道了配方所在！"齐灵芷不阴不阳地说道。

"传说冷大人的媚术天下无双，今日一见果然厉害！"黎映雪看向冷无缺的眼神满是崇拜。

齐灵芷从鼻子里哼出一声："有什么了不起！"

"本阁领出马，自然马到成……呕……配方就……"冷无缺的话还未说完，便一头栽倒，若不是袁客师身手快，及时地扶住她，怕是她引以为傲的漂亮脸蛋会和坚硬的地面亲在一起。

众人七手八脚地把冷无缺扶上了床，只有狄仁杰站在原地未动，他紧锁着眉头，脑海中回想着过往。

袁客师看得明白，走到狄仁杰身旁，小声问道："大人，有什么不妥之处吗？"

狄仁杰叹了一口气："但愿我是多虑了！"

第八章　局中局

　　青稞酒比不上烧刀子那么烈，喝起来的口感极其柔和，但醉起人来，却比烧刀子更甚。

　　冷无缺整整睡了一天，直到第二天傍晚，她才长喘了一口气，睁开还有些迷茫的双眼，当她看到狄仁杰等人都瞪大了眼睛看她时，她下意识地捂着胸口，拽起身边的被子盖在身上，脸上竟然现出娇羞状。

　　"你可倒好，睡了一天一夜了，怎么叫都叫不醒，要是你再醒不过来，邱神医说就得给你准备棺材了。"狄仁杰说道。

　　过量的酒会使人的反应变得缓慢，甚至会造成暂时性失忆。冷无缺愣了一下，随后皱着眉头想了好一阵，瞪着大眼睛，做出一副无辜的模样："我昨天晚上没告诉你们吗？"

　　众人齐刷刷地点了点头。

　　冷无缺一闭眼睛，咂了咂嘴，手使劲儿地拍在额头上："上头了，上头了，让我想想！"

　　"冷大人，按照狄大人的计划，马帮今早就以得到配方的名义离开这里，各势力象征性地留下了几个人盯着哈赤儿，大部分人追着马帮而去。马帮会在午夜前甩掉那些人，赶回大川驿，咱们必须在此之前完成任务，离开大川驿。"黎映雪冲着冷无缺抱了抱拳，此时她已经恢复了女装装扮，没有齐灵芷的清纯，没有冷无缺的媚意，却独独多了一份英气。

　　冷无缺看了黎映雪一阵，疑惑地问道："我怎么看你都不像厨师，你是这里的内卫吗？"

　　黎映雪低下头，又向冷无缺抱了抱拳，小声解释道："我就是这里的厨师，不过，之前做的是这里的歌姬……"

冷无缺听到这里脸上露出一丝轻蔑之意。

"我只卖艺不卖身的，单纯的歌姬。"黎映雪急忙解释着，说完还偷着瞥了一眼狄仁杰。

歌姬名义上是唱歌跳舞，但大川驿的大部分歌姬为了生存，只得出卖身体，巴望着哪个行商或是客人看上，就可以摆脱穷苦卖身的生活了。

冷无缺突然一拍脑门："我想起来了，他把封配方的蜡丸放在春药瓶里，放在一名叫红秀的歌姬手里。"

黎映雪急忙说道："我认识红秀，就住在酒楼二楼左边数第六个房间！"

"哈赤儿是虎师的大将军，执行这么重要的任务怎么可能随身还带着春药？"鹰眼老九有些疑惑。

黎映雪立刻说道："在大川驿，基本上每名歌舞伎都会有一瓶春药，是为客人助兴用的，青色瓷瓶，上面有一朵牡丹花。"

"每个人的都一样？"袁客师问道。

黎映雪点了点头，说道："都一样！"

"走！"狄仁杰和黎映雪对视一眼，和众人立刻转身离开房间，只留下神医邱不悔和冷无缺。

"哎，哎，等等我呀！"冷无缺掀开被子下了床，却觉得浑身酸软无力，头晕目眩，胃里一阵翻腾，一股酸水上冲至喉咙，差点儿没喷出来："不是说青稞酒没这么大劲儿的吗？"

邱不悔急忙上前扶她："你看你喝成这个样子，就别跟着去了！"

……

月光将银辉洒满大川驿，一声长长的狼嚎打破了宁静。

随着各势力人马的离开，酒楼大堂冷清了不少，店伙计有气无力地耷拉着脑袋，掌柜无精打采地翻看着之前的账本，几名西域行商模样的人在角落里吃肉喝酒。大堂中央的舞台上，身穿华丽衣裳的歌舞伎们依然卖力地唱着跳着。

"哎，贵客，点些酒菜吗？"店伙计见狄仁杰等人走了进来，便立刻凑上前赔着笑问道。

众人坐在靠近楼梯口的一张桌子旁，钟嘉盛掏出一锭银子，递给店伙计："备一桌酒菜，和昨天一样！"

店伙计接过银子掂了掂，脸上露出些许的失望，毕竟昨天钟嘉盛给的是一锭金子，今天却变成了一锭银子。

狄仁杰环顾大堂，并未发现哈赤儿等人，抬头望向二楼的第六间房，发现房间黑着灯。袁客师立刻会意，模仿寻欢客人的口吻问道："伙计，楼上的姑娘都在吗？"

店伙计立刻笑了笑，指着二楼亮灯的房间说道："只要亮着灯的都在，那些不亮灯的，要么不方便，要么已经随客人去了住所，贵客看上了哪个姑娘？"

说话间，店伙计瞥了瞥紧挨着袁客师的齐灵芷，脸上露出了可惜之意。

袁客师顾不上齐灵芷的感受，指着第六间房，有些腼腆地说道："第六间房的姑娘可是不方便？"

店伙计摇着头笑了笑，说道："哎呀，这个你就别想了，红秀姑娘被另一位贵客包了，现在怕是在那位贵客的房中饮酒作乐呢！"

"是不是带了十来个护卫的那个壮硕汉子？"袁客师语气中带着嫉妒。

店伙计掂了掂银子，意味深长地说道："正是，小人劝您一句，那位贵客您可惹不起，换个其他姑娘吧！"

袁客师不耐烦地挥了挥手："其他的小爷不喜欢，快去准备吃的吧，小爷没心情了！"

店伙计抱了抱拳，向厨房走去。

狄仁杰冲着钟嘉盛使了使眼色，钟嘉盛便哼哼呀呀地向二楼走去，上了楼梯后，他身形一闪，快速地打开第六间房的房门，钻了进去。齐灵芷趁机在袁客师的胳膊上使劲儿扭着，冷笑着低声说道："你扮嫖客的样子是真像啊，好有生活经验呦！"

袁客师知道齐灵芷是在挖苦他，但他哪里还敢解释，更不敢躲，任凭齐灵芷的手在他的胳膊上左拧右拧，疼得他的脸都变了形。

袁客师正尴尬着，见楼上有了动静，只见钟嘉盛身影一闪，出了六号房间，又故作轻松地走下楼梯，冲着狄仁杰的方向微微地摇了摇头。

掌柜的在柜台后看得清清楚楚，却不以为意。像钟嘉盛这样白听声的人他见多了，反正只要客人不给钱，没有歌姬敢接茬，最终客人只落个欲火焚身，还是要乖乖地掏银子。

"都翻过了，药倒是有一些，但没有瓷瓶。"钟嘉盛张开手，十几颗红红绿绿的小药丸正在他的手心中滚来滚去，煞是好看。

盗神钟嘉盛虽说以盗墓为主，但有时见到为富不仁者，他也绝不客气，偷盗的手艺非常高明，能精准而迅速地找到贵重物品。

狄仁杰小声问道："原本还以为会有惊喜，结果是一场空，还得按照原计划执行。钟大哥，通往哈赤儿住所的盗洞挖得怎么样了？"

狄仁杰原本的计划中，假定配方就在哈赤儿的住所，利用钟嘉盛的盗洞进入住所后，再悄无声息地盗走。

钟嘉盛得意地笑了笑："就差最后一层土，几锹的事儿，入口就在我的房间里，随时可以行动！"

狄仁杰重重地点了点头："目标是哈赤儿装春药的瓷瓶。老九，你到哈赤儿住所外观察，若有意外，用暗号及时联系。"

鹰眼老九点了点头，手不由自主地拍了拍身上挂着的箭囊。

"灵芷，你随钟大哥潜入住所内部，负责保护他，可随机应变。"

"明白！"

"我去找冷无缺和邱不悔，让他们做好撤离的准备，再到钟大哥的房间接应你们。"狄仁杰说道。

"那我呢？"黎映雪问道。

黎映雪作为接头人主要是因为熟悉当地的情况，先是有了马帮把哈赤儿和大川驿的情况摸了个透彻，而后冷无缺又弄到了配方的藏处，行动上有钟嘉盛、袁客师等人，在狄仁杰的计划里已经没有她存在的意义，但见她态度诚恳，狄仁杰有些于心不忍，说道："你帮我去照看马匹和骆驼，撤离时做向导吧，你对附近的地形熟悉，撤离时尽量避开马帮。"

"好！"黎映雪爽快地答应下来，对一名外围内卫而言，无论多努力，几乎不可能见到核心内卫，更何况是冷无缺这种级别的，只要表现足够好，可以博得冷无缺的好感，她就有可能成为核心内卫的一员，甚至可能到神都洛阳的内卫府任职,离开这个贫瘠之地。

……

夜晚的大川驿极其安静,静得有些令人毛骨悚然。

回到住所的狄仁杰感觉事情有些不对劲儿,却说不出来,边想着边敲了敲冷无缺的房门,但并未得到回应,他看到房间里面的油灯还亮着,便小声喊道:"冷大人,邱神医!"

连续叫了两声之后,依然没得到回应,他推门而入,见房间内空空如也,冷无缺的行李好好地放在一旁的柜子上,邱神医的药箱在桌子上放着,药箱盖子打开着,银针包平铺在桌子上,一根银针放在桌子边缘。

邱不悔有个习惯,就是药箱从不离身,哪怕是睡觉,都要放在枕边,闻着药香味儿才放心,怎么可能连药箱都不收拾就离开房间。冷无缺为了套出配方所在,对哈赤儿尽施媚术,喝了大量的青稞酒,青稞酒喝着没感觉,一旦到量了,能让人醉死过去,醒来后浑身发软,头晕目眩,在这种状态下也不太可能离开房间。

"不对劲儿!"狄仁杰心中感到不妙,思索一阵后,倒吸一口冷气。

……

天外有天,人外有人。

狄仁杰的计划简单而滴水不漏,想不到,却落在哈赤儿所布的局中。

钟嘉盛的房间很大,哪怕是哈赤儿等人都涌进房间内,也不显拥挤,他们把绑着双手的邱不悔和冷无缺按在椅子上坐着。哈赤儿走到床榻旁,看着一个斜向下的黑黝黝的洞冷笑,同时心中暗暗惊叹,一天一夜的时间,挖出长达五十丈的地下通道,直通哈赤儿的住所,通道虽有些狭小,但洞壁坚固、光滑,绝非常人所能。

"钟嘉盛和齐灵芷已经进入盗洞中,洞挖得不错,可惜比我还差点儿!"一名贼眉鼠眼的护卫摇了摇头。

贼眉鼠眼的护卫曾经也是一名盗墓贼,工具和手段极为高明,后来在盗突厥大可汗的墓时,被巡逻的官兵抓到,若非哈赤儿爱才,怕是他早就命丧黄泉了。

哈赤儿犹豫片刻,略带惋惜的语气说道:"可惜此人不能为我所用,否则，攻城时便多了一队挖暗道的人马。"

"明白！"贼眉鼠眼的护卫的眼眉挑了挑，从随身的百宝囊中掏出一些牛虻针，插在洞口附近的区域，只留下一点儿针尖在外，针尖上闪烁着幽蓝色的光芒，显然是上面涂了毒药。

"你这人好卑鄙！"冷无缺骂道，她的表情有些奇怪，显然是在承受着巨大痛苦，却不愿意呻吟出声，极力地忍着。

"你怎么知道我的绰号！"贼眉鼠眼护卫并不在乎冷无缺的辱骂，反而调侃了起来！

哈赤儿转向冷无缺，冷哼一声："江湖传你媚术无双，你以为老子就会着了你的道。告诉你，在突厥比你能喝酒又漂亮的姑娘多的是，本将军就是利用你传递个假消息而已，骗那个傻子狄仁杰上当，还有自以为聪明的神捕袁客师，布了一个什么破阵，就想阻止我离开，你们以为突厥就没有会布阵的人吗？"

一名护卫又用突厥话说道："这女人吃了这么多春药怎么还没反应，不会是平时吃多了，这点儿药量不管用吧！"

话音未落，只听得冷无缺发出嘀嘀的声音，声音越来越嘶哑，仿佛经历着极大的痛苦，转瞬之间，就听到"噗"的一声，便再也没了声音。众护卫纷纷咒骂着，其中一名护卫说道："这药劲儿真大，居然能让人血管爆裂而亡，要知道这样，就应该躲起来看才是。"

趁着众人忙着擦周身血迹的工夫，邱不悔突然起身向外冲去，强大的求生欲令他的速度极快，到了门口身体一转，用被绑在身后的手打开房门，随后一闪身钻了出去。

"号称大周第一神医，我倒是要看看，刺穿了心脏，你怎么医治！"哈赤儿喝止了众手下，抽出腿上绑着的短刀抖手射出，短刀毫不费力地穿透窗棂纸，正中邱不悔的后心。

只听邱不悔闷哼一声，一个跟跄倒在地上，鲜血顺着透出胸口的刀尖不断喷射出来，他拼命地爬起身，不顾胸口的疼痛，跌跌撞撞地进入冷无缺的房间，他的药箱里有上好的金疮药还有可以封住血脉的银针。

"狄大人莫出声。"邱不悔捂着胸口小声地说着。

狄仁杰正准备发出暗号停止行动，却见邱不悔一头撞了进来，他艰难地爬向药箱，眼睛中透着极强的求生欲望。

狄仁杰急忙上前查看，发现短刀从后心射入，刺穿心脏后从前胸透出，属于致命伤，就算大罗金仙降临，也无法将其救活。

"你坚持住，我去拿药。"狄仁杰小声地安抚着邱不悔，转身冲向药箱。

邱不悔一把拽住狄仁杰，低头看了看胸口，吐出一口鲜血，叹了一口气，摇了摇头，苦笑着说道："狄大人……哈赤儿识破了咱们，冷大人死了，别管我，快……去救……其他……"

话未说完，邱不悔便没了气息。狄仁杰抓着邱不悔的手沉默了一阵，咬了咬牙，起身朝外面跑去。

第九章　四面楚歌

黎映雪常年生活在游牧地区，对养马、骑马并不陌生，她边安抚着马匹，边配好了马鞍，闲着没事便给它们梳理毛发。马儿们是有灵性的，知道黎映雪对它们好，便不时地用身体蹭着她。

突然，一支羽箭破空而来。

幸运的是，马儿用身体撞了黎映雪一下，黎映雪本以为是马儿调皮，却没想到一支羽箭贴着脖子飞了过去，钉在马棚的柱子上。

"不好！"黎映雪知道事情有些不对劲儿，急忙躲在马后，不断地向四周看着，却并未发现任何人。她将柱子上的羽箭拔了下来，仔细观察后，发现羽箭是三棱箭头，箭头长约一尺六寸，由于箭头又重又长，穿透力极强，专门对付重甲骑兵，称为飞虻箭，需要拉力很大的弓才能发射。飞虻箭制造程序复杂，产量很少，精锐部队才能少量配备。

在西突厥的军队中，只有虎师中的精锐部队才会拥有飞虻箭。黎映雪立刻想到了哈赤儿的十二名护卫！

"你先走，我来掩护！"鹰眼老九的声音传来，却不见其人。

话音未落，飞虻箭的破空声不断响起，显然是对方的神箭手发现了鹰眼老九的位置，不断地向他射击。鹰眼老九亦不甘示弱，射出狼牙箭不断地回击着。双方羽箭的破空声各不相同，你来我往，时而一支羽箭从侧面截击另一支羽箭，将其拦腰射断，时而羽箭在空中互相撞击坠落，可见双方的箭术极为高明。

黎映雪正犹豫，一支飞虻箭向她射来，眼见躲闪不及，却在关键时刻被狼牙箭拦下，两支羽箭掉落在她的身前。

凭她的武功，要是留下来，肯定会成为狄仁杰精英小队的拖累，还不如先行离开。想到这里，她翻身上马，整个人紧贴在马背上，双腿一夹，马儿立刻飞奔出了马棚，绕开出口，找了一条小道儿向戈壁滩深处奔去。

哈赤儿并未打算放过任何人，哪怕是已没有任何作用的黎映雪。她还没走出多远，便发现有两匹马从侧面向她冲来，骑手是哈赤儿的护卫，手中的长弓搭着箭，他们的马很快，要是黎映雪不改变方向，必将被两人射杀，无奈之下，她只得调转马头，向另外的方向奔去。

她对这附近的地形非常熟悉，骑着马径直地奔向一处裂谷。裂谷是一次大地震之后的产物，长度有三十多里，深浅不一，最宽处大约有半里宽，最窄处两三丈。她的想法是让马从裂谷最狭窄处跳过去，这样就可以摆脱追兵。

在黎映雪的催促下，马儿的冲势很快，按照她的设想，是有可能越过裂谷的。可惜的是，她过高地预估了马的能力和她与马之间的默契⋯⋯

当哈赤儿的两名护卫追到裂谷边时，只看到黎映雪所骑乘的马匹和马儿急刹的蹄印，却不见黎映雪的踪影。戈壁滩上几乎是一望无际，黎映雪不可能弃马而逃，这就意味着她已经坠入裂谷中。此处裂谷很窄，却深不见底，一名护卫探着身子向裂谷下望去，只觉得一阵透骨的寒意扑面而来，吓得他立刻后退一步。

人掉进这种深度的裂谷中，定是十死无生。

护卫冲着另外一人挥了挥手，两人策马离去，只留下那匹胆怯的马孤零零地徘徊在裂谷旁。鹰眼老九躲在一处建筑的房顶，隐约看到此情景，不禁叹了一口气，还未缓过神来，便听见羽箭破空声响起，他下意识地一个前滚翻蹿了出去，却再也不敢站直身体。

大川驿经受过多次战争的洗礼，因此在各个建筑的房顶上都保留着类似于城墙垛口的土垛口，他几乎半蹲着，小心翼翼地挪动着脚步，从头上取下毡帽伸出垛口，试探了两次后，见对方并未发现他，这才向下观察着。

不远处的大川驿出口处扬起一阵尘土，随着时间的推移，尘土越来越大，突然，一个熟悉的身影从尘土中冲出来，却转了一个圈，又冲回到尘土中。

"是袁客师，看样子有些不妙。"鹰眼老九心中暗道，又仔细观察了一阵，发现在大川驿出口附近的一个隐蔽角落里躲着一个人，此人穿着西域行商的衣裳，脸上带着冷笑，双手不停地比画着，口中念念有词，看样子是在施展某些咒语。

虽说此人是行商打扮，但一眼就能看出他是哈赤儿的十二护卫之一。

精英小队刚到大川驿，袁客师便布下了阵法，以防止哈赤儿等人提前离开，想不到的是，哈赤儿一方也有布阵施法的高手，暗中修改了袁客师的阵法，并在阵法旁不断地操控着其中的变换，竟然将袁客师困在其中。

鹰眼老九弯弓搭箭，身体微微露出墙边，将羽箭射向那名行商，随后他立刻又缩回墙的保护范围之内。在这种距离之内，莫说是一个人，就是一个苹果，鹰眼老九也能做到百发百中，只要射死念咒行商，袁客师自然便可以突破阵法。

就在羽箭快要射中行商时，一支飞虻箭射中了鹰眼老九的羽箭的箭镞，两支箭碰撞后偏离了原方向，钉在念咒行商身旁。

"又是他！"他知道对手应该是虎师的神箭手，实力与他不相上下，两人虽未见到对方，却能感觉到彼此的存在！

从目前的情况看，哈赤儿早有准备，做了针对性的计划，不但令狄仁杰的行动失败，还欲将精英小队赶尽杀绝！懂得阵法的护卫对阵袁客师，虎师的神箭手和鹰眼老九针锋相对，至于其他人，估计情况也不会太好。

鹰眼老九从箭囊中抽出一支响箭，弯弓搭箭向天上射去。响箭发出尖锐的声音，将一群鸟儿惊得腾空飞起，这是行动失败撤退的信号。鹰眼老九又趴在墙边向四周看着，只听得飞虻箭的破空声响起，他立刻缩了回来，羽箭从墙边擦过。

"老九，掩护我！"狄仁杰的声音传来，随后，一道身影从建筑内冲了出来，直奔向哈赤儿的住所。

飞虻箭的破空声再次响起，鹰眼老九顾不上自身安危，猛地起身，弯弓、搭箭、瞄准、射击，动作一气呵成，鹰眼老九的羽箭准确无误地拦截了对方的飞虻箭。

借此机会，狄仁杰一个闪身消失在黑暗中。

阵法和咒语对这个时代的人来说，一直是高高在上的神秘事物，只有袁天罡、李淳风等少数人才能悟透其中奥妙，得以初级运用。袁客师继承了父亲的衣钵，几乎把所有的精力都用在钻研玄学上，虽说在成就上无法与父亲相比，但在江湖上却是数一数二的高手。

他想不到的是，西突厥居然也有人精通玄学，在水平上与他不相上下。当他在哈赤儿住所外布阵时，突然发现一个行商模样的人从哈赤儿住所冲了出来，毫无阻碍地通过了袁客师所布下的阵法，朝着大川驿进出口的方向奔去。

俗话说得好，布阵容易破阵难。袁客师所布下的阵法是反五行阵，哪怕是精通阵法的高手，也不可能轻易破去，想要顺利通过阵法，只有掌握了通过反五行阵的口诀才行。此人能够迅速通过袁客师的阵法，说明他对阵法的研究甚至超越了袁客师。

"这人想破了进出口的阵法！"袁客师顾不得未布置完的阵法，急忙施展轻功朝着大川驿进出口的方向追去。

事情往往会出乎人的意料。行商早就在袁客师的阵法上动了手脚，等袁客师进入阵中，却并未发现行商，他按照之前设定好的口诀准备离开，发现行商正站在阵外，对着自己冷笑。只见行商手上不断地变换着手诀，口中念着咒语，一阵阴风吹过后，原本熟悉的阵法突然有了变化，令他进入一个完全陌生的幻境中。

不识庐山真面目，只缘身在此山中。他此时已陷入阵中，除非比布阵者高明很多，才有可能从其中突破而出。否则，会被困在阵中，直到力竭死亡！

袁客师想起父亲和他说的一句话：道法易学，道心难练。心不及法，被法所伤！

……

哈赤儿的房间是大川驿的上房，房间的面积很大，其中的设施应有尽有，房间中充斥着一股淡淡的水粉香气，四盏小型烛台分别放置于房间的四个角落，中央的大桌子旁放着一个大烛台，将整个房间照得很亮。

钟嘉盛盗神的称号绝非虚名，进入哈赤儿房间后，不到一盏茶的时间，便找到了装着春药的青色瓷瓶，打开后倒出所有药丸，发现其中一颗较大的蜡丸，他面色一喜，急忙招呼警戒着的齐灵芷。

齐灵芷却并未回应，反而紧张地看向门外。

从一进入房间，她就感觉有些不对劲儿。

按照店家提供的信息，哈赤儿把红秀带回住所，但房间中却没有哈赤儿和红秀的身影，房间外非常安静，甚至连护卫的走动声和呼吸声都听不见，让齐灵芷一度怀疑自己的耳朵出了问题。

"不对劲，不对劲！"齐灵芷心里暗念着，听到钟嘉盛的声音后，她点了点头，用手势示意赶紧撤离此地。

钟嘉盛并未在意，正要转身进入盗洞，却听见撤离的响箭声音传来。

两人对视一眼，心中暗道不好。

"钟大哥，你带着配方先撤，我来断后。"齐灵芷拔出青霜宝剑，警惕地观察着四周。

"小心！"钟嘉盛并未客气，径直钻进盗洞中。

"嘿嘿嘿！"一阵阴鸷的笑声传来，不断地回荡在房间中，笑声中隐含着内力，刺得齐灵芷耳膜直疼。

"有本事出来说话，藏在暗中算什么本事！"齐灵芷分不清此人身处何方，只好用起了激将法。

提起隐身的功夫，除了狄仁杰的卫队长汪远洋之外，江湖上属齐灵芷最为高明。齐灵芷竭尽所能，却无法分辨出对方所在位置，可见对方的隐身功夫更加高明。

"出来又如何，本尊倒要看看大周的高手到底有多厉害！"随着阴鸷的声音落下，一个身形高而瘦的男子推开房门走了进来，只见他穿着黑色紧身衣，头上戴着一个黑色的头套，只有两只眼睛露在外面，他手上戴着一副手套，手套在烛光下闪现出幽蓝色，指尖部分还有一个个尖尖的钩子，好像鹰爪一般。

话音未落，阴鸷男子身形一晃便来到齐灵芷面前，右手向她的咽喉抓去。

齐灵芷心中一惊，急忙施展轻功向后退去，同时手中青霜宝剑向上方一刺，若对方继续追击，便会刺中对方的下巴。

阴鸷男子身形一缩，右手攻势不变，左手竟然抓住齐灵芷的剑尖。青霜宝剑锋利无比，但此刻却无法刺穿对方的手套。待齐灵芷想撤回宝剑自保时，却发现对方手劲儿极大，手套上五只鹰爪般的钩子将宝剑牢牢抓住，竟然无法撤回。情急之下，她松开剑柄，身体滴溜溜一转，来到对方的身侧，不但避开了对方致命一击，同时使出百花掌打向阴鸷男子。

想不到的是，阴鸷男子并未回避，身体微微一转，把青霜宝剑扔到一旁，与齐灵芷硬生生对了数掌。齐灵芷手掌一痛，一股强大的内力涌进体内，令她气血翻涌，身体不由自主地向后退去，直到撞到墙上，这才止住退势。

自打齐灵芷行走江湖以来，遇敌无数，却从未遇到内力如此深厚的对手，几乎在一个回合之下，她便失去了大半的战斗力，单凭内力，此人便足以与当年铁尸功大成的臧霸相媲美，甚至有过之而无不及。

来不及多想，她急忙运转内力修复着伤势，同时将双掌慢慢提起，内力加持之下，掌心居然慢慢变成了红色，只见她飞身而起，双掌不断打出，红色双掌犹如漫天花雨一般打向阴鸷男子，此为百花掌的绝招天女散花，威力无比，缺点是会损耗大部分的内力，若还是无法击倒对手，便会陷入任由对方宰割的局面。

"好招式！"阴鸷男子只觉得周围的空间都被花影罩住，一时间竟然不知该如何招架，更别提躲闪了，但见他口中暴喝一声，将内力遍布全身，双掌护住头部和胸腹等部位，任由齐灵芷的掌力打在他身上。

"啊！"钟嘉盛的声音从盗洞尽头传了过来，随后，他又痛苦地叫了几声，才哑着嗓子拼尽全力喊道："盗洞有埋伏！"随后便没了声音。

齐灵芷受到影响，内力运转生涩，身形也落了下来，掌力渐弱。

阴鸷男子趁着齐灵芷势弱，反攻数掌，虽说没有任何章法，力量和内力却奇大无比，硬生生破了齐灵芷的招数，将她一掌打飞。

齐灵芷喷出一口鲜血，身体不由自主地向后飞去，撞倒了土墙后又重重地摔在地上。土墙的倒塌引发了连锁反应，整个房间不断地塌下来。

阴鸷男子原本要亲手击杀齐灵芷，但见如此，暗道一声可惜，将身法施展到极限，在房子塌下来之前离开……

狄仁杰的速度很快，眼见就要到哈赤儿的住所，却见整栋建筑瞬间塌了下来，巨大的冲击力令四周尘土飞扬，将他笼罩在其中，飞尘令他几乎窒息，双眼无法睁开，同时齐灵芷的惨叫声传来。

"你来得正好！"阴鸷男子冲出建筑后发现了笼罩在飞尘中的狄仁杰，提起内力便冲向他，冲势犹如一只捕猎的鹰隼一般。

第十章　舍命相救

当狄仁杰恢复了部分感知能力后，阴鸷男子已经来到他的面前，闪着寒光的五指径直抓向他的咽喉。他躲闪不及，只得闭上眼睛等待着死亡的到来。

"嗖！"一支狼牙箭破空而来，阴鸷男子若不收势，定会被羽箭击穿了脑袋，他叹了一口气，身形一顿，原本抓向狄仁杰咽喉的手微微上扬，竟然将狼牙箭抓在手中！

"大人快撤！"鹰眼老九的声音传来，随着声音而来的是又一支狼牙箭，逼得阴鸷男子不得不再次后退。

狄仁杰心中一惊，单凭这一手，就能看出阴鸷男子的功力要高于齐灵芷，加上刚才那声惨叫，齐灵芷凶多吉少！更何况哈赤儿的住所是二层土质的建筑，一旦塌下来，齐灵芷和钟嘉盛再有本领，也难有生还的可能。

狄仁杰缓过神来后急忙向后退去，令他想不到的是，刚退后几丈，便觉得脚下一空，地面突然下陷成一个方圆三尺左右的深坑，整个人不受控制地向下坠去，转瞬间，身体重重地落在地面上，巨大的冲击力险些令他昏厥过去，正要挣扎起身，却看到倒塌的土墙迎面压了过来，将深坑洞口完全遮挡住，一块碎裂的土块正好砸在他的头上，他只感觉头部一阵剧烈疼痛，口腔中充满了血腥的味道，随后眼前一黑……

高手博弈全在一瞬之间。

哈赤儿手下的神箭手显然没有这么多话，趁着鹰眼老九救狄仁杰时，向他隐身处射出一箭。箭术到了神箭手和鹰眼老九这种级别，已经达到不用瞄准，仅凭感觉便可以命中目标的程度。

鹰眼老九冒着暴露的危险救下狄仁杰，却被对手射中左肩膀。飞虻箭箭头极长，贯穿了整个左肩膀，长长的箭头正好卡在骨头之间，鲜血顺着伤口涌了出来，瞬间把衣袍染红。他靠在墙垛上，急速地喘着气，剧烈的疼痛几乎让他左半边身子失去了知觉。

身为一名弓箭手，失去了一条手臂，即意味着他已没有任何威胁，但他不敢露出颓势，以免对方弓箭手肆无忌惮地攻击狄仁杰。他看了看肩膀的伤势，长出了一口气。他知道自己很难逃过这场劫难，更别提完成阻击任务，但只要狄仁杰还活着，希望就不会破灭，因此他决定用生命为狄仁杰争取一点儿时间。

他咬了咬牙，忍着剧痛，用随身的匕首将木质箭杆砍断，靠着墙缓缓地站起身，拼尽全力向哈赤儿住所的方向跑去。

哈赤儿的神箭手护卫哪肯放过如此大好机会，一箭又一箭地射向鹰眼老九，若非鹰眼老九能够凭借经验预判羽箭的来势，怕是早被对手射死了，当来到房顶边缘时，他双腿一用力，腾空而起，径直扑向阴鸷男子。

神箭手脸上露出不屑的笑容。

身为一名射手，隐蔽才是最重要的，现在鹰眼老九飞在空中，失去了闪转腾挪的能力，整个身体又暴露在对方的视野范围内，犯了连新手都不会犯的大忌。

神箭手使出了看家本事，一连三箭射向鹰眼老九，三箭一出，他便松了一口气，脸上亦露出一丝惋惜，他预感这三支箭都会射中鹰眼老九，而且一定会洞穿他的身体。

阴鸷男子对于鹰眼老九的行为亦不明所以，射手凭借的是弓箭远程攻击，要是近身格斗，绝不是他的对手。疑惑归疑惑，他的动作并未迟疑，只见他飞身而起，双掌一错，两掌相继打在鹰眼老九的身上，鹰爪般的金属钩子在鹰眼老九身上留下十个血窟窿。令他奇怪的是，鹰眼老九不但没卸力后退，反而不顾强悍的掌力，硬生生地扑在他身上，将他抱住。

阴鸷男子正要以内力震开鹰眼老九，却感觉胸腹间一阵疼痛，等落地时，他才看到鹰眼老九的背后插着三支飞虻箭，飞虻箭穿透了他的身体，刺在阴鸷男子的胸腹间。

"该死的家伙！"阴鸷男子使用内力震开鹰眼老九，查看着自己的伤势。由于鹰眼老九的身体阻碍了飞虻箭的去势，箭头透出的部分只是伤了他的表皮，并未伤及内脏。

神箭手的三箭洞穿了鹰眼老九的胸腹，加上阴鸷男子强悍内力震击，他几乎在一瞬间丧失了意识，身体毫无控制地摔落在地面上，再无声息。

阴鸷男子杀了鹰眼老九，不顾伤势开始寻找狄仁杰，他的目标是狄仁杰的脑袋。哈赤儿曾经说过，狄仁杰这些年历经磨难，总是大难不死，要么是因为身边有高手保护，要么是因为对手大意。对手给他下绝世剧毒，将他逼落悬崖，将其困于大火中企图烧死他……杀手们手段不一，但狄仁杰却都能逢凶化吉。哈赤儿一再告诫手下，要想真正弄死狄仁杰，就必须要将其人头砍下，任他再能耐，怕是也无力回天！

更何况狄仁杰是武周的重臣，屡次瓦解外敌入侵，要是能将其斩杀，定会极大地打击大周朝廷和军队的士气。

阴鸷男子一脚踢开一块巨大的土块，但旁边的土块又弥补过来，他知道狄仁杰就在土墙下，但在短时间内却无法接触到。

"轰轰轰……"一阵阵马蹄声从远处传来，听声音应该是归来的马匪。

神箭手吹了一声极为尖锐的口哨，随后隐匿在黑暗中。

阴鸷男子暗道一声可惜，掏出火折子，迎风一晃，随着火焰燃起，他将火折子投向坍塌的建筑残骸。随着"砰"的一声，火焰冲天而起。

原来哈赤儿在建筑内藏了大量的火油，建筑倒塌后，装火油的坛子碎裂，火油向四周流淌，若无意外，就算没砍下狄仁杰的脑袋，他也会被无孔不入的火油浸湿，被活活烧死！

与此同时，位于大川驿中央的酒楼也冒起浓烟，转瞬之间，冲天火焰便将其吞没。其他的建筑纷纷冒出黑烟，火焰随后从窗户和门喷涌而出，整个大川驿陷入一片火海中。

水火无情，也是毁灭证据最好的手段。

等马帮众人赶到大川驿时，整个大川驿已经成了一片废墟，只有部分建筑还冒着黑烟。两名马匪并未下马仔细搜索，而是快速地围绕大川驿兜了一圈，又回到马匪头目处。

"大哥，哈赤儿等人向冷泉方向逃逸，大川驿中未发现活口。"一名马匪敷衍地禀报着。大火甚至已经将整个建筑群烧得坍塌下来，在这种火势之下，哪还有人能活下来。

"狄仁杰呢？"马匪头目问道。

"要么被哈赤儿杀了，要么烧死了，总之是死定了。"马匪指着烧焦的建筑物说道。

整个大川驿被烈火焚毁，大部分建筑物因大火导致坍塌，狄仁杰小队全军覆没，哈赤儿和十二名护卫不知所终，其余人亦都被大火化成飞灰。

马匪头目环视一眼大川驿，叹了一口气，端坐在马上愣着。

一名小眼睛马匪劝道："大哥莫上火，狄仁杰何等聪明，还不是落在哈赤儿的彀中，咱们虽然没得到什么，但也没有损失，算是万幸吧！"

马匪头目听后脸色有所缓和，点了点头，望向远处的戈壁滩，眼神逐渐坚定起来："但愿他能逃出生天！"

众马匪听得云里雾里，不知道马匪头目口中所说的"他"究竟是谁，不过对于他们而言，是谁又有什么关系，有命在、有酒喝、有肉吃就够了。

"大哥，看天气，沙尘暴又要来了，大川驿已无法安身，咱们还是赶紧撤吧。"

马匪头目抬头望了望远处的天空，若有所思地点了点头。

几人正说着，就听见远处传来一阵阵催促马匹前行的声音，应该是来俊臣门人、封山派和其他势力的人。小眼睛马匪脸上露出轻蔑一笑，之前众势力为了得到配方追着马匪数百里，补给已经消耗殆尽，如今大川驿已成为一片废墟，得不到补给，加上即将而来的沙尘暴，他们几乎不可能离开这片戈壁滩！

"撤！"随着马匪头目一声令下，众马匪大呼小叫地策马离开，只留下漫天的扬尘。

……

人在昏迷时是感受不到时间流逝的。

当狄仁杰醒来时，大川驿已陷入一片安静中，他所在的空间伸手不见五指，他挣扎着站起身，还未等站直身体，头顶便撞上空间的顶部，大量碎土落了下来。他立刻又缩回去，伸手向四周摸索着。他所在的空间很小，勉强容下一个人，四周有一些松散的土，还有一部分是光滑的土墙壁。

"是钟嘉盛挖的盗洞。"狄仁杰终于弄清自己所处的位置。

鹰眼老九掩护他逃离时，他恰好一脚踩在盗洞上方的地面，导致盗洞塌方，他掉入盗洞，部分倒塌的建筑残骸正好压住了洞口，这才令狄仁杰逃过一劫。好在堵住洞口的障碍都是土质的，用手指可将土一点点抠下来。

当狄仁杰看到满天繁星的星空时，他轻舒一口气，爬出盗洞，看向四周。大川驿大部分建筑都已倒塌，空气中还弥漫着一股火油和木头烧焦的味道。此时大川驿的地面上积着半尺深的黄沙，显然是经历了一场强大的沙尘暴才会如此。

狄仁杰心中不由得暗叫侥幸，若非他陷入盗洞中，就算没被哈赤儿等人杀死，也会被大火烧死，又或是被随后赶来的马匪杀死泄愤，就算躲过了前面几重灾难，也会死于沙尘暴。

他逃出生天后，身体的各种不良反应纷纷找上门来，头部剧烈疼痛，因吸入大量的烟尘而感到呼吸困难，口渴程度甚至比之前在戈壁滩上还要严重，他咳嗽了好一阵，咳出大量混合着尘土的黏液，这才好受了一些。

他拖着脚步来到大川驿进出口，用手拨去黄沙，发现地面上的阵法已被破坏，袁客师却不见踪影。搜寻了整个废墟，也未发现有任何尸体，想必是火势太大，将所有人都烧成灰烬了。

幸运的是，狄仁杰在裂谷旁找到了黎映雪所骑乘的那匹马，却并未发现黎映雪，他仔细地在地面上勘察着，发现了直通向裂谷的马蹄急刹印记，裂谷深不见底，人掉下去绝无生还的可能。

他仰天长啸一声，将寻食而来的食腐动物们吓得落荒而逃，气息耗尽后，他身体后仰，直挺挺地躺在地上，眼泪不受控制地流了下来。

狄仁杰的精英小队不但未完成任务，还落个损兵折将，若哈赤儿把配方带回西突厥，不但会爆发战争，还会令大周的经济体系崩塌，他无法面对有知遇之恩的娄师德，无法面对信任他的皇帝武则天，更无法面对大周朝的百姓！

大川驿的夜晚极为寒冷，风疾速吹过，不断地掠走他的体温。也不知过了多久，马儿的嘶鸣声惊醒了他，他猛地打了一个激灵，迷茫的双眼突然有了灵性。经历过生死的洗礼后，他突然悟透，老天爷安排他不死，就是为了让他继续完成任务，并替牺牲的队友报仇，绝不能就此消沉。

远处的天边刚刚露出鱼肚白，第一缕光照在六座衣冠冢上，衣冠冢后立着残破木板制成的简易墓碑，上面刻着六个人的名字。他的目光掠过六块墓碑，脑海中闪过六人的身影。

"我定会带着配方和哈赤儿的人头回来祭拜你们！"狄仁杰朝着衣冠冢拜了拜，骑上马朝着冷泉的方向奔去。

戈壁滩是无情的，之前的狄仁杰小队有骆驼、有粮食、水等，穿越戈壁滩依然风险重重，现在他一人一马，其中的艰难绝不是语言可以形容的，若非他拥有坚如磐石的意志力，怕是早就死在戈壁滩上了。

……

冷泉处于大周、西突厥、吐蕃三国的交界处，为了避免军事冲突，三个国家将整个冷泉地区作为缓冲带，使冷泉逐渐演变成交易场所。非战时的冷泉显得很平静，城市秩序有条不紊，人们并未因为突厥和吐蕃大军的到来而感到恐慌。

透过客栈房间的窗户，狄仁杰看着过往的人们感慨万千。

一旦三个国家爆发战争，冷泉就成为必争之地，届时，战火便会波及百姓。就好像曾经的大川驿一样，最终会因为人类的欲望而导致毁灭。

狄仁杰缓缓地收回目光，看向坐在一旁的黎映雪："我来到冷泉后，无意中在街市上发现了你，哼……你的衣冠冢还在大川驿……我开始跟踪你，如果你是内奸，定会和哈赤儿等人接头……"

黎映雪脸色变了变，随后摇了摇头。

"你真的出乎我的意料，不但会演戏，武功、轻功也不错，我跟了你数条街，还是被你溜掉了，要不是我的追踪能力还行，一路追踪到幽魂凼，怕是你早就逃到天涯海角了吧！"

黎映雪低下头去，快速地眨着眼睛，唯一不变的是她依然摇着头。

"现在你可以给我一个解释了吗？"

"如果你肯帮我做一件事，我就告诉你一切。"黎映雪完全是一副蛮不讲理、爱讲条件的小女孩形象。

"到现在你还敢和我讲条件！"

黎映雪脸上满是坚毅之色，抬起头盯着狄仁杰。两人对视良久，狄仁杰心里一软，打破沉默道："我不能答应你，因为我越来越看不透你了。"

女性在这个时代应该是足不出户，遵守"三从四德""无才便是德"等纲常。身为女儿身的黎映雪当上了大川驿的厨师，还有一重内卫的隐藏身份，在经历过大川驿事件后，毫发无损地出现在三个国家即将开战的聚焦地冷泉，这一切不得不令狄仁杰刮目相看，甚至他开始怀疑黎映雪可能还有另外的身份。

见黎映雪没说话，狄仁杰掂了掂手上的匕首："先说说你是怎么逃离大川驿的？"

黎映雪立刻说道："我本想利用裂谷摆脱哈赤儿的护卫，没想到马儿胆小，停在裂谷前，把我摔了下去，我被卡在了狭窄处，等我爬上来时，哈赤儿、马匪等人早已离开，我回到大川驿，发现那里已经成了一片废墟。我找遍整个大川驿，也没发现你们，这才离开。"

狄仁杰再次冷笑一声，盯着黎映雪的眼睛说道："你真以为我是三岁孩子？大川驿外的那道裂谷上宽下窄，掉下去容易，想爬上来却很难，你武功很差，凭借自身力量根本无法上来！"

黎映雪愣了一下，脸上的惊愕久久未能散去，之后她低下头，脸红得像一张红布一般，又过了好久，她才说道："是两个陌生人把我救上来的。"

狄仁杰眉毛挑了挑："谁？"

黎映雪摇了摇头："不认识，但我觉得可能是我姐姐的缘故。"

"你姐姐？"

"对，这也是我要请您帮忙的事情，就是找我失踪数年的姐姐……您在冷泉街头看到的那个人不是我，应该是我姐姐。"黎映雪眼泪在眼圈中直转，眼见着就要落下来。

狄仁杰摊了摊手："你还有多少事情瞒着我？"

"我只想找到我姐姐。"黎映雪哀求着。

狄仁杰仔细打量着眼前的黎映雪，又回忆着在冷泉街头看到的黎映雪，两人衣着打扮有所不同，但长相几乎是一个模子刻出来的，要不是黎映雪提起，他绝不会想到这是两个人。可黎映雪寻找姐姐的事儿和飞虻计划无关，他犯不着在这种节骨眼上节外生枝。

黎映雪看出狄仁杰没有要帮她的意思，又急忙说道："我父亲是当地最出名的金银匠，姐姐虽说是女儿身，却天资聪明，和父亲学了手艺，是冷泉一代最负盛名的金银匠，她如果在冷泉，就很可能与炼制假银锭有关。"

"金银匠！"狄仁杰也觉得黎映雪姐姐很可能与假银锭配方有关，且他初到冷泉，人生地不熟，一点儿头绪都没有……

想到这里，狄仁杰点了点头："好，那就说说你姐姐的事。"

见狄仁杰态度上有所缓和，黎映雪松了一口气，抹了抹脸上的泪珠："您答应了，我才肯说。"

狄仁杰立刻说道："你先说，而且不准说谎。"

黎映雪见狄仁杰松了口，把眼泪抹干，露出笑容："他们把我救上来后就把我打晕了，等我再醒过来时，就躺在这家客栈里。我感觉房间外有人在偷窥，便起身查看，等我追出客栈，发现了一个熟悉的身影，应该是我姐姐黎悦榕。"

狄仁杰带着质疑看向黎映雪。

黎映雪撇过头去，鼻子里哼出一声，表示对狄仁杰态度的不满，过了一阵才不情愿地接着说道："我醒来后身体酸软，头也晕乎乎的，所以并未追上。后来她又来过一次，就是昨天。"

"嗯。"狄仁杰来了兴致。

"我一路跟着她，没想到她好像不愿意见我，摆脱了我的追踪，后来我发现那条路正好通向幽魂凼，今天一大早，我就前往幽魂凼探查，于是就遇到了您，我也没想到您还活着。"黎映雪已经恢复了常态，双眼却因哭泣有些发红，不由得令人心生怜意。

狄仁杰缓缓地点了点头，随后两人又把黎悦榕的衣着打扮、行走路线分别描述出来，完全对上了号！

那人应该就是黎悦榕！

第十一章　双胞胎

　　狄仁杰审讯犯人无数，最擅长揣摩人的心理，在黎映雪说话时，他一直注意着她的表情，却未发现任何破绽，这说明要么黎映雪真的没说谎，要么就是经过极严格的训练，能够控制自己的表情。

　　若是后者，那就太可怕了，但他更愿意相信黎映雪属于前者。

　　黎映雪的祖上是月氏国人，月氏国被匈奴击败后，分裂为大月氏和小月氏。小月氏人大多散居在大周鄯州、肃州、岷州和吐蕃、突厥境内。月氏国盛产黄金、白银，因此月氏国人大多擅长金银器制作。小月氏人属于亡国人，手中未掌握大量的土地，只能凭借金银制作的手艺或是经商谋生。

　　黎家是正宗的月氏人，原本不姓黎，月氏国灭亡后，为了不再被有敌视情绪的种族侵害，便改了汉人的姓氏。黎家世代以经营金银作坊为生，手艺精湛。

　　在封建时代，女儿嫁出去了即为外姓人，因此手艺传男不传女。

　　到了黎映雪这一辈，家中没了男丁，眼见着祖传的手艺传不下去。出乎意料的是，大女儿黎悦榕从小就对制作金银器有着极大的兴趣，平日里就跟着父亲在作坊里敲敲打打，黎父并未放在心上，就当孩子在店铺里玩耍，直到黎悦榕制作出一款金首饰，精美程度连他都颇为赞叹。

　　黎父又燃起希望，虽说黎悦榕是女儿身，但总比祖传手艺失传了要好，于是他把手艺悉数教给黎悦榕，并尝试着让她经营自家的金银作坊。黎悦榕身为女性，对金银首饰有着天然的审美，她设计制造的金银首饰颇受当地贵族的欢迎，成为方圆百里最著名的金银匠，要不是受到性别的限制，她甚至可以到神都洛阳的善金局为官。

在短短的几年里，黎家积攒了大量家产，作坊的规模越来越大，形势一片大好。

黎家只是诸多小月氏人的一个缩影，小月氏人靠着手艺和精明的头脑积攒了越来越多的财富，财富能给人带来幸福，也会给人带来灾难。吐蕃和突厥人主要以畜牧为生，遇到风调雨顺的年节还好，要是遇到天灾，日子会格外艰难。他们原本就对富裕的月氏人不友好，经常会掠夺他们的财产，甚至屠杀反抗的月氏人。

黎家的富有也遭受了诸多嫉妒，在一次大规模的掠夺引发的暴乱中，黎父和家人被暴徒杀害，姐姐黎悦榕带着黎映雪侥幸逃了出来，她们成了流浪儿，靠要饭或者挖野菜等维持生计。

曾经的家园已成为噩梦般的存在，天下之大，却无容身之地。

随着年纪的增长，两姐妹虽衣衫褴褛，却掩饰不住越来越浓的青春气息，引来不少登徒子，有很多人想将两姐妹纳为小妾，此后便可以过上衣食无忧的生活。

黎悦榕一家人被人杀害，对陌生人存在抵触心理，加上数年的流浪生涯，导致她性情倔强，她知道一旦成为别人的妾室，就注定这辈子永无出头之日。但眼见着妹妹已成年，还跟着自己过着流浪生活，心中有些过意不去。

还未等黎悦榕作出决定，一群小流氓却找了上来。他们对姐妹俩死缠烂打，几乎没日没夜地缠着她们，甚至趁着夜半无人时，对她们动手动脚。

黎悦榕哪肯就范，便与几人打了起来，她毕竟是一介女子，更何况双拳不敌四手。黎映雪身体较弱，几乎帮不上忙，眼见黎悦榕就要遭受羞辱，一名身手不凡的中年男子出手赶跑了流氓。

男子自称是行商，常年来往于大周和吐蕃之间，以贩卖香料和丝绸等为生。他并不图两人的美貌，而是被黎悦榕的气节所感动，这才冒险出手相助，为了避免被那些流氓地痞报复，他带着她们连夜离开，经过长途跋涉后，来到了大川驿。

到了大川驿后，黎悦榕这才知道，男子是大川驿酒楼的掌柜，到鄯州也是为了购买一些稀罕的食材和香料。

至此，她们结束了颠沛流离的流浪生活，留在了大川驿。在掌柜的支持下，黎悦榕成立了一个金银作坊，打造精美的金银器具，为掌柜赚了很多钱。黎映雪学习了歌舞，歌舞伎不但要有相貌、歌舞技能，还要能豁得出去脸面，要能欣然接受客人揩油占便宜，才能生存下去，黎映雪无法接受，在姐姐和掌柜的帮助下，她和酒楼大厨学习了厨艺，最终成了一名厨师。

由于地理位置的特殊性，大川驿成为三个国家的焦点，几经战争后，大川驿在吐蕃、西突厥、大周之间数次易主。五年前，三个国家终于达成一致，放弃了对大川驿的控制权，由官方驿站变成了民间自营模式的驿站，也正是这个时候，黎悦榕突然失踪。

姐妹俩相依为命多年，黎悦榕实则充当着半姐半母的角色，怎么可能不辞而别？黎映雪找遍了整个大川驿，又找遍了周边的村镇，却依然没有姐姐的踪影。

在一次与客人交谈中，她得知了内卫组织，内卫最主要的一项职能是收集信息，加入内卫就意味着可以获得大量的信息，为了寻找姐姐，她毅然加入内卫组织。

令她失望的是，内卫内部等级森严，她属于外围内卫中最低级的，别说通过内卫组织获取信息，就连想见上级一面都很难，她所能做的，只是日复一日年复一年地收集信息，并通过特殊渠道传递给上级，获取相应的报酬。

大川驿是个销金窟，来往的人很多，而且都是流动客人，所获得的信息量很大，却没有武则天和内卫府所需要的情报。

飞虹行动是她平生以来接受的最大任务，原本她以为借此能进入核心内卫，进而利用内卫体系寻找姐姐，想不到也改变了她原本的生活轨迹。

……

狄仁杰打量着眼前的女子，隐约可以看到这张年轻的脸上饱含着不属于这个年纪的沧桑，沉思一番后，向她问道："你怎么断定那两个陌生人救你和你姐姐有关？"

黎映雪缓缓答道："我掉入裂谷后，曾经尝试过向上爬，但都失败了，正绝望时，突然有一条绳子坠了下来，同时有人用突厥话询问我是否活着。原本我不敢出声，直到后来听到他们说了一句话，我才拽了拽绳子，以表示我还活着。"

狄仁杰知道这句话应该和黎悦榕有关，便急忙问道："说了什么？"

"'骆驼虽慢，走的路却不一定比马少。'这句话我父亲常说，尤其是做金银匠，绝不能以速度为荣，而要脚踏实地做手艺，正所谓慢工出细活就是这个道理。我姐姐每次做金银器具时也会轻声念叨。"黎映雪说话间仿佛又想起了父亲和姐姐，眼圈变得湿润起来。

"这句话很有道理，但天下之大，绝非只有你的家人才会说吧？"狄仁杰问道。

黎映雪点点头，说道："这是我们月氏人的谚语。他们把我拉上来后，便用手掌打在我的脖子上，在晕过去的那一瞬间，我听到他们又说了一句'和她长得可真像'。"

从这两人的语气分析，这应该是他们第一次见到黎映雪。而哈赤儿在大川驿待了数天，黎映雪是厨师，经常会当着客人们的面剔骨、切肉，见过很多次面，可以断定两人绝不是哈赤儿的人。

黎映雪揉了揉脖子："他们出手很重，到现在我的脖子还有些痛。我曾经向店家打听那两人，店家却说送我来的只有一个马车夫。"

"这条线索算是断了。"狄仁杰心不在焉地听着，头脑中却在思索着如何寻找突破口。

"那个……狄大人，配方拿到手了吗？"黎映雪见狄仁杰愣神，便小心翼翼地问着，生怕触动他内心的那条伤疤。

黎映雪的话令他想起已经逝去的队友，他心中一痛，沉默好一阵后，才幽幽地叹了一口气："哈赤儿针对咱们设计了局中局，他早有准备，无论钟嘉盛拿没拿到，咱们都不可能得到真正的配方。"

受到狄仁杰情绪的影响，黎映雪低下头去，脸上显出悲伤的神色。

"我答应你，帮你找姐姐。"

黎映雪抬起头，不敢相信地看着狄仁杰，愣了好一阵，才缓过神来："真……真的吗？"

见狄仁杰坚定地点了点头，她脸上满是喜色，连忙说道："多谢，多谢狄大人！"

看着兴奋的黎映雪，狄仁杰也只得跟着笑了笑。到现在为止，他对黎映雪所说的依然是将信将疑，毕竟都是由她一人口中讲述出来的，没有任何佐证，但黎悦榕拥有高超的金银制作手艺，又出现在冷泉，很有可能和制造假银锭有关。

"配方可能已经落到两国联军手上，既然截击配方的任务失败，那咱们就再进一步……"狄仁杰脸上显出决绝之色。

"啊……你不会是想把假银锭劫走吧？"

狄仁杰摇摇头："既要满足军费，又要达到破坏大周经济的程度，需要数千万两才能实现，炼制这么多的假银锭，需要很多炼银炉才行，燃烧木炭会产生大量烟雾。我到冷泉后，就对周边地区进行了勘察，尤其是西突厥和吐蕃联军的营寨外围，除了正常的炊烟之外，并未发现哪处建筑物产生大量烟雾。"

"有道理。"

"冷泉地区属于边境，要是大张旗鼓地炼制假银锭，定会引来大周的军队，战争会提前爆发，对准备不充分的联军极为不利。因此，他们肯定会找一处隐蔽之地来进行炼制。要是能找到炼制地点，再把地点传给大周戍边的军队，亦可挽回败局。"狄仁杰说道。

"运送木炭、银锭等还需要大量的车马和平坦道路，但冷泉附近大多是山丘地带……"说到这里，黎映雪眼睛一亮，说道："我姐在幽魂凼附近摆脱我的追踪！"

"幽魂凼？"狄仁杰也想明白了一些事情。

幽魂凼距离冷泉很近，且因为经常有游人前往探奇，大周官府还修建了一条官道直通幽魂凼。幽魂凼的上空常年笼罩着烟雾，若是炼制银锭所产生的烟雾融在其中，绝不会被外人看出！

"昨天店家还和我提起幽魂凼的传说，还说他曾经进入过幽魂凼，安然无恙地走了出来。店小二在一旁不屑一顾地重复着和店家一模一样的话，显然店家已经不止一次说这件事，不过却没人相信。听店小二说，掌柜中年丧偶，又没有子嗣留下，也没听说有家人，可能是丧偶后精神上有了问题，总会说些莫名其妙的话。"黎映雪嘴角微微上扬，显然她也不相信店家。

"无论真假，只要是和线索有关，还是得去问问才行。"狄仁杰起身向外走去。

"哎，你看看你现在的样子，店家要是能理你才怪！"

狄仁杰转身走向化妆用的铜镜子，这是自飞虹行动失败后，他第一次正视自己。他衣衫褴褛，胡子和头发如枯草般乱蓬蓬地散着，脸上尽是污迹，整个人骨瘦嶙峋，若不是炯炯有神的双眼，他和寻常的叫花子没有任何分别，难怪在幽魂凼时，那个黑导游骂他是叫花子。

"我去开一间上房，你梳洗一番，咱们再找店家询问也不迟。"黎映雪从怀里掏出一锭银子晃了晃。

人靠衣裳，马靠鞍。

狄仁杰在官场多年，哪能不懂这个道理，于是点了点头，无意中，目光落在黎映雪手中的银子上，他伸手拿过银子看了看，又用匕首划了几下，才向她问道："这银子哪来的？"

黎映雪逃离大川驿时没有任何准备，不可能带着细软和银两，眼见她腰间鼓囊囊的，显然这锭银子只是其中一锭而已。

"我醒来时，枕头边有一个银袋子，里面有十锭银子，可能是我姐姐留下来的吧。"黎映雪说完此话，陡然明白了狄仁杰的疑虑，遂从怀里掏出银袋子，把银锭子都倒在桌子上，拿起一锭仔细看着。

"一锭银子十两，十锭就是一百两，我任宰相时，一个月才八两银子的俸禄。"狄仁杰现在更加怀疑黎悦榕和炼制假银锭有关，否则，一个寻常百姓，哪来这么多的银两。

黎映雪对金银制造不感兴趣，但跟着父亲和姐姐也学习过一些相关方面的知识，银子有几分成色，她几乎一眼便能看出。

"这银子没啥问题呀！"黎映雪反复看着银子。

狄仁杰用匕首剁向银锭子，银锭子应声被切成两半，银子的质地很软，和真银锭无异。

"好锋利的匕首！"黎映雪赞道。

这柄匕首是钟嘉盛送给狄仁杰的,据说是从一个皇帝的墓中盗出来的,经过数百年的洗礼,匕首依然保持着当初的锋利。

黎映雪的称赞又让他想起钟嘉盛,不由得叹了一口气,缓了一阵后,才拿起一半银锭子,冲着阳光端详着切面,又用手掂了掂,最后还是摇了摇头,说道:"他们刚拿到配方,哪能那么快炼制出来,看来是我太过敏感了。"

黎映雪拿起另一半银子看了一番,也未看出异常。

"这一半可以让我先保存着吗?"

黎映雪耸了耸肩,把其他银子收了起来:"钱财乃身外之物,你若需要,就留着好了!"

"这么多银子,够你在这里安家了!"狄仁杰看着银子说道。

黎映雪眼珠转了转,若有所悟地自言自语着:"也许,这些银子真的是让我安家的。"

第十二章　离奇死亡

狄仁杰在大理寺任职时经历过玄之又玄的案件，担任宰相时平息过叛乱，被来俊臣陷害经历过牢狱之灾，这些事对于普通人来说，可能是灭顶之灾，但在狄仁杰看来，这些只是磨砺他的磨刀石而已。

飞虹行动在他眼里原本十拿九稳，想不到的是，他的计划居然被哈赤儿利用，队员相继被针对性地反杀，若非前有鹰眼老九拼死保护，后又机缘巧合掉入钟嘉盛挖的盗洞中，他绝逃不过阴鸷男子和神箭手的攻击。

夕阳西下，天边酡红如醉。夕阳映衬下的冷泉彰显着另类的魅惑，满是创伤的土质城墙和城楼呈现出无限的悲凉和惆怅。

他看到铜镜子里收拾得干净利落的自己有些陌生，镜像中隐隐闪现着鹰眼老九、邱不悔、冷无缺、袁客师、齐灵芷等人的身影，他们的目光中并没有丝毫怨恨，反而充满着期待和鼓励。众人的身影逐渐模糊，最后与狄仁杰合为一体。

他长出一口气，定了定神，正要去找黎映雪，却从铜镜子里看到门外人影闪动，正要回头查看，一把飞刀穿破窗棂纸射向他。他下意识地向下一蹲，"噗"的一声，飞刀钉在墙上。他不敢大意，急忙躲在柱子后面，并向门外方向看着。

又一柄飞刀飞了进来，钉在柱子上。与此同时，他听到隔壁黎映雪的房间也有了动静，显然是她也遭到了袭击。

狄仁杰不敢犹豫，大声喊道："来人，有刺客！"

客栈住着很多房客，来者再厉害，也不敢公开袭杀狄仁杰和黎映雪。果然，来人哼了一声，便没了动静，随后走廊中传来诸多脚步声以及询问声。

"哪来的刺客？"

"管它是真是假，赶紧报官吧，别等着出了事儿后悔。"

"小五子，快去找店老板。"一名房客向一名半大的孩子挥了挥手。半大的孩子有些不情愿，却不敢违抗大人的命令，犹犹豫豫地向一楼走去。

听到众房客的议论后，狄仁杰知道来者已经离开了，这才急忙走出来，敲了敲黎映雪的房门："刺客已经走了，你没事吧？"

也许是黎映雪吓得够呛，过了好一阵才哆嗦着声音说道："我没事。"

黎映雪打开门，看到狄仁杰后点了点头，又转头看向窗户。她房间的窗户上也有两个窟窿，显然也是两把飞刀留下的。

"咦！"狄仁杰疑惑地用手摸了摸窟窿，又看了看黎映雪，随后又回到自己房间的窗户前，用手比量着窗户上的两个窟窿。

"哎，你们要是惹了什么人，就赶紧去报官，可别连累了我们！"一名房客埋怨着。

众房客觉得有道理，便纷纷指责狄仁杰和黎映雪，甚至有人提出让店家把银子还给他们，他们要另找客栈去住。

狄仁杰连忙抱了抱拳，笑着说道："对不住了，对不住了，我一会儿就去报官，请各位放心。"随后他拉着黎映雪便回到了自己房间，再不理会众人的指责。

"狄大人，有什么发现吗？"

狄仁杰走到柱子前，抬头看了看钉在柱子上的飞刀，飞刀入木一寸有余，又看了一眼钉在墙上的飞刀，飞刀正好插在两块青砖的缝隙中，两柄飞刀的位置都高于狄仁杰的头顶很多。柱子是枣木的，质地坚硬，距离这么远，还能入木寸余，这说明来者的武功很高明。

"去你房间看看！"狄仁杰拉着黎映雪又来到她的房间，看到两柄飞刀的位置也高于黎映雪的身高。

狄仁杰轻舒一口气，嘿嘿一笑，说道："他是来警告咱们的。"

黎映雪指着飞刀："哎，这可是货真价实的飞刀啊！要不是我躲得快，还不被射上两个窟窿！"

"你看这柄飞刀的高度，无论你是否躲闪，都不会射到你，除非在飞刀射来的时候你跳起来。按照来人的功力，能轻而易举地杀死咱俩，可他却没有。"狄仁杰将黎映雪推到插着匕首的墙下。

"飞刀来了，我躲还来不及，怎么可能跳起来？"匕首距离黎映雪的头顶有两尺左右，她抬头看了看，恍然大悟地点点头："原来是这样，不愧是大神探，观察力可真强。嗯……如果你的推断正确，那么这人很可能是我姐姐派来的！"

狄仁杰点头："你姐姐并不简单，她先是派人在大川驿救了你，又给了你银子让你安家，现在又让高手来警告咱们，这说明……"

"这说明她应该有什么苦衷，不想让我再找她！"黎映雪抢着说道。

"结合咱们之前的分析，她的苦衷很可能和炼制假银锭有关，假银锭涉及西突厥和吐蕃的利益和战略谋划，绝不是一两个人可以对抗的，一旦咱们接近真相，很可能会有性命之忧。"狄仁杰说道。

原本黎映雪姐妹俩的事儿和他八竿子打不着，但现在看来，反而成为有用的线索。

"嗯，你的分析非常符合我姐姐的行事方式！"

"咱们却非得找到她不可！"狄仁杰说道。

黎映雪笑了，脸上飞起两朵红云，轻声说道："谢谢你，狄大人。"

狄仁杰两手一摊，意思是"这下你满意了吧"。

黎映雪正要说话，就听见客栈一楼传出一声惨叫，随后那个半大孩子小五子的声音传来："啊……死人啦！"

狄仁杰和黎映雪对视一眼，两人急忙出了房间，跟着众房客向一楼掌柜的房间跑去。

一名店伙计模样的人率先跑进房间，随后向外面大喊着："快来人，救人啊！"

……

掌柜是否进入过幽魂凼已经无据可查，但他的确是死于这个故事。

掌柜的房间很大，虽说一下子涌入了很多人，但不显得拥挤。他躺在桌子旁的地上，身旁有一把倒了的椅子，旁边还有一盏摔碎的茶杯。他的前胸上插着一把刀，半个刀身没入胸膛，鲜血顺着伤口流到地面上，他脸色惨白，眼睛圆睁，嘴巴张大，表情惊讶还带着一丝愤怒。

狄仁杰一眼便认出这把刀和袭击他们的飞刀完全一致，与黎映雪对视一眼后，他试图拨开人群，走向尸体，却突然停了下来。

他此次是以行商的身份来到冷泉的，是为了完成飞虹计划，一旦暴露身份，不但无法完成任务，还可能给吐蕃和西突厥找到出兵的借口。想到这里，他只能从人们之间的缝隙观察尸体，同时观察着众人的反应。

店伙计低声哭泣着，蹲在掌柜面前不断地摇晃着他。

一名房客劝道："先别哭了，赶紧报官吧，这大晚上的，又是刺客，又是命案，要是破不了案，这客栈是没法住了。"

事不关己，高高挂起。

房客们只顾着自己的安危，才不管掌柜死活，他们纷纷议论起来，甚至还有人嚷着离开客栈，并要求店伙计马上退房钱。

"就是刚才那名刺客杀的掌柜，等捕快来了，很快就能抓到他！"店伙计带着哭腔说着。

狄仁杰眉头一皱，假装起哄般地向店伙计问道："你怎么肯定是刺客杀的人？"

店伙计指着掌柜胸口的刀，歪着脖子说道："这把刀就是刺客的，不是他杀的还是谁！"

众房客停止议论，把目光投向狄仁杰。狄仁杰突然看到店伙计的目光中闪出一丝凶狠的气息，遂急忙低下头，拉着黎映雪离开房间。

"这可不是狄大人的作风啊。"黎映雪小声地说着。

狄仁杰并不否认，但也未辩解，反而边走边抬着头向四处看着，像是在找什么。

"在找什么？我也可以帮忙。"

狄仁杰呵呵一笑，说道："找到了。"

他走到走廊中的一根柱子前，用手一指，说道："就是它！"

柱子上有一处明显的痕迹，应该是飞刀射进去后又拔出来造成的，从刀口的宽度和厚度来看，和刺客使用的飞刀一致。

"刺客一共射出了五柄飞刀，两柄在我房间，两柄在你房间。可能是受到了其他人的干扰，因此射出了第五柄飞刀，但从头至尾，刺客都没有伤人的意思。"狄仁杰指着飞刀钉在柱子上的位置，并尝试用手去触摸，以他的身高，踮着脚尖勉强能够摸到。

"那人被刺客用飞刀射，却不吭声，也是个狠人啊！"黎映雪感慨道。

"因为飞刀并未射向他，但他却是杀害店老板的凶手！"狄仁杰说道。

黎映雪一副恍然大悟的样子："果然是越不像凶手的人就越是凶手！"

狄仁杰无奈地摇摇头："他最大的破绽是他说的那句话'这把刀就是刺客的，不是他杀的还是谁！'"

黎映雪略加思索后摇了摇头。

"咱俩被刺客袭击后，没有任何人进入咱们的房间，也就是说，除了咱俩之外，没人知道刺客射击咱俩的飞刀是什么样子。更何况当时店伙计并不在那群房客中，他是怎么知道掌柜胸前的刀就是刺客的刀？"

"猜的呗！"

狄仁杰笑着摇摇头："这样说，在逻辑上就不通了。"

狄仁杰断案之道在于逻辑上的推演，逻辑不通就代表着此事必定有异。

"嗯，有道理，怪不得你问他这句话，原来是在试探他。事情应该是这样的，刺客在警告咱们时，看到了他，于是用飞刀射他，吓唬他，等刺客离开时，他立刻拔下刀，趁着众房客来看热闹时，去店掌柜的房间杀了他，所以咱们这里出了这么大的事儿，掌柜和店伙计才都没出现。"黎映雪分析道。

"你很有成为神探的潜质。"狄仁杰笑着说道。

黎映雪得意地笑了笑。

"另外，你再看掌柜的尸体。他倒在桌子旁，椅子也一并倒下，这说明他生前是坐在桌子旁。另外他双目圆睁，表情愤怒中带着惊讶，而且这一刀直刺要害，掌柜的手脚等部位并未有其他伤痕，房间中没有打斗痕迹，这说明凶手是熟人，趁着掌柜不注意，从正面刺杀了他。"狄仁杰说道。

"客栈老板丧偶无子、无父母、无亲属，能和他熟悉到这种程度的，应该是店里的人，比如店伙计、厨师等人，但此时厨师正在后厨，就只剩下店伙计。"黎映雪说道。

狄仁杰点点头："还有，刚才在案发现场时，我发现刀柄上并无油迹，干干净净。而冷泉的客栈主要以牛羊肉为主，厨师大多都是用刀来切或用手撕，如果是厨师作案，刀柄哪里会那么干净，这点你比我更清楚！"

黎映雪在大川驿当厨师数年，虽说女孩子爱干净，手上却满是羊油和膻味，皮肤因此而变得粗糙。她看了看自己的双手，不禁叹了一口气。

狄仁杰继续说道："店伙计进入掌柜房间后的表现有些不对劲儿，这才让我更加怀疑他。"

"哪里不对劲儿？"

"若你看到我遇刺时会怎样？"狄仁杰反问道。

"呼救或者抢救，要是你已经死了，就赶紧报官，或者准备后事。"黎映雪说道。

狄仁杰摇摇头："店伙计蹲在尸体前哭泣，但他的脸上却没有半分悲伤，这不反常吗？"

"有道理啊，那刚才你为什么不直接拆穿店伙计？"黎映雪问道。

"捉贼捉赃，刚才没有证据，一旦他狡辩起来，我毫无办法，甚至很有可能还被诬陷成刺客同伙。"狄仁杰苦笑一声。

推理分析是根据现有线索还原作案过程，为破案提供基础，最终能定罪的还是证据。狄仁杰任大理寺丞时破案万余起，竟然无一起冤案，正是得益于证据链的完善。

"那现在有证据了吧？"黎映雪看了看柱子上的痕迹。

狄仁杰摇摇头："证据有，不过，现在最难的是我不能直接出面……"

说到这里，狄仁杰歪着头看向黎映雪。

黎映雪见一向一本正经的狄仁杰居然俏皮地看向自己，便知其心意，急忙摇头说道："哎，不行，不行，我也不能出面。万一我把案子破了，成了名人，以后行动上就不方便了。"

狄仁杰下意识地捋了捋胡子，却捋了个空，尴尬一笑后眼睛一亮，低声向黎映雪说着……

……

虽说冷泉处于三不管地带，但依然有自发成立的衙门，按照大周管制时的编制构成，捕头是一名长相粗犷的吐蕃人，他的办案方式如同他的相貌一样粗犷，随着一声令下，所有的捕快将客栈围了起来，准备把所有人都带回衙门，先关起来再慢慢审问。

房客们大多数都是西域行商，民风彪悍，或有钱有势，或有武功傍身，加上本来就看不起这些以吃拿卡要为生的捕快，如今面对如此强横的办案方式，哪肯轻易就范，纷纷拿出武器，一副不死不休的状态。

吐蕃捕头和手下的捕快纷纷亮出兵器，双方大战一触即发。

吐蕃捕头原本生活得无忧无虑，处理事情虽粗鲁了些，但还算理智，自打吐蕃和西突厥联军驻扎冷泉地区后，大周军队亦在鄀城集结，一旦三个国家打起来，冷泉地区必定成为焦点，无论是大周获胜，还是联军赢得战争，他这个捕头都当到头了，因此心理压力极大，处理事情不理智亦属正常。

"都住手。"那名半大的孩子小五子居然站在双方的中间，面无惧色地喊着。

双方都愣了一阵，最后居然破天荒地笑了起来，笑声越来越大。只有小五子的父亲望着涨红了脸的儿子，不禁叹了一口气，嘴里用突厥话嘀咕着："这兔崽子，要搞什么鬼！"

第十三章　少年神探

　　小五子性格比较内向，看到一群人不断地嘲笑他，气得他满脸通红，却不知道该如何应付，只好将目光偷偷地投向狄仁杰。

　　狄仁杰一直在观察双方。房客一方大多都是行商，他们常年在外，知道团结的重要性，尤其是遇到土匪恶霸或者吃拿卡要的捕快之类，他们会紧紧地团结在一起，与之对抗。但他们本质上依然是商人，以利益为主，如非必要，绝不会轻易动手。

　　冷泉一带的人大多以放牧为生，骑马射箭是必备技能，民风彪悍，令捕快们几乎无从下手，因此便把精力放在外来人身上，希望在他们身上榨取一些钱财。捕快是极为低下的职业，为了谋生，只会做一些欺软怕硬的事儿，绝不会和人玩命。因此双方虽说剑拔弩张，但没有真动手的可能性！

　　狄仁杰以坚定的眼神回应小五子，并鼓励式地点了点头。

　　"五子，你在胡搞什么，快过来。"小五子的父亲喝令着，语气中带着威严和不容置疑。

　　"我知道怎么找到杀死掌柜的凶手！"小五子鼓足勇气说着，稚嫩的声音却再次引发了众人的嘲笑。

　　小五子的父亲是一名西域行商，在商队中的威望很高。他知道，一旦和吐蕃捕快动了手，就代表着他的商队以后都不能再经过冷泉，但现在的形势已是骑虎难下，见平时一向言听计从的儿子如此坚决，很可能成为解决问题的契机，遂心中一动，瞥了一眼气势汹汹的吐蕃捕头，说道："你先过来和我说说。"

　　小五子正要动身，却听见吐蕃捕头喝止道："哎，要说就在这儿说，谁知道你们又要起什么歪主意，还是想串口供。"

小五子正要反驳，又见到狄仁杰微微摇了摇头，这才深吸一口气，涨红的脸慢慢恢复了正常："我可以破案，但有个条件。"

众捕快一听，立刻叫嚣起来："你个小崽子，捣乱不说，还在这儿胡说八道要条件，真是吃了熊心豹子胆了！"

小五子眼神中有些慌乱，下意识地看向父亲，见父亲并未反对，心中才镇定下来，并不理会叫嚣的捕快们，把目光移向吐蕃捕头。

吐蕃捕头霸道惯了，没想到这些行商居然会反抗，如果打赢了，捕快们受了伤或者因此而殉职，他身为捕头，要为兄弟们治伤或养家。要是打输了，不但身体受到损害，以后也没法再当这个捕头。无论今天的结果如何，只要打起来，他就已经输了。他看了看剑拔弩张的房客们，犹豫后向小五子缓缓地点了点头。

小五子清了清嗓子："按照冷泉当地的律法，店主人死后如果没有继承人，客栈就会由衙门接管拍卖，拍卖的钱会纳入衙门收入中。"

店伙计一听，脸上神色顿时变了又变，眼珠左右乱摆。

吐蕃捕头哼了一声，说道："想不到你小小年纪，知道的事儿还不少，不过这规矩和案子有什么关系？"

"我的条件是，如果我能破了案，这间客栈只能卖给我！"小五子说道。

小五子父亲急忙冲着他使眼色。

客栈的规模不大，能值四五十两银子，他们是行商，但绝不可能带那么多的现银，要是捕头答应下来，他们拿不出银子，怕是又要遭到捕头的刁难。

黎映雪笑着看了一眼狄仁杰。她知道这是他的主意，对她个人而言，客栈的客流量比较大，可以为找姐姐黎悦榕提供大量信息。对于狄仁杰而言，要完成飞虻计划，也需要一个落脚点，同时还能接触到社会各层人士，客栈是不二之选。

对于吐蕃捕头来说，客栈卖给谁都一样，反正钱也落不到他的口袋里，所以并未犹豫，看向小五子的父亲："好，一言为定，要是破不了案，那你们就得全跟我回衙门！"

小五子父亲有些犹豫，看到小五子坚定的神情后，咬了咬牙，说道："好。"

小五子见父亲支持他，暗中舒了一口气，说道："神捕大人，各位叔叔伯伯，杀死掌柜的那把刀的确是刺客的飞刀，不过凶手却不是刺客，请众位长辈随我来。"小五子不顾父亲责怪的眼神走向一楼大堂中的一根柱子。

吐蕃捕头并未因为小五子对他的尊称而高兴，因为他不信任小五子，遂冲着捕快们喊道："封锁客栈，在未破案之前一个都不能离开！"

捕快们原本就是外强中干，欺负弱小乐意之至，绝不愿意与强横的众行商发生冲突，见捕头松了口，便也松了一口气，急忙收起刀，分散开来守住客栈前后两个出口。

众人来到小五子跟前，顺着他的手指看向柱子，看到了飞刀原本钉在柱子上的位置。

"这就是刺客投掷那把飞刀的最初位置，刺客离开后，有人拔下这把飞刀，趁大伙儿去查看那两位受到袭击的客人时，进入掌柜的房间杀了他。"小五子说道。

"空口无凭，有什么证据？"吐蕃捕头问道。

"刺客一共射出五把飞刀，四把是袭击那两位贵客。"小五子用手一指狄仁杰和黎映雪二人。

狄仁杰急忙向吐蕃捕头抱拳施礼，以吐蕃语说道："小的只是名行商，往来于吐蕃和西突厥、大周之间，不知得罪了谁，竟然对我下了杀手。"

不等众人反应，小五子继续说道："在袭击两位贵客时，正好一楼有人出来，看到了刺客，刺客便向他射出一刀，钉在了柱子上。捕头大人，您可以派人查看整座客栈。"

吐蕃捕头冲着身边的捕快示意，几名捕快迅速向楼上走去，查遍了二楼所有房间后，从狄仁杰和黎映雪的房间找到四把飞刀，另一名捕快已经把掌柜尸体上的飞刀拔下来，对比后发现五柄飞刀完全一致，由精铁锻造而成，制作极其精良，又拿着掌柜身上的那把刀插进柱子上的痕迹中，完全吻合！

小五子的父亲惊讶地看着他，在他眼中，小五子只是一个半大的孩子，莫说是推理破案，平时连说句话都会脸红，现在说起话来却思路正确、条理清晰，不由得暗暗惊讶，他看向周边的几人，最终目光落在狄仁杰身上，打量了好一阵才收回目光，但心中已经有了数。

小五子拿起一把飞刀掂了掂，说道："飞刀轻薄而锋利，凭借的是腕力和内力的配合，缺一不可。能使用这种飞刀的人，定是江湖高手。如此高手，要是想杀人，怎么可能射不中？"

小五子拿着飞刀向柱子上的刀洞比画着，他比狄仁杰矮很多，完全够不到那个刀洞。到此时，众人才明白小五子的意思，飞刀钉在柱子上的位置这么高，表明刺客没有伤人的意思。

店伙计却不以为意，冲着小五子撇了撇嘴，说道："刀是刺客的，定是他谋财不成，这才恼羞成怒杀了掌柜！"

小五子鄙夷地看向店伙计，说道："某人用刺客的飞刀杀了掌柜，在刀柄上自然留下了他的指纹，只要咱们都在纸上按下指印，再对比刀柄上的指纹——验证便能得出凶手。"

店伙计听后冷笑一声，不屑一顾的神情一闪而过。

狄仁杰和黎映雪心照不宣地相视一笑。原来狄仁杰早就料到凶手定会在作案后清理痕迹，怎么可能在刀柄上留下指纹，小五子的目的是让凶手露出马脚，以便狄仁杰再次确认。

吐蕃捕头点了点头，捕快拿来红印泥和纸张。众人为了摆脱嫌疑，只好挨个上前按手印，并在手印下面写下自己的名字。

小五子煞有其事地查看着指纹，随后拿起一张，指着店伙计说道："凶手就是你！"

众人随着小五子的手指看向店伙计，店伙计一愣，脸一下子涨得通红，双眼爆发出极强的杀意，冷哼一声，说道："你胡说什么？我和掌柜亲如父子，怎么可能杀他？再说，证据何在？"

吐蕃捕头看向印有众人指纹的那些纸张，但小五子却并未去拿那些纸张，反而从距离柱子最近的桌子旁小心翼翼地拽出一把椅子，搬到众人面前，才缓缓说道："真正的证据在这儿。"

借着大堂中的烛光，众人看到椅子上有一对模糊的脚印。

店伙计的额头上冒出了汗，涨红的脸突然变得煞白，眼珠转了几转，脸色才算恢复了几分红润，嘴角抽了抽，说道："一把没擦干净的椅子而已。"

小五子指了指店伙计的脚，说道："正常来说，椅子是给客人坐的，就算之前没擦干净，也被客人坐干净了。"

不等店伙计辩解，他把椅子搬到柱子前，说道："凶手正是踩着这把椅子把飞刀拔下来，但由于时间仓促，来不及擦椅子，便匆忙把椅子放回原位，进入掌柜房间杀了他。神捕大人，您可以对比一下鞋印！"

"是我的鞋印又怎样，我打扫卫生踩的。"店伙计说道。

话已至此，众人都已看出店伙计就是凶手。

"我听说掌柜最近要回老家办事，准备把客栈兑出去，你想以很低的价格兑下客栈，却遭到了掌柜拒绝，因此你们大吵一架，你还扬言要杀了掌柜。"小五子说道。

"子虚乌有！"店伙计吼道。

"客栈中有很多人听到了你们的争吵。"小五子说道。

众人纷纷点头，客栈一共就那么大，掌柜的房间在一楼，两人争吵的声音几乎每个住店的人都能听见。

"这点我可以证明，掌柜老家的好友有难，他急着回去，因此才准备把客栈兑出去，谈了几个老板，最有意向的老板是隔壁那条街的客栈掌柜，他的条件是用自己的人，我和磊子都得离开。我们跟随掌柜多年，掌柜不愿意让我们流离失所，这才迟迟没有答应。磊子想兑下这间客栈的事儿是我俩的主意，但我们没有那么多钱。"厨师走了出来，向吐蕃捕头解释着。

厨师长得肥肥胖胖，双眼却出奇地纯净，一副不谙世事的样子。听了厨师的话后，众人这才知道店伙计的名字叫磊子。

店伙计磊子突然瞪向厨师，吼着："你说这些干啥？"

厨师显然是个老实人，面对店伙计的质问不敢直面回答，低下头抿了抿嘴，犹豫再三后才说道："如果真的是你杀了掌柜，那你就大错特错了，因为掌柜已经决定把客栈兑给你了。"

磊子依然没松口："不是我杀的人！"

"掌柜说你私心太重，担心兑给你，你会欺负我，这才始终没答应，昨晚他找到我，和我说了想法，他决定把客栈兑给你，并要与你约法三章，利润分成咱们五五分。"厨师说道。

店伙计听后如同遭受雷击一般，脸色变得铁青，愣在当场不知道该说什么，嘴里不停地念叨着："不可能……不可能……"

"来人，把他的靴子脱下来，和椅子上的鞋印做对比。"吐蕃捕头吩咐道。

店伙计磊子终于有了决断，推开准备动手的捕快，苦笑一声，无力地说道："不用了，人是我杀的。"说罢，他朝着掌柜房间跪了下去，泪水不断地流出来。

捕快们正要上前缉拿，却见吐蕃捕头挥了挥手阻止他们。

店伙计磊子磕了三个头，嘴里念叨着："我赵磊以小人之心度君子之腹，九泉之下无以面对掌柜……"

杀人偿命，赵磊自知罪孽深重，要是落在吐蕃捕头手上，在被砍头之前还会遭受一番大刑折磨，趁着众人叹息之时，他猛地站起身，快速撞向柱子，随着"嘭"的一声，赵磊头骨碎裂，身体如同空瘪瘪的麻袋一般，瘫在地上不再动弹。

因柱子上钉上飞刀而产生邪念，最终死在柱子下，也算是因果循环报应吧。

缓过神来的吐蕃捕头急忙上前查看，发现赵磊已经没了呼吸，站起身冲着小五子父亲和众行商抱拳，脸上略带愧疚地说道："鄙人行为粗鲁，以至于惊扰各位，在此，我给各位赔罪了，今后各位若再经过冷泉，我必定有求必应！"

众行商见吐蕃捕头如此说辞，也不好再追究，只得纷纷抱拳说起了客套话。

吐蕃捕头又看向小五子，小五子立刻说道："店伙计私心太重，掌柜不愿把客栈兑给他，便起了怨恨，原本他无可奈何，却遇到了刺客来袭，这才临时起了恶念，想利用刺客之名杀了掌柜，客栈自然就落在他手上。但没想到的是，掌柜宅心仁厚，已准备把客栈让给他。"

吐蕃捕头好奇地问道："这位小贵客，客栈内部的事儿你是怎么知道的？"

"我随父亲来冷泉做买卖，需要多待些时日，平时没事的时候，就和伙计、大厨聊天，没客人时掌柜也会和我说些事情，因此才知道这些。"小五子答道，随后偷着瞥了瞥狄仁杰。

狄仁杰暗暗地向他竖起了大拇指。他早已看出是店伙计作案，也能找到相关的证据，却不知道作案动机，想不到的是年少的小五子居然补足了这点。

吐蕃捕头郑重其事地向小五子抱拳施礼，说道："贵客如此年少，却又具备这等智慧，轻松破了这桩杀人案。掌柜朱有福并无亲人继承客栈，待我回衙门后，会按照律法发出告示，若在期限内无人继承，我就会按照咱们的约定，把这间客栈卖给你。在此期间，这客栈的经营权……"

吐蕃捕头看向小五子，小五子心领神会，立刻说道："可以将它暂时交给大厨管理。"

厨师一听，急忙摆了摆手："我只会烧火做饭，可当不了掌柜。"

吐蕃捕头劝道："掌柜和伙计都死了，这客栈你不管谁管，先这样吧。"

吐蕃捕头挥了挥手，命人收殓两具尸首，随后迅速离去，只留下厨师和一众行商房客。厨师不知所措地看着众人，尴尬了好一阵之后才把手在围裙上搓了搓，说道："我去给你们做些吃的。"

厨师离开后，小五子父亲向狄仁杰抱了抱拳，说道："这位老哥，可否到房间一叙。"

狄仁杰看到小五子父亲的眼神，便知道他已看穿了一切，便抱拳施礼："此案还有些疑惑，请容在下到掌柜房间查探一番，然后再去拜访您，如何？"

小五子父亲点了点头。小五子向狄仁杰兴奋地说道："我也要跟您去。"

还没等狄仁杰答话，小五子父亲严肃地说道："不行，立刻跟我回房间。"

小五子撇了撇嘴，脸上露出遗憾的表情，依依不舍地回头看着狄仁杰和黎映雪，却不敢违抗父亲。

众人散去后，黎映雪向狄仁杰问道："案子都破了，还有什么疑惑？"

"案子本身没有疑惑，咱们原本不是要询问掌柜关于幽魂凶的事儿嘛，现在他被杀害，已经无法进行。所以我才想到掌柜房间看看，万一他要是记录下来呢！"

"他是掌柜，又不是书吏，经营客栈那么累，哪会有心思记录啊！"黎映雪嘴里嘀咕着。

大川驿酒楼掌柜每天都要忙到很晚，除了算账、记账，还要负责客人所需、后厨等等，比鸡起得要早，比狗睡得要晚，整个大川驿数他最忙。这客栈虽不比大川驿酒楼，但麻雀虽小五脏俱全，活儿绝不比大川驿少。

"去查查看吧，万一有收获呢！"

第十四章　奇怪的石头

厨师弄来一些土，把血迹遮盖住，要不是若有若无的血腥味道，丝毫看不出这里刚刚出了人命案。

房中靠角落的位置有一个带着锁头的柜子，显然是用来存放金银和细软的。书柜上放着一些书，书是崭新的，几乎没有翻动过的痕迹。几个衣柜里除了一些衣物之外，再无他物。两人搜遍了整个房间，却并没有任何关于幽魂凶的记录，最后他们把目光投向带锁的箱子。

两人对视一眼，黎映雪率先说道："这不太好吧。"

掌柜尸骨未寒，两人作为陌生人，贸然打开带锁的箱子，显然是对死者的大不敬，要是被吐蕃捕头知道了，必定会有一场牢狱之灾。

"钥匙在床榻的垫子下面。"厨师的声音传来。

两人回头一看，厨师正站在门口看着他们。

"啊……这……"狄仁杰不知道该说什么，只好支吾着。

厨师叹了一口气，说道："两位气质不凡，绝非行商。小五子和他爹几乎每年都会到这里来住，我是看着这孩子长大的，他有几斤几两我心里清楚。五子父亲和那些行商的头脑都用在算计赚钱上，哪有破案的能力，那些捕快就更不用提了，除了欺负弱小之外，再没别的能耐。所以，小五子背后的人是你们。"

狄仁杰突然发现这些人都不简单，先是小五子父亲看穿了他，连老实木讷的厨师也看穿了他。他无奈地摊了摊手，却不知道说什么。

厨师走进房间，说道："我们经营客栈，见过的人多了，自然就有了一些鉴别能力，您别见怪。无论如何，是您帮我们找到了凶手，将他绳之以法，取些金银作为报酬无可厚非。"

厨师从床榻的垫子下摸了一阵，最后取出一把钥匙，递给狄仁杰。

狄仁杰知道厨师误解了他，遂摆了摆手，说道："我不是想要拿银子，而是……"

厨师苦笑一声，说道："人做事不都是为了钱吗？"

狄仁杰不愿和厨师辩论，便径直地说道："我原本想找掌柜的询问关于幽魂凶的事儿，想不到他却遭到杀害，我们这才来房间，看看掌柜是否对他的经历做了记录。"

厨师愣了一下，随后点点头，说道："我相信你们，但我从未见过掌柜做过什么记录，而且我们都不相信他的经历，太离谱了。幽魂凶人畜勿进，哪有人进去后还能出来的。掌柜逢人便讲，怕是吸引客人来客栈的手段吧。"

"那你知道他具体的经过吗？"黎映雪问道。

厨师摇了摇头，说道："客人太多，我在后厨忙都忙不过来，哪有时间听他讲这些。"

狄仁杰脸上显出失望的神色，想起和小五子父亲的约定，遂向厨师抱了抱拳，准备离去。厨师突然说道："贵客，我突然想起掌柜之前说过，他曾从幽魂凶带出过一件东西。"

说到这里，厨师环顾四周，最后目光落在带锁的箱子上："他把那样东西当作宝贝，应该放在箱子里锁上了。"

厨师的话引起了狄仁杰的兴趣，略加沉吟后，指了指厨师手上的钥匙，说道："能不能请你打开箱子，看看那样东西在不在里面？"

厨师并未犹豫，走到箱子前打开锁头。

箱子里存放的大多都是银子，还有一些珠宝和房契等，在最左边的位置有一个木盒，厨师打开木盒后，发现里面放着一块形状怪异的石头。

石头大约有成年人两个拳头大小，整体呈现黑色，有的地方油亮油亮，有的地方呈麻点状，有的地方满是皱褶，上面遍布着大大小小的毛孔，重量比寻常石头要重一些，形状上没有任何特别之处。

"就是这块石头，我经常看到掌柜半夜把它拿出来鉴赏，想必是价值不菲吧！"厨师摇了摇头，显然他并不理解掌柜的行为，对这块石头的价值也不认可。

黎映雪生在金银匠的家庭，见过的金银宝石无数，却看不出这块石头有什么稀罕之处，仔细看了一阵后，便冲着狄仁杰摇了摇头，意思是这只是一块普通的石头而已。

"我听掌柜说过，他有一次到山里办事，遇到大雾迷了路，误闯入幽魂凼中，幽魂凼中满是人和动物烧焦的骸骨，他惊慌之下，急忙向外逃去。幸运的是，他并未遭受天雷袭击。他逃出来时，被石头绊倒，险些被摔死，就是这块石头。"厨师说道。

"还有吗？"狄仁杰问道。

厨师又说道："掌柜还说他看到了那条死亡线。"

"也许是他在深山中时间太久，天气寒冷，令他产生幻觉，加上幽魂凼的传说，这才令他产生了进入幽魂凼的记忆。"黎映雪说道。

冷泉处于戈壁中心地带，昼夜温差极大，经常有客人因天冷或天热而导致失温或者中暑，严重时，两者都会令人产生幻觉。

厨师不懂这些知识，但他并不相信掌柜的经历，只是单纯地认为掌柜把这件事当作噱头，吸引那些到幽魂凼旅游的游客来客栈住宿。

"这块石头可以先借给我们吗？"黎映雪问道。

厨师瞥了瞥箱子里面的金银珠宝，又看了看石头。在他的眼里，这块石头几乎没有任何价值，远比不上金银珠宝来得实在，遂点了点头，环顾四周，他看到了地面上那摊新土，又想到了惨死的掌柜，不由得黯然心伤。

掌柜、厨师、伙计三人共同经营客栈数年，掌柜年纪较大，又没有子嗣，早就把二人当作自家孩子来对待，无论经营客栈赚了多少银子，掌柜百年之后，还不是要留给他们。在这点上，看起来憨憨傻傻的厨师明白，精明的店伙计赵磊却不懂，这才做下了错事。

……

一般来说，客栈死了人，为了躲避晦气，房客们会立刻离开。但这些行商本就来往于大周、吐蕃、西突厥之间，经历过大风大浪，这种事看得多了，自然就变得麻木起来。

面对狄仁杰和黎映雪，小五子父亲立刻换了一副极其柔和的表情，向狄仁杰抱拳施礼后，说道："贵客，我看您气宇轩昂，绝非泛泛之辈。小五子得您指点，破了这件案子，解了我们的一大劫难，在下感激不尽，这些是我的一点心意，还请贵客收下。"

小五子笑着把一个锦盒递给黎映雪。黎映雪接过后打开，里面放着一颗巨大的珍珠，虽说比不上武则天凤冠上的那颗"龙凤呈祥"，却浑圆无比，通体透着柔和的光芒，绝不是寻常之物。

黎映雪看了一眼狄仁杰，便知他心意，又把锦盒递给小五子。

"在下无功，不能收这等豪礼。不过有一个请求，还请您答应。"狄仁杰说道。

小五子父亲赞许地点点头，说道："贵客请说。"

"我指点小五子的事儿请不要说出去。"狄仁杰说道。

"这个不是问题，我知道你们有难言之隐。此事我的那些兄弟并不知情。不过，我们是行商，不可能在冷泉久留，这单生意完成后就会离开，兑下客栈这件事……"

狄仁杰笑了笑，说道："老哥不用烦恼，这件事由我来处理，只需要小五子配合我们到衙门去一趟，向捕头说明便可，银子绝少不了衙门的，这客栈我准备交给厨师来经营，以后老哥若是路过冷泉，就当这里是自己的家。"

小五子父亲经商多年，阅人无数，他一眼便看出狄仁杰和黎映雪眼中没有俗气，视金银等物为粪土，兑下这间客栈定不会是为了赚钱，但见狄仁杰眉头紧锁，便问道："贵客可是有烦心事，如需我等效劳，可尽管开口。"

听小五子父亲一说，狄仁杰心中一动。

炼制假银锭需要真银锭、大量的优质木炭和火油，小五子父亲是行商，也许能从他的口中得到一些信息。想到这里，狄仁杰向他一抱拳，说道："那我就直说了，我想打听一下最近冷泉有没有大宗的木炭、火油和银锭交易？"

"大宗的木炭、火油和银锭交易？"小五子父亲捋了捋胡子思索着，却并未多问。

西域的行商大多都是以贩卖西域香料、玉以及中原的绸缎、瓷器等物为主，木炭属于普通商品，若是长途交易，几乎没有利润可言，因此他们的买卖不包括木炭。民众所用油灯中的油大多都是动物脂肪油，所用火油的数量极少，运输又极其不便，因此很少有人会贩卖火油。

"我不知道，我问下他们。"小五子父亲摇了摇头，冲着小五子使了个眼色。小五子立刻离开，不大一会儿，数名西域行商便跟着小五子走了进来，向小五子父亲和狄仁杰施礼。

"你们有谁知道最近冷泉有大宗的木炭、火油和银锭交易？"小五子父亲问道。

众人面面相觑，纷纷摇头。其中一人说道："大哥，木炭不值钱，一般人家都能自制，火油大多都用于战争，在民间的用量极小，哪能有大宗交易。至于银子，本身就是钱，多用于大宗交易，比如以军饷购买粮草和马匹等。"

众人七嘴八舌地又讨论了一阵，也没个结果。

狄仁杰暗中叹了一口气，和黎映雪对视一眼。小五子父亲看出狄仁杰的异样，急忙制止了众人，一阵寒暄后，便送狄仁杰和黎映雪离开。

回到房间后，黎映雪见狄仁杰愁眉不展，便给他斟了一杯茶，劝道："狄大人莫急，车到山前必有路，船到桥头自然直。"

话是这样说，但目前双方大战在即，他却毫无头绪，怎能不急？

"大人莫愁！"一个男人的声音从门外传来。

狄仁杰听后一惊，和黎映雪对视后，他的脸上现出惊喜之色，急忙走向房门，走路时居然跟跟跄跄，几次险些摔倒。

因为那是袁客师的声音！

第十五章　大难不死

劫后余生，才知生命的脆弱。大难不死，方知生命的可贵。

在狄仁杰的断案生涯中，经历过一件又一件的悬案、大案，每一次都是九死一生，他们凭借超凡的武功和智慧一一化解，从未直面过生死。大川驿一战，狄仁杰经历了几名战友的死，对心灵造成了巨大的冲击，眼见着袁客师复活归来，心中五味杂陈，对生命的感悟又提高了一层。

此时的袁客师衣衫褴褛，干裂的嘴唇上满是血痂，整个人瘦了一大圈，胡子也长了出来，若不是超凡的气质，怕是和寻常的乞丐没有区别。看到袁客师的样子，狄仁杰仿佛看到了自己昨天的状态。

眼泪顺着狄仁杰的脸颊流了下来，他紧紧地抱住袁客师，仿佛害怕一松手，袁客师就会再次消失，过了好久，才冷静下来，缓缓地松开袁客师，抹了抹眼泪，上下打量着他。

袁客师与狄仁杰共事多年，自然明白他的心思，看着狄仁杰憔悴的模样心中一疼，正要说话，却听狄仁杰先说道："咱先不说其他事，你先梳洗一番，我让厨师准备一些酒菜……"

袁客师摆了摆手，从桌子上拿起碗，倒了一碗水，一股脑喝下去，抹了抹嘴："大人，我先告诉你个好消息，灵芝还活着。"

狄仁杰一愣，好不容易止住的眼泪又流了下来，他缓缓站起身，朝着窗户方向跪下，磕了三个响头，嘴里念叨着："天佑我狄仁杰！"

狄仁杰拜皇帝、拜恩师、拜父母，却从不拜鬼神，但看他今天所为，足以说明齐灵芝和袁客师在他心中的地位。自打齐灵芝和袁客师追随狄仁杰后，他们生死与共，与强大数倍的敌人周旋、对抗，将恶人绳之以法，在他心中，早已把齐灵芷和袁客师当作儿女一般。

"她怎么样？"狄仁杰边起身边向袁客师问道，语气中透露着焦急。

袁客师叹了一口气，说道："她被高手打伤，又吸入火灾引发的大量毒烟，到现在还昏迷不醒。"

狄仁杰一听，倒吸了一口冷气。

齐灵芷的武功得自江湖奇人青玄师太，投入狄仁杰麾下后，又和大周第一高手李元芳学习了轻功领灵蝠五式，领悟到绝学移形换影，位列江湖一流高手之列，就算李元芳重出江湖，也无法在那么短的时间内将她打伤。

"是那个阴鸷男子？"狄仁杰回想起阴鸷男子的模样就有些不寒而栗。

阴鸷男子人狠话不多，出手无招无式，却招招要命，行为方式和杀手极为相似，绝非寻常的江湖人物。

袁客师点点头，脸上冒出凶狠之色，显然是对阴鸷男子痛恨至极："灵芷的师父青玄师太赶来救了我们。师太先是破了阵法，将我救出，那时，我已经耗尽了全部内力，身体极为空虚，师太再晚来一会儿，我就灯枯油尽了。师太又带人把灵芷从废墟中挖了出来，幸运的是，灵芷所在的位置没有燃起大火。当时灵芷已经奄奄一息，青玄师太身上所带药物只能保她不死，为了救她，必须要立刻回到最近的白鸽门分舵，我便自愿留下来寻找其他人。除了鹰眼老九之外，还找到了很多烧焦的尸体，但已经无法分清身份，钟大哥的盗洞大部分塌陷，我在钟大哥房间的盗洞向深处挖了一段，却始终没找到他，也没找到您。后来沙尘暴来袭，我只好草草地掩埋了鹰眼老九和所有的尸体，随后离开。"

白鸽门是青玄师太创立的，门主的位置已经传给齐灵芷，她却一直在暗中关注，一旦齐灵芷或者白鸽门发生危险，她便会出手相助，此次齐灵芷加入精英小队执行飞虻计划，青玄师太得知后，便开始收集相关线索，得知精英小队中可能有内奸，而且哈赤儿的护卫中藏龙卧虎，个个都是顶级高手，精英小队若无准备定会吃亏，这才率领白鸽门的精英前往大川驿支援，救下了被困在阵法里的袁客师和重伤昏迷的齐灵芷。

"我检查过鹰眼老九的尸体，发现身上除了四处箭伤之外，胸前还有两处掌印和十指刺出来的窟窿。一处箭伤在肩部，另外三处箭伤自后背而入，从腹部钻出，鹰眼老九擅长弓箭，却不懂得近身搏击，看如此情形，定是为了掩护咱们，牺牲自己，在被对方神箭手射中后背的同时，舍身扑向阴鸷男子，企图与对方同归于尽，但羽箭射穿他身体后，透出身体的长度只能伤到阴鸷男子，却不足以致命，阴鸷男子震开他，又在他胸前补了致命的两爪……"

说到这里，袁客师双眼湿气顿显。

狄仁杰叹了一口气，说道："老九是为了救我……"

三人默哀了好一阵，狄仁杰才打破沉默："我在躲避阴鸷男子追杀过程中掉入盗洞，后来整座建筑坍塌下来，正好压住了盗洞，等我出来时，曾经到你布阵的地方寻找，没发现你的踪迹，也没找到其他人，现在看来，应该是青玄师太救了你们。"

"也就是说，我寻找你们时，您正好被压在盗洞中，等我走后，您才逃出来！"袁客师说道。

狄仁杰点点头。但他不知道的是，在他昏迷期间，马匪、来俊臣门客、封山派、行商等相继回到大川驿，遇到任何一伙人，都会惨遭杀害。

"我分析咱们小队中定有内奸，这才导致计划被哈赤儿提前知晓，破了咱们的行动。我不甘心，既然假银锭配方的源头是冷泉，那就来冷泉查查看。"袁客师说道。

袁客师不甘心失败，选择继续探查，狄仁杰又何尝不是？

过了故人见面分外激动的劲儿，袁客师疑惑地看向黎映雪。当初他被困在阵中，虽说人出不来，却能看到和听到外面发生的一切，按照他的认知，黎映雪已经死在哈赤儿护卫的刀下了。

黎映雪有些尴尬，清了清嗓子，伸手给狄仁杰和袁客师各倒了一碗水。袁客师又看了看碗里的水，下意识地将碗向远离自己的方向推了推，他的意思很明显，不相信黎映雪，哪怕是她倒的水，都可能有问题。

狄仁杰端起碗喝下一口水，说道："映雪是自己人，她的事儿容我慢慢和你说。"

听到狄仁杰如此称呼黎映雪，袁客师收起质疑的目光，虽有些不太情愿，却还是点了点头。

"按说你应该比我更早到冷泉，为何现在才到？"狄仁杰问道。

袁客师眼中散射出光芒，说道："我的确是比您先到的，到了之后，我一直在寻找哈赤儿，吐蕃和西突厥的大营我也去过，却并未发现他。"

袁客师的追踪探查能力很强，轻功又得自汪远洋的真传，倒乱七星步绝世无双，探查军营对于普通人来说难于登天，对他来说却易如反掌。哈赤儿身为虎师的大将军，目标非常明显，要是在军营中，定会被他查到。狄仁杰原本也要设法去军营中探查一番，现在看来已经没必要了。

"我甚至动用了白鸽门的力量，让他们扩大搜寻范围，冷泉附近所有村镇，甚至临近的吐蕃、西突厥境内，却依然一无所获。哈赤儿和十二名护卫仿佛是人间蒸发了一般，没留下一点儿痕迹。"袁客师说道。

白鸽门是以贩卖信息为生的门派，找人对他们来说易如反掌，现在连白鸽门都碰了钉子。

"我到冷泉后，也查了很久，除了军营内部之外，其他地方均没有哈赤儿的痕迹，线索到了这儿就断了。客师，你说说吐蕃和西突厥军营里面的情况。"狄仁杰说道。

虽说袁客师在两座军营中未查到哈赤儿的线索，但对联军的兵力组成、军械、粮草会有所了解，万一战事无法避免，大周军队也好提前有个准备。

袁客师点点头，缓缓讲述起来。

冷泉处于三个国家的交界处，四周地区都是荒无人烟的戈壁滩，无论是哪个国家，想征讨另外的国家，都必须占据冷泉作为补给地，否则，孤军深入对方腹地，粮草和军械补给不及时，定会被对方围而歼灭。

因地理位置特殊，冷泉成为三个国家争夺的焦点，但冷泉城墙不高，无护城河，又无天险可守，与周边城市距离较远，运输非常困难，易攻难守，长期占据冷泉是一件极其耗费国力、财力的事情，但又不得不为之。经过数次易主，三个国家终于达成一致，将整个冷泉地区作为缓冲地带，如无必要的军事行动，绝不染指冷泉。

吐蕃军营和西突厥军营分别坐落在各自的境内，距离冷泉五十里左右。联军号称四十万，但从其灶台和营帐的规模来看，联军数量大约二十万，以骑兵为主。袁客师又查探了粮草和军械库，发现其粮草储备充足，足够联军生存两月有余，羽箭等军械储备很多，足以支撑联军一路东下，剑指长安！

袁客师本想继续刺探帅帐，却发现两座帅帐外均有高手把守，以他的轻功和隐身功夫都很难接近，但袁客师年轻气盛，加上他的轻功一流，便趁着夜色冒险接近帅帐。

……

"结果怎样？"狄仁杰关切地问着。

"我自诩轻功还算不错，但还未接近，便被对方发现，要不是跑得快，怕是脑袋早就被挂在营寨旗杆上了。"袁客师有些气馁地说道。

听完袁客师的陈述后，狄仁杰陷入深思中。

联军的战略目标很明确，攻打安西都护府，重新夺回龟兹、于阗、疏勒、碎叶四镇的控制权，以巩固吐蕃的西域统治体系。

对于坐拥中原的大周来说，安西都护府的土地贫瘠，加上与好战的西突厥和吐蕃相邻，需要大量的驻军来防止两国的侵扰，统治成本已经远远高于土地和人口收益，设立安西都护府的战略意义更大于经济利益。

按照内卫府提供的情报，两国联军因粮草和军械准备不充足，这才买假银锭配方，制造大量的银锭，用以购买粮草和军械，但从袁客师的叙述来看，联军粮草和军械充足，兵强马壮，早已做好了战争准备，却迟迟未发动攻击，行为十分可疑。

既然粮草、军械充足，为何又冒险派虎师大将军哈赤儿到大周都城购买假银锭配方？难道说，炼制假银锭一事，真的是为了搞垮大周的经济体系？到底是什么原因令联军迟迟未发动进攻？

另外，吐蕃和突厥两地盛产马匹，铁矿却极为罕见，羽箭等军械非常匮乏，联军又是从哪里弄来的这些军械？

事情背后的真相绝不是表面看起来那么简单，也许，找到了原因所在，便有可能将这场战争消弭于无形！

袁客师明白狄仁杰的疑惑，立刻说道："大人，卑职觉得联军未发动进攻，会不会和拱卫长安的百万大军有关。"

安西都护府距离长安很近，一旦联军占领安西四镇，必定会威胁到长安，而长安正是关陇贵族的大本营，他们定不会让异族威胁到自身利益，在百万大军全力进攻之下，二十万联军会变得不堪一击。

狄仁杰摇了摇头："如果联军惧怕拱卫长安的百万大军，那就不会打这一仗了，定是另有原因！"

"大人来冷泉也有些时日，可有收获？"袁客师问道。

狄仁杰笑了笑："就知道你会这样问。我和映雪都有些收获，我先讲。我在查探哈赤儿线索过程中，发现一个怪异现象，冷泉和周边镇甸中，空置的房屋很多，原本有五六万人的规模，但现在看来，最多只有三四万人。"

"不会是两国联军驻扎之后，百姓觉得要打仗了，连夜带着家眷离开了吧？"黎映雪问道。

狄仁杰摇摇头："冷泉虽说地理位置很特殊，却不利于防守，大多数都是充当后勤补给之地，因此主战场绝不会选择在冷泉城，因此百姓没必要背井离乡。更奇怪的是，那些空置的房子已经很久没人住了。"

狄仁杰在假扮乞丐时，就住在这些无人的宅子中。

袁客师立刻点头道："对对，我这几天也是找了一间没人住的宅子里过夜，我还奇怪，怎么这么多空宅！从房间中的细软和家具可以看出，都是整个家庭搬离的样子。"

人都有惰性，一旦安顿下来，就不太愿意离开故乡，除非战祸波及或者遇到不可抗拒的天灾。

"我曾向衙门的人打听过，却没听说有大量人口失踪的案件。后来无意中听人提起过，说是都搬到一个什么城的地方，那里遍地是黄金，谋求生计很容易。"狄仁杰说道。

"哪有这种地方！"黎映雪无奈地摇了摇头。她和姐姐一直生活在社会的最底层，饱尝生活的艰辛，知道要想有好的生活，就要拼搏、努力，遍地是黄金、一夜暴富等都是不现实的，很大概率是个骗局。

"好了，咱先不说这些，映雪，说说你的经历。"

黎映雪瞥了瞥袁客师，幽幽地叹了一口气，这才把她和姐姐的事儿以及后来遇到狄仁杰，两人如何冰释前嫌，后又遇到刺客行刺，店伙计又如何利用机会杀掌柜的事讲出来。

袁客师认真地听黎映雪陈述完，略加思索后说道："这样说来，线索都对上了！"

狄仁杰一听便来了精神："快说说。"

袁客师虽说满脸污渍，但说话前还是脸上一红："大人，我在街上……乞讨时，无意中发现了一名高手，他的兵器是十二把飞刀，飞刀轻易不出，出两刀杀一人。"

袁客师的父亲是司天监正袁天罡，从小便生活富足，现在他为了完成飞虻计划，隐藏身份，化身乞丐，可谓是受尽了磨难，若不是狄仁杰这等亲近关系，他绝不肯说出自己做乞丐的经历。

"出两刀杀一人，这不就是那名刺客嘛！"黎映雪不以为意地说道。

袁客师接着说道："他原本是中原的一名侠客，叫梁阪律，他对敌时喜欢连射两把飞刀，两把或高或低，或快或慢，让对手摸不着规律。之所以被人称之为侠客，是因为他做事极有原则，而且绝不为金钱所动。后来他为生计所迫，在巨额银两的诱惑下做了一次刺客。在雇主的故事中，他刺杀的对象是一名绝世恶人，杀了他不但能为民除害，还能获得大量赏金。事后才知道，被害者并非恶人，而是当地的一个员外，平日里为人和善，薄财好施。反观雇主，却是一名无恶不作的黑帮老大，杀善人的目的就是勒索不成，恼羞成怒，这才雇佣杀手报复杀人。得知真相后，他找到雇主大开杀戒，拼着一条命灭了整个帮派，身负重伤，此后隐匿江湖，再也没人见到过他。想不到的是，他居然出现在冷泉。"

侠客在人们眼中都是高来高去，不需要吃喝拉撒，没有烦恼和伤病，出现在人们面前时，都是一副英雄盖世的状态。但实际上，侠客也是人，也需要金钱来满足吃穿住行，饿了肚子没劲儿，得了病起不了床，受了伤照样会痛。

人在红尘中，哪能万事空。梁阪律就是最好的例子，不为金钱所动，是因为对金钱的需求比较低，一旦需求增加，自然就会被金钱所俘虏。

"我暗中跟着他来到客栈，这才发现了大人和黎映雪。但看梁阪律的出手，完全没有伤人的意思，我才隐在暗处没出手，等他离开后，我便继续追踪，他的轻功很高，而且对地形非常熟悉，最后在城外的一片树林处失去了踪影。"

"可他射向店伙计的却是一把飞刀！"黎映雪说道。虽说她和狄仁杰受到袭击时，都是两把飞刀先后射入房间内，但射向店伙计的的确只有一把！

黎映雪冰雪聪明，一下便听出来袁客师所说的梁阪律双飞刀规律的破绽。

袁客师摇摇头，说道："他有原则归有原则，但不是一成不变，听你刚才的叙述，应该是他看到店伙计对他构不成威胁，也就没必要遵从两把飞刀的原则了，他的飞刀都是手艺高明的铁匠精心打造，来之不易。哎……哎……他射几把飞刀和咱们的分析推理没关系吧！"

狄仁杰看出两人对话有些火药味，急忙岔开话题："客师，你说的小树林可是冷泉外十五里左右的那片白杨树？"

袁客师明白了狄仁杰的意思，点了点头。狄仁杰跟踪黎悦榕时，也是在那一片树林跟丢的。刺客、黎悦榕、白杨树林，仿佛所有线索一下子都联系上了。

"咱们先分析一下！"狄仁杰把一张纸平铺在桌子上。黎映雪眼疾手快地递上毛笔，并开始研墨。

袁客师看到黎映雪和狄仁杰的状态，仿佛看到了一对默契的父女一般，不由得暗自笑了笑。对袁客师、齐灵芷、李元芳、汪远洋这些人来说，狄仁杰年长如父亲一般，不但传授他们破案的技巧，同时也教他们做人的道理。

狄仁杰迅速地在纸上画上大川驿、冷泉、吐蕃军营、西突厥军营、白杨树林、幽魂凼等地，两座军营在冷泉西北方向，属于吐蕃和西突厥交界处。幽魂凼处于大川驿和冷泉之间，靠近冷泉的群山中，它三面环山，其中一座山的南坡正是白杨树林，幽魂凼出口连接着一个巨大的峡谷，出了峡谷便到了鄯州的地界。

"之所以咱们在冷泉找不到哈赤儿的踪迹，就是因为他压根就没来冷泉，也没回西突厥军营，而是和黎悦榕、刺客一样，消失在这片白杨树林中，至于去了哪里……"两人的目光随着狄仁杰手指看向幽魂凼。

"这附近只有幽魂凼能掩饰炼银时产生的大量烟雾，而且此地诡异，如果说有阴谋，和它联系在一起最合适不过了！"狄仁杰说道。

朝中大臣对狄仁杰的评论之一就是他喜欢推演阴谋论，对任何异常行为都会加以推理分析，然后再辅以阴谋化，很多大案、要案都是以这种形式破解的。

"这样说好像有些牵强吧！"黎映雪质疑道。

"那刺客的轻功的确很高明，却不至于能把我甩掉。但他的确就是消失在这片白杨树林中，我想这片树林中定有机关。"袁客师说道。

"也有可能是阵法。"狄仁杰提醒着。

袁客师一拍脑袋，恍然大悟道："要不是大人提醒，我倒把这种可能给疏忽了，是阵法，一定是阵法。"

"你不是精通阵法嘛，怎么可能看不出来？"黎映雪口无遮拦地问着，丝毫没顾及袁客师的感受。

袁客师无奈地叹了一口气，说道："世上阵法种类繁多，我父亲极尽一生，也只精通两三种，虽说布阵之法大同小异，却能利用不同的手段作为掩护，如果不是提前知晓，怕是很难看出来。经过大人这一提醒，我突然想起白杨树林果然有异常。"

黎映雪撇了撇嘴："那你说说！"

"自然形成的树林，树木种类繁杂不一，绝不可能只有一种树木。"袁客师哈哈一笑，仿佛是在自嘲。

无论是大周还是吐蕃，人们都有种树的习惯，尤其是生活在戈壁地区的吐蕃人，为了美化环境，固化土地，同时也为了获取木材，都会大量种植树木。种植树木的地点一般会选择土地相对肥沃，有水源并向阳的地方，距离人类的居住地不能太远。白杨树林所在地处于深山中，周边都是自然生长的树木，要是有人在此处种树，定有其他目的。

"那片白杨树林的树高五丈有余，此地土地略显贫瘠，降水较少，按照白杨树的生长速度，平均一年能长一丈，五丈就是五年，也就是说，大约在五年前，有人种了这批白杨树。"狄仁杰接着分析道。

袁客师神情有些兴奋，接着狄仁杰的话茬分析道："据民间传言，幽魂凶曾经叫神仙谷，是数年前突然发生巨变，成了现在的幽魂凶，如果恰巧也是五年左右，那么两件事就对上了！"

"要是掌柜所说的是真的，那他当初进入幽魂凶中，却为什么只看到满地的骸骨，没有炼银炉？"黎映雪问道。

袁客师张了张嘴，却没能说出个原因来："如果掌柜没死，也许能告诉咱们一些细节！"

"细节虽无法考究，但神仙谷变成幽魂凶的大致时间应该不难知道。"狄仁杰说道。

"这件事交给我俩吧，你……还是先梳洗、休息一番……"黎映雪用手在鼻子前扇了扇，眉头皱成了一个川字。

袁客师抽了抽鼻子，隐隐闻到自己身上有些酸臭，不好意思地笑了笑。自身的味道自己很难闻得到，如果连自己闻着都有些酸臭，那就是非常酸臭了。

"你和灵芷活着这件事还有谁知道？"狄仁杰问道。

袁客师想了想，说道："只有青玄师太和四名随侍的白鸽门高手。我一路来到冷泉，一直是以这副模样示人的，应该也不会被人发现。"

狄仁杰点了点头："那就好办了，死了的人就不会再被人关注，对日后的行动非常有利。"

黎映雪看看狄仁杰，又看看袁客师，疑惑地说道："哎，我发现你俩为什么都喜欢扮成乞丐呢？"

"这……"两人依然是答不上来，只好无奈地对视一眼，低下头保持沉默。

他们从大川驿经过荒无人烟的戈壁滩来到冷泉，身上衣物早已又脏又破，他们要查找哈赤儿的踪迹，不能公开身份，因此无法寻求大周官府的帮助，身上没有银子，连吃饭都成了一件极为奢侈的事儿，更别提住店洗澡了。所以两人并非假扮成乞丐，而是被迫成为真乞丐。在这个战乱频发的年代，流离失所是常态，人们对乞丐见怪不怪，反而令他们成功地掩饰了原本的身份。

黎映雪看着面面相觑的二人不禁叹了一口气。

第十五章 大难不死

第十六章　神仙谷

黎映雪是天生的乐观派，早年的家门不幸，后来的姐姐失踪，再到成为内卫后的第一个任务失败，她都保持着乐观的态度，她坚信一切磨难都是人生的历练。命运因磨难而变得坎坷，但只有经历过坎坷的人生才是精彩的人生，一帆风顺是理想化的，是几乎很难实现的，既然如此，那就从容地面对困难坎坷，以乐观的态度走向明天。

黎映雪说不明白这些道理，却实实在在做到了。

身为内卫，她曾接受过一些训练，懂得一些推理分析的方法。既然幽魂凼曾经是神仙谷，是采药人的天堂，那么去找年纪稍长一些的采药人或者医馆问问便可得知。狄仁杰也乐得不用动脑分析，一边跟着黎映雪一边四处查看着。

城镇中心附近的药铺和医馆生意很好，进出的人络绎不绝，想要在这种状态下，打听幽魂凼的事儿怕是很难，但她并没有直接放弃，挨个医馆和药铺子打听着。

好在冷泉本地人比较淳朴，就算手上有活儿，也会和黎映雪说上几句。每个人对幽魂凼的认知都有所不同，所讲述的故事也不同，共同的一点是他们都没亲身去过曾经的神仙谷，只是幽魂凼成为旅游景点后，才知道关于它的传说。

他们的版本是：传说在很久很久以前，神仙谷原本只是一个非常普通的山谷。冷泉地区缺医少药，又饱受战乱侵害，因此当地人的寿命极短。一名主掌医药的神仙心生怜悯，便施展神力，把天界的仙草种子撒进山谷中，仙草能够延缓人类的衰老，延长人的寿命，能治疗百病。神仙又用神力令山谷四季如春,让山谷能够源源不断地产出仙草。

神仙又挑选了一些有仙缘和医者之心的走方郎中或者采药人,让他们找到神仙谷来造福一方。

但神仙谷的存在破坏了人类生老病死的规律,破坏了阳间和阴间的生命交替,这才引来天罚,上天以九天神雷劈了神仙谷三天三夜,同时降下诅咒,令神仙谷寸草不生、生灵勿进。

这个传说的版本和之前黑导游所说的版本大同小异,只是后者辅以神话传说。

有位采药人提供了一条重要的线索,城西强巴药铺的老板强巴早年曾去过神仙谷,药铺也是靠着采神仙谷中的稀罕药材为生,很多采药人向他打听神仙谷的位置,但他却始终不说。黎映雪一听便来了精神,问清了药铺的位置之后,便一路打听着,来到强巴药铺。

强巴药铺的位置相对偏僻,所在的街道有些窄,只能容下一辆马车通过,临街的房子作为药铺,后面的院子和房子成了熬药和储存药材之处。一进入药铺,一股浓浓的草药香气便迎面扑来,令黎映雪和狄仁杰精神一振,原本沉闷的心情变得明朗起来。

强巴五十来岁的年纪,曾是名走方郎中,后来因为神仙谷盛产药材的缘故,便在冷泉安顿下来,开了这间药铺,平日里到神仙谷附近采摘药材,晾晒炮制后,制成药材出售,因神仙谷出产的药材药效奇佳,方圆百里的医馆和药铺都到他这里进货,生意做得红红火火。

按照传说和他自己的说法,他就是神仙选中的有仙缘的人。

后来神仙谷变成了幽魂凶,药材的种类和质量都有所下降,生意不再如从前般红火,但依然可以凭借精湛的医术勉强维持生计。

老板本不善言谈,但见黎映雪漂亮,还具有天生的亲和力,亲近感油然而生,狄仁杰虽不言语,气质却极为高贵,便打开话匣子,一边研磨草药一边将自己和幽魂凶的渊源讲述出来。

……

也许是受到上天的眷顾,也许是地理位置上挨着青海湖,神仙谷虽说在大山深处,却温暖湿润,气温常年保持如春夏交接时节那般宜人。

强巴是一名走方郎中，数年前，在冷泉行医时遇到了一个疑难杂症，他知道一个药方能治这种病，但需要一味罕见的草药做引子，是彼岸花的叶子。

彼岸花有一个特点，花和叶永远不会同株。花开株无叶，叶落才花开，在传说中，彼岸花只长在地狱中的忘川河边，在人间又到哪里去找呢，更何况强巴所要的药引子是花开那一瞬间还在株上的叶子。

他跑遍了冷泉以及附近的药铺，甚至到附近的寺庙寻求僧侣的帮助，还是没能找到。但僧侣告诉他，在神仙谷的尽头有一片红色的土地，常年不见阳光，那里可能有彼岸花。同时警告他，彼岸花被人称为地狱之花，具有极强的魔力，若遇到花和叶同株的情况，将预示着要发生巨大的灾难。

为了救人，强巴顾不了许多，和僧侣打听好了神仙谷的位置后，他义无反顾地进了山。令他想不到的是，正是这一举动，改变了他的人生。

经过几番寻找后，他终于找到了神仙谷。此时已是冬季，神仙谷却温暖湿润，地面上飘着一层薄薄的雾气，犹如仙境一般。里面有很多叫不上名字的奇珍异兽、奇花异草，与外面的荒芜形成鲜明对比。

神仙谷的面积很大，三面环山，山上树林茂密，加上山坡比较陡峭，除了南面的入口外，从其他位置很难进入神仙谷。在神仙谷的尽头，他找到了那片红色的土壤，看到了传说中的彼岸花。惊叹之余，他发现彼岸花上只有叶子，并未开花。

也许是他的精神感动了上天，也许是他的坚持不懈有了回报，在等待了一天一夜后，彼岸花终于开了花，他幸运地得到了一片花叶同株的叶子。与此同时，他还发现神仙谷内有很多稀罕草药，甚至还有一些是已经绝种的药株。

病人治好了病，他也获得了一个可以采摘药材的神仙谷。每次到神仙谷，他都会满载而归。但强巴懂一个道理，绝不可一次性将神仙谷内的草药采摘完，那是杀鸡取卵的行为。

赚了很多钱的强巴终于可以不用再四处行医，他在冷泉买下一间宅子，开了一间药铺，成为方圆百里内最大的草药经销商。

好景不长。

在一个风和日丽的日子，他再一次背着竹篓进山采药，当他到达神仙谷入口时，他惊呆了。原本温暖湿润的神仙谷现在却被浓雾笼罩，上空积满了浓密的乌云，乌云之间不时地放射出闪电，发出低沉的轰隆声，数条闪电径直击向神仙谷腹地。

可以清晰地看到，神仙谷和外面的世界有一条明显的分界线，神仙谷内浓雾弥漫、乌云密布，而外面却朗日高照、晴空万里。

一股风吹来，吹散了入口的部分浓雾。强巴发现山谷内的地面上躺着很多动物，它们的尸体大多都被烧焦，落下的雷电不时地劈在尸体上，甚至令尸体的皮毛起了火。

强巴的好奇心极重，加上想采些稀罕的药材，便准备到谷内查探个究竟，刚走近那条分界线，就感到头皮和脖颈的皮肤有些发麻，头发居然根根竖起，他隐约感觉有些不妙，急忙向后退去，退出十步后，异样的感觉才算消失不见，但舌头依然有些不舒服，口腔中残存着一股奇怪的味道。

联想到神仙谷内诸多的动物尸体，他知道刚才若不是及时退回来，定会遭受雷击。

越来越多的闪电劈了下来，将整个神仙谷笼罩其中，一股股浓烟不断地涌出神仙谷，尸体烧焦的味道和树木燃烧的味道也传了出来，呛得强巴有些喘不过气来。轰隆隆的雷声响彻山谷，震得他的耳膜剧痛。

在雷电的洗礼之下，再也不会有神仙谷。

至此，神仙谷变成了幽魂凼，只要有生灵闯入，必会遭到雷电的洗礼，而那条泾渭鲜明的死亡线也成了幽魂凼的标志，死亡线以内生灵勿进，而死亡线以外，依然生机盎然。

没有了神仙谷，他的生意一天不如一天，若不是之前赚了一些钱，怕是又要成为走方郎中了。

……

听完强巴的叙述，黎映雪思索了一阵，才问道："强巴大叔，神仙谷变成幽魂凼是什么时候的事儿？"

强巴用手指算了算："五六年前吧，记不清楚了，我这个年纪的人，活到哪一天还说不好，记着日子干吗？"

黎映雪一本正经地说道："这件事对我来说很重要，请您再想想！"

强巴摊了摊手，眼珠转了几转，说道："六年……不，不……是五年！"

"五年？"狄仁杰再次问道。

"对，是五年，那年冷泉地区大旱，市面上的药材稀少，所以我的生意格外好。"强巴提起从前时又来了精神，整个人仿佛一下子年轻了，眼睛里散射出青春的光芒。

"自打那次之后，您有没有再去神仙谷？"

黎映雪的话把强巴拉回现实，他脸上露出失望的神色，叹了一口气，缓缓说道："只要有生灵进入，就会有雷电降下，我再想赚钱，也不敢进去。再说了，就算平时没人进入，雷电也会时常劈下来，谷内早就寸草不生，进入又如何？倒是有很多游客慕名而来，有的导游为了博取噱头，还把鸡羊之类的动物扔进去，引天雷下来，让游客们观看。"

当初狄仁杰追踪黎悦榕时，无意中跟着旅游的人来到幽魂凼，目睹了天雷劈死黄狗，也目睹了黑导游欺软怕硬的卑劣行为。

"那神仙谷内有没有山洞之类的地方？"狄仁杰问道。

强巴被问得一愣，随后一笑，说道："哪有什么山洞，哪有什么奇遇，我看您是听书听多了。"

说书人一般都会在客栈、热闹街市讲书，所讲的内容无非就是主角先是遇到大灾难，一般都是父母被杀、全家被灭，主角被仇家逼到山崖，掉落山崖后发现山洞，里面有武功秘籍或者是罕世药材，获得强悍武功和内功，再重出江湖，找仇家报仇。

冷泉虽是吐蕃、西突厥和大周的交界处，在文化上受到中原文化影响颇深，哪怕如强巴这样的纯吐蕃人，也懂得一些说书人的套路。

"那谷内有没有建筑之类的？"黎映雪问道。

强巴好奇地看着两人，反问道："为什么你们对神仙谷这么感兴趣？无论过去怎样，现在它已经变成幽魂凼了，人畜勿进。"

"那……有还是没有？"黎映雪继续问道。

强巴呵呵一笑，说道："神仙谷内只有植物和动物，没有山洞，也没有人居住。它所在的位置比较偏僻，想要去神仙谷就必须经过一片非常茂密的森林，森林中常有毒蛇、毒蜥蜴、毒蜘蛛等毒物出没，而且其中还有很多低矮的灌木丛，几乎无路可走，稍有不慎，要么迷路，要么被毒物蜇到，很少有人能够找到神仙谷。要是很容易到达，采药人蜂拥而至，神仙谷有多少草药也会被人采光。"

贪婪是人性特点之一。强巴虽说从未读过书，却懂得这个道理，这也是他不把神仙谷的位置轻易告诉他人的主要原因。

"我也去过幽魂凼，却没发现很难走的路！"狄仁杰说道。

"嗨，不知道是什么时候，那片茂密的森林居然被人砍伐了个干净，高大的树木被人运走，矮小的灌木丛一把火烧了，说是中原的皇帝要盖什么神宫，需要大量的木材，后来还有人种上了白杨树。"强巴说道。

狄仁杰听后微微摇了摇头。民间传说中的神都洛阳的万象神宫始建于垂拱三年，即公元687年，于次年建成。现在是延载元年（公元694年），按照强巴的说法，五年前，即公元689年，神仙谷变成幽魂凼，也是这个时间，有人砍伐了整片森林。

首先是两者的时间完全对不上，再者，树木变成木材需要时间，要是皇宫征集购买木材，也会提前几年来运作此事，怎么可能滞后？最后一点，洛阳地区也有大面积的森林，没必要花那么多人力物力从千里之外的冷泉购买木材。

这足以说明，砍伐整片森林另有目的，结合黎悦榕和刺客都消失在这片树林的事儿，加上袁客师的推断，很可能是某势力为了某种目的，以树布阵。

有一点疑惑狄仁杰始终没弄明白，某势力完全可以利用已有的森林，再加以变化，就可以布阵，为何要砍光整片森林，既费时又费力，还容易被人发现。

"老哥，当地人有参加砍伐森林的吗？"狄仁杰问道。

强巴摇了摇头，说道："没听说过，那些人一看就是外地人，但很有势力，人多、车也多，砍了树木就拉走了，当时衙门的人也管过，不过没什么用，听说当时管事儿的那名捕头后来还因为这件事被人收拾了一顿。"

"被人打了？"黎映雪问道。

强巴挠了挠头，表情有些尴尬："听说……好像是，这件事我只是听说，不敢确定，咱可不敢随便说人家坏话。"

狄仁杰和黎映雪同时想到了吐蕃捕头。

在老百姓眼里，衙门里但凡管点事儿的都是官儿，官场上的事儿千变万化，绝不是老百姓能明白的。但某势力不但能雇人将整片森林砍伐，又暗中出手打了吐蕃捕头，还能安然无恙，这足以说明某势力的能量极大。

"关于那片树林，有没有什么稀奇古怪的事儿发生？"狄仁杰问道。

强巴喝了一口水，吧唧吧唧嘴，得意地说道："这事儿你还真问对人了，要是问别人，他们肯定不知道。"

"您快说说！"黎映雪拿起水壶给他倒了一碗水。

强巴很少受到如此重视，眼见两人气质不凡，却对自己毕恭毕敬，优越感油然而生，心情大好，于是清了清嗓子，说道："神仙谷变成幽魂凼之后，我的生意还要做，还得到山里去采药。这人哪，总会抱着一些希望，希望突然有一天幽魂凼再次变成神仙谷，所以在顺路的时候，我就穿过那片树林，到幽魂凼去看看，怪事儿就在我穿过树林时发生了……"

第十七章　鬼打墙

　　强巴常年进山采药，对冷泉附近的地形地貌非常熟悉。自打神仙谷变成幽魂凼后，他每次进山采药，都是沿着既定的路线绕过白杨树林。

　　茫茫大山中，任何事情都可能发生，有的采药人为了一株稀罕的药材，甚至会攀爬到悬崖上，又或是深入猛兽、毒物的领地。常在河边走哪有不湿鞋，很多采药人死于猛兽爪下，死于悬崖坠落，死于泥潭之中，死于毒蛇之口。强巴能活到现在，是因为他一直遵循一个原则，只走已经形成的山路，只沿着已经探索过的区域采药，绝不擅闯陌生的地域。

　　强巴背着竹篓站在山间小路上，望着白杨树林深处愣着神。小路通向冷泉，他所望着的方向是幽魂凼。小路虽小，但至少是条路，通往幽魂凼方向的完全没有路，白杨树林中长满了低矮的灌木和很高的荒草。

　　强巴回头看了看竹篓内的一点点草药，咬了咬牙，毅然向白杨树林深处走去。他经常采药的地方也有其他的采药人采药，贪心的人们只要看到有价值的草药，不管年头够不够，都会一股脑采下来。采药的人多了，药材自然就会逐渐变少。强巴一向遵规守矩，从不到陌生地域去采药，采到的药越来越少，药铺的生意也越来越差。因此他才决定再去幽魂凼看看，万一再次变成了神仙谷呢！

　　但幽魂凼已经成为冷泉附近著名的旅游景点，来看天雷奇观的人源源不断，要是真的重新变回神仙谷，消息早就在冷泉传开了。

　　但凡强巴冷静一些，也不会头脑发热作出冒失的决定，所谓鬼迷心窍正是这个道理。

　　他按照经验判断，一路躲避着地面上诸多的带刺灌木走向幽魂凼的方向。走了一个时辰后，他惊讶地发现，又回到最初的地点。他挠了挠脑袋，抬头望向天空，看到太阳已经向西落下，不由得叹了一口气，犹豫一阵后，他还是咬了咬牙，再次向幽魂凼的方向走去。

太阳渐渐地西下，高大的白杨树遮挡了大部分阳光，令白杨树林率先暗了下来。按照时间来计算，从初始点径直穿过白杨树林大约一个时辰，他已经走了一个半时辰，不但没走到幽魂凼，也没回到初始点，在他眼中，周边的树木和地貌几乎一模一样，加上无法根据太阳或月亮分辨方向，他迷路了！

"不可能！"强巴身为采药人，要说迷了路，不但会被同行人嗤笑，连他自己都觉得不可能。见天已经黑了下来，越来越难分辨树林中的景象，心中变得有些忐忑不安，他深吸一口气，认真查看了周边的环境，选择认为对的方向，继续向前走着。

一个时辰转瞬即逝，天完全黑了下来，月亮在高空散发着银辉，却照不到茂密的白杨树林中，强巴掏出火折子，点燃了随身带着的火把，再次静下心来仔细地观察周边的环境。

四周的树木和地貌地形居然一模一样！

他感觉是自己产生了幻觉，揉了揉眼睛，又掐了一下胳膊，一股疼痛感随之而来："不是做梦，也不是幻觉！"

此时，他才想起老人们常说的那句老话：在茫茫大山中，任何事情都可能发生。

森林中的景色相似只是对普通人而言，对于采药人，他们有着超强的记忆力和分辨能力，能利用太阳、星空、风和水的流向、树木、环境等微小差别来分辨方向，找到出山的路。但这些能力对强巴目前的处境却无半点儿用处。

他定了定神，迈着沉重的脚步继续向前走着，直到火把熄灭，也没能走出去。而在他身边的景色依然如初，难以分辨四周环境的差别。

"鬼打墙！"他的脑海里闪现出三个字，老人们曾经说过，遇到鬼打墙最好的办法就是待在原地不动，尽量保存体力，等待天亮后，鬼打墙自然就会被破。更何况他现在已经筋疲力尽，又没有火把照明，就算想继续走，也是有心无力。

他背靠着一棵白杨树无力地瘫坐在地上,把周围一些枯草堆在身下,包裹在身上,再紧紧地裹住衣袍,尽可能地保存体温……

"后来呢？"黎映雪好奇地问道。

强巴摊了摊手,脸上并无波澜,说道:"天亮了之后,我发现所处的位置依然是最初的那个地方,我不敢犹豫,顺着小路下了山,回到了冷泉。"

"好奇怪,这怎么可能,走了那么远却还在原地！"黎映雪有些不解。

直到现在,强巴也不愿相信这件事,遂望向狄仁杰。

"老哥,幽魂凼附近有村甸吗？"狄仁杰问道。

强巴毫不犹豫地答道:"没有,这附近的村甸都围绕着冷泉,神仙……幽魂凼附近地形陡峭,缺少干净的水源,又有很多野兽出没,没人能在大山里生存。"

狄仁杰点了点头,随后给黎映雪使了个眼色,两人不顾强巴的挽留,离开药铺向客栈走去。狄仁杰心中明白,强巴定是被阵法所困,至于是什么阵法,只有精通此道的袁客师才能知晓。

……

袁客师恢复了原本的容貌,又让店家帮着买了几件皂青色衣袍,还把蓄的胡子剃了个干净,仿佛又回到二十来岁的年纪。

黎映雪看到袁客师没有胡子的模样打趣道:"要不是提前知道是你,剃了胡子之后还真认不出来。"

袁客师哈哈一笑,说道:"要的就是这个效果,反正我也是死过一次的人了,索性就当一次无名氏吧。"

三人聊了一阵后,狄仁杰把所探查的线索一一陈述出来。袁客师听后并未发表意见,反而皱着眉头思索着。

狄仁杰率先说出自己的看法:"神仙谷三面环山,另外一面的出口非常狭窄,形成了一个相对密闭的区域,外界的冷热都无法进入,导致神仙谷四季如春,至于湿润的原因,可能是神仙谷下方附近有地下河的缘故。"

"那是什么缘故造成神仙谷变成死亡禁地？"黎映雪问道。

"现在还不好说,对于大自然来说,人类还是太渺小了,所掌握的知识不足以解释这种现象。先不说幽魂凶，白杨树林的种植和幽魂凶的形成都在五年前，时间可能有先有后，但都是那个时间段，两者之间很可能存在联系。"狄仁杰说道。

黎映雪茫然地耸了耸肩，显然是没明白狄仁杰的逻辑。

"黎悦榕和刺客都消失在白杨树林中，根据采药人强巴的叙述，白杨树林周边都是连绵不绝的山区，根本没有人家……"

"你的意思是他们从白杨树林消失后，进入了幽魂凶？"黎映雪瞪大眼睛问道。

狄仁杰点点头。

"这……太不可思议了吧，幽魂凶是死亡禁地，人畜勿进，我姐要是进去了，那……那……"

"也许是进入环绕幽魂凶的山中。"袁客师说道。

"把山挖空，住在大山的腹中？"黎映雪惊道。

挖空大山这种事对于黎映雪来说无异于天方夜谭，对狄仁杰和袁客师来说却不是稀罕事，早年他们破获的一桩案件便是如此，幕后元凶扩容了自然形成的山洞，在其中藏了大量的军械和粮草，以供叛军攻打洛阳所用，狄仁杰破案后曾经多次到山洞勘察，山洞曲折且岔道极多，若不是准备充分，定会在其中迷路，和白杨树林有着异曲同工之妙。

"可以肯定的是，白杨树林的确有问题，而且种白杨树林的人一定是布阵的高手。"袁客师突然想起在大川驿改变他阵法的那名西域商人，当时情况比较危急，他并未看清那人的长相，但依稀看到那人绝非西域人士，那人弹指间便破了他的阵，加以改造后还把他困在其中，若不是青玄师太及时赶来，他定会困死在阵中。

在袁客师眼里，西域商人对阵法的造诣远远超过他，甚至能和他父亲袁天罡媲美，若是再次遇到，大概依然不是对手。想到这里，他不由得从心底生出恐惧，眉头皱成一个大疙瘩。

一旦恐惧心理形成，就很难改变。

天外有天，人外有人。袁客师自认为他头脑极其聪明、天分极高，除了练习汪远洋教给他的轻功倒乱七星步之外，几乎放弃了其他武功的修炼，专心研究玄学和阵法，闯荡江湖多年，从未遇过敌手。想不到的是，大川驿一战极大地打击了他的自信心。

狄仁杰看出袁客师的状态不对，急忙岔开话题："咱们回归正题，说说飞虻计划的事儿。"

袁客师感激地看了一眼狄仁杰，暗中舒了一口气，说道："大人的分析很有道理，两国联军备而不动，加上飞虻计划中的种种诡异，这背后定有一个巨大阴谋，结合黎悦榕和刺客的神秘失踪以及黎悦榕对咱们的警告，说明咱们在一点点地接近真相，也威胁到了幕后真凶的计划。"

狄仁杰笑了，说道："推理分析是为行动提供基础依据，推理再多，也不如一次行动。"

黎映雪是工匠家庭的出身，虽说家境富裕，但苦于这个时代对女子并不友好，她并未学到更多的文化，讲不出那么多道理，但她却懂得做事的重要性在于"做"。

"怎么做？"黎映雪问道。

狄仁杰和袁客师相视一笑，同时把目光看向她。

黎映雪虽说有些女汉子气息，但毕竟还是女孩子，被两个大男人齐刷刷地看着，表情变得有些不自然："看我干吗，我……我又没主意。"

狄仁杰说道："既然这件事情你姐姐成了关键的转折点，而且她一直关注着你，咱们可以利用这点。"

黎映雪疑惑地摇摇头。

"幕后真凶在白杨树林中布阵就是为了保守某些秘密，阵法定有警戒装置，一旦有人闯入，守阵之人定会知晓，如果你姐姐一直关注你，定不忍让你涉险，也许会出手干预，这时候，咱们就有了机会。"袁客师说道。

黎映雪听后转了转眼珠："那不就是拿我当诱饵？"

"对！"狄仁杰和袁客师齐声说道。

"现在？"黎映雪指了指窗外已经升起的月亮。

"现在！"袁客师立刻说道。

他们行动力极强，说做就做，绝不会拖沓半刻钟。

黎映雪看着一老一少两人调皮的样子，好像是两个长不大的孩子一般，也跟着笑了出来。她的笑苦乐参半，她看到年长一些的狄仁杰，就好像看到了自己的父亲。而年轻一些的袁客师浑身上下透出青春跃动的气息，更像是她姐姐黎悦榕。

要是世上没有那么多纷争，没有那么多恶念，没有那么多歧视，也许，她们一家人还在快快乐乐地生活着。

……

强巴的叙述虽说有些夸张，但大多数是属实的。三人顺利地找到强巴所说的那处位置，袁客师施展轻功蹿上树干，借着微弱的月光向四周望了一阵，随后跳了下来，指了指白杨树林深处说道："大人，树木果然是按照阵法种植的，目前看来是反八卦的布阵方法，再辅以低矮带刺的灌木丛，不懂阵法的人进去，会有两种可能，一种是比较幸运的，会重新回到初始点。另外一种就比较可怕了，会被困在阵中，无论怎么走都走不出来，在阵法里打圈圈，直到精疲力竭。此为反八卦布阵，因此巽位位于西北，西北部来的风又干又冷，可以令阵中部分区域处于低温、多风状态，人要是长时间在其中，很快便会被冻僵。"

黎映雪听得有些迷糊，不解地看向狄仁杰。

相传，八卦阵源于三国时期的诸葛亮。后人根据八卦阵又进行了变化，演变出多种阵法。甚至有大能者，以反八卦来布阵。莫说在这夷荒之地，就算在中原，也没几个人能弄明白。

"那你能破解吗？"黎映雪最关心的就是这个，她期待着能够破解阵法，再走入大山腹中，给姐姐一个惊喜。

"破阵之法千千万，对于树木布置的阵法……呵呵，以火破之，既简单又快捷！"袁客师哈哈一笑，脸上尽是不屑之意。

黎映雪哼了一声，说道："这样破阵谁不会，但万一大火烧到我姐姐怎么办？"

"说笑啦，虽然我没有把握找到阵眼破阵，但绝不会被阵法所困，你们跟我来！"袁客师信心满满地向树林深处走去。

树林深处果然如采药人强巴所说，树木几乎把月光全都遮挡住了，几乎看不见路，树木之间有很多带刺的灌木丛，就算皮糙肉厚的野猪也不敢轻易闯入。几乎一模一样的白杨树配合着灌木丛，让人很难分辨东南西北。

走了一段距离，袁客师突然停住脚步，"咦"了一声，从怀中掏出罗盘，查看了一阵，却发现罗盘上的指针不停地摆动着，他拍了拍罗盘底部，但指针依然不停地摆动着。

狄仁杰凑过来看了一眼，说道："不对劲儿呀，这罗盘指针怎么会这样？"

袁客师向四周望着，手指不停地在罗盘上拨动着。

黎映雪看到罗盘的状态后心中一惊，突然想起采药人强巴所说的"鬼打墙"。道家文化对西域影响远没有佛教深远，但黎映雪在大川驿数年，见识过各种各样的人，其中就包括学道之人。听他们说，若遇到罗盘指针剧烈摆动，就说明有不干净的东西，正好和"鬼打墙"对应上了。

她倒吸一口冷气，感到脖子后面有凉风吹来，吓得她急忙向狄仁杰身边挪了两步，不由自主地抓住他的衣袖。

袁客师却并未慌张："此地的确古怪，向这边走！"

表面上袁客师非常冷静，实则心中忐忑不安，但他不敢表露出来，以免狄仁杰和黎映雪惊慌失措，反而会坏了事。

罗盘是风水师必备的工具，是由位于中心的天池和数层外盘组成，天池实际上就是司南，由磁针和针井组成，受到地域磁场影响，可以指示方向。由于地域不同，指针会产生些许偏差，但如今天这样，指针剧烈地左右摆动，就有些不正常了。

袁客师带着两人又走了一段时间，黎映雪却突然停了下来，表情惊恐地指着一棵树说道："狄大人，小袁神捕，咱们又回来了，真的是鬼打墙！"

第十八章　地下城

俗话说得好：不走夜路，不独爬恶山。三人却胆大妄为，不但走了夜路，还敢闯有鬼打墙传说的白杨树林。看似非常冒险的行为，实则狄仁杰却有十足的把握。

首先是树木无法移动，布置成的阵法缺少变化，只要掌握破解之法便是破解了，不会发生变数，虽说很难找到阵眼，但只要不深入，绝不会被困住。再者，狄仁杰赌的是黎映雪的姐姐黎悦榕不会坐视不理，所以才放任让袁客师带错路，进入鬼打墙的状态。黎映雪毕竟是女子，体力有限，时间一久定撑不住。要是黎悦榕一直关注着黎映雪，肯定会出来救他们离开。

退一步说，万一黎悦榕视而不见，袁客师也有足够的能力离开阵法。

阵中阴风徐徐不断地带走她的体温，加之体力不支，还不到两个时辰，她便脸色煞白地瘫软在地，身体冻得直打哆嗦。

"怎么走不出去了呢？不可能啊！"袁客师再次拍了拍罗盘，挠了挠脑袋，神色十分焦急。

狄仁杰凑过来看了下罗盘，见指针还在不停地摆动着，袁客师眉头上的疙瘩也越来越重，心中暗道不好。他原本以为罗盘的怪异是袁客师搞的鬼，现在看来，此地果然有异，向四周看了一阵，见周围环境居然一模一样，抬头望向天空，星空却被茂密的树枝和树叶遮挡。再也无法分辨任何方向。

听到黎映雪冻得牙齿不断地打在一起，发出"嘚嘚"的声音，便关心地问道："映雪，你怎么样？"

黎映雪本就是苦命女子，这些年的苦和累都挺了过来，一个小小的树林怎能难倒她。一想起要寻找的姐姐，她心中倔强再次被激起，咬着牙站起身，哆嗦着说道："没事，我还能坚持。"

狄仁杰心中有些后悔，不应该为了查找线索利用黎映雪，使三人陷入危险中。

黎映雪刚走了两步，脚下一个趔趄，再次被地面上突出的石头绊倒。袁客师手疾眼快，一把扶住黎映雪，避免她摔进满是刺的灌木丛。

两人扶着黎映雪坐在树下休息，袁客师把身上衣袍脱了下来，给黎映雪披上。他则拉着狄仁杰到一旁，苦笑着小声说道："大人，我真迷路了！"

袁客师之前有把握是因为有罗盘在手，现在罗盘失去作用，单凭肉眼观察，在庞大的森林中，哪还能分辨方向，更无谈破阵了。

狄仁杰早已料到，微微点了点头，低声说道："不碍事……"

狄仁杰话音未落，只听得暗处传来幽幽的叹气声。狄仁杰和袁客师不约而同地看向声音传来的方向，狄仁杰几乎下意识地给袁客师使了眼色，袁客师立刻领悟，身形一晃，便不见了踪影。

"姐！"黎映雪也听出声音的主人是姐姐黎悦榕，竟然不顾疲乏的身体，起身向声音的方向奔了过去。

"我不是警告过你了吗，也给了你银子，为何你还来寻我？"黎悦榕依然站在暗处，并没有要走出来见面的意思。

黎映雪听到姐姐冷冰冰的声音后，身形一顿站在原地，望着姐姐的方向，她有些犹豫不决，不知道是不是应该继续走过去。

"五年前，你不辞而别……"黎映雪说到这里声音有些哽咽，缓息一阵后，才说道："咱们从小就有感应，我知道你没死，但过得并不开心，因此才一直在暗中找你。"

黎悦榕又是一声叹息，显然她的情绪非常复杂。姐妹俩已经失去了所有家人，身为姐姐，黎悦榕同时充当着母亲和父亲的角色，无微不至地照顾着妹妹，当年要不是为了妹妹能生存得更好，她又怎么肯不辞而别。

"我有苦衷，现在还不能讲。今天我来见你，已是大忌，要是被人知道了，咱们都得死！你听姐姐的，现在什么都不用做，只管拿着银子享受，再过三年，我一定会来找你，把所有事情都告诉你。"黎悦榕顿了一顿又说道："狄仁杰，你之前跟踪过我，那时你以为我是映雪，我不怪你，不过现在我劝你一句，知难而退，别为了一个虚无的目标枉丢了性命。"

"配方在你手上吧？"黎映雪问道。

"什么配方？"黎悦榕语气有些焦急。

"假银锭的配方，他们把你弄到这里，不就是看中了你制作金银的能力吗？"黎映雪说道。

"他的确利用的是我的这个能力，不过我不知道什么假银锭配方。狄仁杰，你都已经是个死人了，不如就此死去，换成另外一个身份，我可以给你安家费，一大笔银两，足够你安稳地活后半生。"黎悦榕说道。

"一旦两国联军和大周打起来，哪里还有乐土？银子能换回和平安稳的生活吗？"狄仁杰义正词严地说道。

"人类天生就有贪欲，想占有更多，但资源有限，所以才有了争斗。换句话说，只要有人类的地方，就免不了有战争。"黎悦榕说道。

狄仁杰听后一愣，仔细思考后，觉得黎悦榕说得很有道理，也找不到反驳她的话，一时间竟被噎住了。

"我不管这些，好不容易找到你了，我不想再离开你，你去哪里我就去哪里！"黎映雪有些激动，冲着黎悦榕的方向跑了过去，等她跑到黎悦榕发出声音的地方时，却并未发现姐姐的身影，只有一个很大的布袋子，她疑惑着打开袋子，里面是很多银锭子。

她吃力地拎着袋子回到狄仁杰身边，却发现袁客师已经不见了踪影。

狄仁杰急忙做了一个噤声的手势，随后慢慢地走到黎映雪身边，小声说道："客师已经跟过去了，咱们只需要在此等待便可。"

看着姐姐无情地离去，黎映雪的眼泪不争气地流了下来。银子固然是生活所需，但她现在更需要的是姐姐。

不过，每个人都有属于自己的秘密和苦衷，既然是苦衷，就代表着只能自己来承受。黎悦榕如此、黎映雪如此，狄仁杰和袁客师亦是如此。

……

袁客师除了喜欢研究父亲传授给他的奇门异术之外，还喜欢练习汪远洋教给他的轻功倒乱七星步，因他对奇门异术有很深的造诣，而倒乱七星步正好迎合着奇门之术，因此他在轻功上的造诣甚至超过了汪远洋。

黎悦榕武功不高，依仗着对地形和阵法的熟悉，在树林中来回穿梭，若是常人，定跟不上。好在袁客师又懂得奇门阵法之术，见黎悦榕的走法，明白了七八分，又跟了一阵，已然将白杨树林阵法了然于胸，就算没有黎悦榕在前，他也能够寻找到破阵的法门。

黎悦榕丝毫未察觉到袁客师的跟踪，转了一阵后，眼前的景象发生了变化，原本满是低矮灌木丛的白杨树林突然变成了一片不大的空地，空地背靠着一座大山，从大山的样子来看，应该是围着幽魂凼的那座山脉。空地上立着一扇门，仔细一看，是门后有一个斜向下的小房子，只是小房子和门几乎一般大，从正面看更像是一扇门直直地立在地面上一般。

奇怪的是，小房子居然都是由银色栅栏搭成的，在周边的地面上也有很大面积的银色栅栏，栅栏的孔不大，空气从外界不断地被抽进栅栏下的空间，有时会发出呜呜的叫声。

银色的大门在月光下散发着迷人的光芒，门中央靠上的位置有一个圆盘，圆盘由数个同心轴的圆盘组成，居然和罗盘很相似，黎悦榕上前扭动几下圆盘，门发出吱吱嘎嘎的声音，又是一番操作后，门才缓缓打开，她向四周看了看，最后钻了进去。

过了好一阵，袁客师才从暗处现身，小心翼翼地按照黎悦榕的脚印走到铁门旁，照着她的操作弄了一阵，随着一阵吱吱嘎嘎的响声，打开了门。

门后是一个斜向下的甬道，甬道地面有很多向下的台阶，部分台阶上有垂直通地下的小口径竖井，上方覆盖着横纵交错的银色金属棍制成的下水道盖板，金属棍大约拇指粗细，看样子应该是为了防止雨水流进地下建筑而设计的下水道。甬道中并无灯光，门关上后，甬道中几乎伸手不见五指，甬道中的风很大，要是身体轻一些，怕是会被大风吹飞。袁客师用手在两侧的墙壁上摸索着前进，刚走两步，右手便摸到了一个凸起，他用力一扭，只听"噗"的一声，整个甬道墙壁上很多盏油灯亮了起来，油灯外面罩着罩子，能保证灯火在大风中不会熄灭。

油灯是家庭中生活常备品，算不上稀罕之物，但能用一个开关自动点亮油灯，而且还能防风，这等机关他还是第一次见到，不由得暗中发出一声赞叹。

袁客师一边观察着设计精妙的油灯，一边将内力遍布全身，感官敏锐度达到极致，这才缓缓地向下走去。

借着油灯的光亮，他看到甬道的墙壁很光滑，很可能是用白灰和糯米水以及细砂浆调制的材料，敲了敲墙壁，发现部分区域有空腔的回声，因此判断里面很可能有做支撑用的木桩。

他沿着斜向下的甬道走了大约一炷香的时间，终于来到了地下空间的入口。入口处有一扇巨大的门，大门前地面有一片很大面积的下水道，上面覆盖着银色的下水道盖板，和甬道中的下水道一样，防止地面水的倒灌，甬道进入的风从下水道盖板进入门后面的空间。借着灯光看去，门居然也是银色的，门上有一个同样的罗盘样式的金质门锁。

他拔出随身的匕首，在门上轻轻划了一下，划痕下露出了黑色的铁质大门本体。

"两扇大门和下水道井盖看样子都是铁质镀银的材料，应该是为了防止铁质材料生锈，太奢侈了！"袁客师暗中叹道，但一想到这地下空间很可能是炼制假银锭的所在，也就不足为奇了。

罗盘对他来说再熟悉不过，加上有第一道门开锁的经验，在数次尝试后，他再次打开大门，握着匕首警惕地向里面看去。

按照他们的分析推理，里面应该是密室或者很狭小的空间，放置着数个炼银炉，有一些工匠在各处忙来忙去，可大门内空间的景象却出乎了他的意料。

这是一个硕大无比的空间，空间高度大约有三十多丈，有很多又高又粗的柱子支撑着穹顶，空间左右和纵深几乎一眼望不到边，地面上有很多样式一致的宅院，诸多的宅院排列得非常整齐，一条小溪贯穿整个建筑体系，溪水清澈，还有很多鱼虾在溪中的水草中栖息，许多石制的小拱桥架在小溪上，供行人来回行走。宅院周边还有很多低矮的从未见过的绿植，不知名的艳丽花儿竞相开放，吸引着蜜蜂和很多小型鸟类，配合着小溪的水汽氤氲，如同仙境般。

此时的袁客师仿佛置身于一座安静的江南水乡一般，小桥流水，花明柳暗。

大门位于一处隐秘之处，加上还有灌木丛的遮挡，人们并未注意到袁客师。居民们衣着光鲜亮丽，面色红润，欢乐之声不时地传来。

整个地下空间很明亮，橙红色的光芒充斥着整个空间，与太阳光有很大区别。此刻，在外面的世界应该是黑夜，在这里却是清晨或是黄昏一般，实在是令人惊奇！

虽说在三十丈深的地下，空气却非常新鲜，不时有一阵微风吹过，温暖而湿润，令人非常舒适。

幸好袁客师去了乞丐的装扮，换成寻常人的衣袍，否则，在这座地下城中，定会被人当作异类。他走在青条石铺成的街道上，向四周观察着。

人们说的语言虽有不同，却大致分为三类：汉话、吐蕃语、突厥语。袁客师曾随齐灵芷在突厥和吐蕃都待过一段时间，因此对这两种语言并不陌生，虽无法讲出来，却能听得懂。再从相貌来看，这些人的确就是这三个国家的人，并非异于人类文明的另类文明。

他突然想到冷泉和周边镇甸那些空置的房屋，狄仁杰一直纳闷那些人去了哪里，在这里找到了答案！

一个时辰后，袁客师将整个地下城转了个遍。城市布局和长安城、洛阳城的布局非常相似，有两条贯穿南北和东西的主干道将城市分为四个区域，在正北方向有一座类似于皇宫的建筑，样式几乎和长安城的皇宫极为相似，规模却小了很多，看样子应该是地下城的统治者所住的宫殿。

主干街道两侧基本都是商铺，有粮店、绸缎庄、钱庄、金银珠宝店、酒楼、花坊、杂货铺、典当行、茶馆、胭脂店、香料店、药铺、车马店等，地面城镇有的这里都有。

单从规模来看，地下城可容纳两三万人居住。

一座繁荣而宁静的地下城市！

第十九章　再遇敌手

天边露出鱼肚白，很快，太阳光线将整片白杨树林镀上了一层金色。

一股股暖意沿着光的方向传来，黎映雪将身上的荒草拨开，迎着阳光站起身，伸一个懒腰，长长地吐出一口气。

"狄大人，您看！"黎映雪指着缓缓升起的太阳说道。

狄仁杰看到黎映雪的脸色又红润起来，心中舒了一口气，透过树林缝隙，看到初升的太阳，心中感慨着。

朝阳象征着青春，是生命的初始阶段，充满着蓬勃朝气。二十多岁的黎映雪、袁客师、齐灵芷等人便是如此，吃得了苦、受得了累，只要稍作休息，便可以恢复所有元气。

一旦到了狄仁杰这个年纪，身体一天不如一天，一夜未睡加上寒风侵体，令他不由得打了数个喷嚏，苦笑一声："人老了，有些不中用了！"

黎映雪看到狄仁杰花白的胡子，不禁想起了自己的父亲，要是他还活着，也应该是狄仁杰这般模样，想到这里，她把袁客师的袍子脱下来，给狄仁杰披上。

狄仁杰只感到身上一暖，心中更是一暖，慈祥地看着黎映雪。

"大人，我回来了！"袁客师的声音打断了二人。

"怎么样？我姐姐怎么样？"黎映雪抓着袁客师的手臂摇晃着，眼神中满是焦急之色。

地下城市非常壮观，无论是规模还是建设，都已经超出想象，绝不是一两句话能说得清的，袁客师又看到狄仁杰双眼中满是血丝，脸色蜡黄，显然是身体极度不适，便说道："这里不是说话的地方，咱们先回客栈。"

……

对于黎悦榕来说，妹妹一直锲而不舍地寻找她，令她孤独的内心得到一些宽慰，但同时也给她带来很大的困扰。

当初她不辞而别，正是因为她和雇主之间有约定，在未完成计划之前，不得与任何亲人发生联系，不得离开地下城，不得嫁人生子。她之所以能答应这样苛刻的条件，都是为了妹妹黎映雪能够更好地生存。

不久前，她无意中听到雇主说要执行一个计划，执行的地点在大川驿，事后要将所有知情人都杀掉。

黎悦榕听后心中一惊，她所做的一切都是为了妹妹，现在妹妹遇到了危险，怎能坐视不理，于是她找到了最信任的飞刀客梁阪律。

人生很长，一生的经历很多，旁人所知道的也只是一部分，或极为光辉或极为黑暗的那部分。总之，梁阪律的故事很复杂。

有人的地方就有纠纷，有了纠纷就产生了律法。地下城虽比不了外面的大千世界，却有属于自己的律法，梁阪律正是执行律法的人，职务大约等同于衙门中的捕头和县尉的结合体，负责治安和断案、抓捕等。

梁阪律与黎悦榕很早就相识了，也正是因为她，他才追随而来，放弃自由，甘心成为地下城的管理者之一，若不是黎悦榕和雇主之间的约定，两人早就结合成夫妻了。

好在大川驿距离此地不算太远，加上梁阪律的时间相对自由一些，带着忠于他的阴阳护法的其中一人，偷偷离开地下城。令他想不到的是，哈赤儿手下的十二护卫武功非常强悍，而且都认识他，他绝不敢公开在大川驿露面，只好潜伏到大川驿附近，伺机救出黎映雪。

潜伏在茫茫戈壁滩是件极苦的差事，若非有坚强的信念支撑，怕是早就退缩了。当他看到黎映雪为了躲避追杀，纵马飞跃裂缝失败，哈赤儿的两名护卫离开后，这才急忙到裂缝处查看，幸运的是，黎映雪还活着。否则，他甚至都不知道见到黎悦榕后该如何解释。

按照黎悦榕的指示，他救了黎映雪，又不能让她知道他的身份和来历，把她打晕后带到冷泉，并给她留了一些银子，安顿在客栈中。

黎悦榕不放心，到客栈看望妹妹，想不到的是，在此过程中，居然被黎映雪发觉，同时也被假扮成乞丐的狄仁杰误认为是黎映雪，若不是白杨树林布成的阵法，她很难逃脱狄仁杰的追踪，一旦被雇主知道此事，定会遭受严厉的惩罚。

怎奈黎映雪不找到姐姐不罢休，又联合了执行秘密任务的狄仁杰。黎映雪的执着加上狄仁杰的智慧，找到她只是时间问题。按照雇主以往的行事方式，定会将二人杀掉灭口。

黎悦榕再次恳求梁阪律，让他到冷泉威胁两人，让他们知难而退。想不到的是，梁阪律的行为不但没将二人吓退，反而还激起黎映雪骨子里的倔强。

一阵敲门声把黎悦榕唤回现实，她打开门，看到满面愁容的梁阪律，便知道事情有些不妙，急忙拉着他进了房间。

"地下城有人进来了，按照时间推断，应该是跟着你进来的。"梁阪律小声说道。

黎悦榕额头上冒了汗，忙问道："除了你之外，还有人知道这件事吗？"

"幸好那人轻功极高，居然躲过了阴阳护法的追击，连我也没追上他。"梁阪律言语间有些不服气。

阴阳护法是江湖上令人闻风丧胆的杀手组合，受一雇主所托，刺杀梁阪律。想不到的是，被技高一筹的梁阪律打败，杀手失败的结果就是死亡，但梁阪律却放了他们。江湖虽大，却容不下他们，于是他们投靠了梁阪律，经过数年的接触后，他们被梁阪律的为人所折服，成了他的好兄弟，但对外一直以阴阳护法相称。

阴阳护法擅长合击之术，但轻功却不佳，也是因为这一点，当年才败在了梁阪律的手上。

梁阪律年轻时，以十二柄飞刀和轻功"燕双飞"纵横江湖，罕逢敌手，他的轻功之所以叫"燕双飞"，是因为在施展轻功时，可以和燕子并肩齐飞，虽说有些夸张，但足以说明其轻功非常高明。想不到的是，这次他居然没跟上来人。

他们为来人的武功所震慑，却不知道，袁客师只痴迷于练习轻功和奇门异术，武功却不咋样。

"我刚才在阵中看到三个人，从身材上判断一个是我妹妹，一个是狄仁杰，另外一人不知道是谁。狄仁杰和我妹妹武功很差，跟着我进入地下城的绝不可能是他们，应该是那个第三人。狄仁杰的卫队长汪远洋在洛阳守卫狄府，袁客师和齐灵芷武功高强，却死于大川驿，此人……究竟是谁？"黎悦榕疑惑地问道。

俗话说得好，最了解你的不一定是朋友，反而可能是你的敌人。

黎悦榕是从雇主，也就是地下城的城主口中得知狄仁杰的事迹，城主所做的都是非法买卖，范围从大周都城洛阳到边陲小镇，行业从走私盐铁到制造假银锭，只要赚钱，他什么都肯干。狄仁杰是有名的神探，又是当朝最忠直的大臣，更是所有的大阴谋家、贪官污吏的假想敌。

梁阪律摊了摊手，脸上亦是一阵茫然，盯了黎悦榕一阵后，才关心地说道："我早就劝过你，你不能破坏了城主的规矩和你妹妹私下接触，要是他知道了，怕是咱们都吃不了兜着走。更何况，现在你妹妹又和狄仁杰走在一起。"

黎悦榕叹了一口气，说道："我就这一个亲人了，不能让她出事，找个机会，我去和城主求求情！"

梁阪律摇了摇头，劝道："城主是什么人你不知道吗，表面看起来非常和善，实则做事决绝！你要是敢和盘托出，咱们都会死。"

"总要想个办法！"黎悦榕的眉头皱成了一个疙瘩。

"你进入地下城是为了所爱的人，代价却是永远无法和她相见。从咱们进入地下城的那一刻，你的命运就注定要和城主拴在一起，同荣辱、共进退。换而言之，咱们现在都成了影子人，没人知道咱们的身份，没人知晓咱们的过去，如果有，那就等于破坏了规律，必定会遭到规律的反噬。"梁阪律意味深长地说道。

梁阪律平时很少说话，一说话便是语出惊人，话语中富有哲理，又兼顾实际。

见黎悦榕没说话，他又接着说道："地下城可以避战乱，又可为外面的亲人提供财物，你的能力也可以发挥得淋漓尽致，不像在外面，没人会用一个女孩子，无论你有多大的本领。"

"映雪的性格我知道，不把事情说明白，她绝不会就这样放弃。早晚有一天，她会和狄仁杰一起找上门，一旦被城主知道，他们绝难逃一死。"黎悦榕说道。

梁阪律说道："不知道当初把映雪弄到冷泉是对是错，唉！"

黎悦榕的眼圈发红，眼中潮气顿现："我的人生已经毁了，我不能让映雪也这样。我需要你的帮助！"

梁阪律点了点头，把黎悦榕搂在怀里……

……

受到建筑材料和工艺的限制，地面建筑物的上限大约是三十丈，本朝中最厉害的建筑师是阎立本、阎立德兄弟，阎立本是本朝的宰相，阎立德是将作大监，神都洛阳规模稍大一些的建筑基本都是由他们哥俩负责设计建造，武则天最喜欢的万象神宫高二百九十七尺，已经是建造业的极限。

狄仁杰能有今天的成就，便是得益于阎立本的推荐，因此两人私交很好，经常在一起交流建筑、医学、政治等，但阎立本再厉害，也未听说能在地下建造如此规模的城市。

地下城不但解决了光照问题，还解决了排水、空气流通、穹顶容易坍塌等问题，设计建造之人绝对是天才中的天才。

黎映雪更是惊得好久都无法说话，手中的茶壶不停地向茶碗中倒着水，茶水已经冒出了茶杯却浑然不知。在她的印象中，只有传说中的幽冥地府才是建在地下的，哪会有人居住的地下城！

从袁客师对甬道的描述来看，地下城的位置正好对应的是幽魂凼。利用幽魂凼做掩护，建造了一座庞大的地下城炼制假银锭，再合适不过了。

"大人，您有什么计划？"袁客师问道。

"地下城就只有商户和普通民宅吗？"狄仁杰问道。

任何一个城市都需要有收入来源，需要有支柱性产业作为经济源头。地下城与外界隔绝，单纯的内部交易无法支撑整座城市的运转，要是有炼制假银锭产业的支持，地下城得以运转便能说得过去了。

"至少我所探索的范围是这样，不过不是所有的宅子都有人住。类似于皇宫的那个宫殿我进不去，不知道里面的情况，但看那宫殿的大小，也仅仅能供人居住，无法炼制大量的假银锭。据我所知，炼制银锭需要大量的木炭，在炼制过程中会产生很多烟雾，可地下城的空气非常新鲜，也没有半分烟雾……"袁客师有些不解地说道。

"黎悦榕在其中生活五年多，应该知道些隐秘，可惜……"狄仁杰说道。

"不如咱们也住进去。"黎映雪说道。

受到黎映雪的启发，袁客师若有所思地点点头，说道："大人，我还怀疑地下城居民就是冷泉以及附近镇甸的居民，就是那些空置宅院的居民。"

黎映雪不解地问道："在冷泉住得好好的，为什么要去地下城呢？地下再好也没有阳光，没有高山峡谷，没有成群的牛羊。"

"还有，咱们在冷泉也有些时日，却从未听人说起过地下城的事儿，也没人提起过这些人去了哪里。究竟是什么力量，让这些人心甘情愿地去地下城生活？"袁客师说道。

"应该是挑选，绝不可能想去就去，否则，地下城的秘密早就公开了，也就没必要费那么大的力气弄一个白杨树林出来，把入口隐藏起来。能让人心甘情愿进入地下城生活的便是银子了！"狄仁杰说道。

人为财死，鸟为食亡，位于三个国家边境的居民虽说靠着贸易可以勉强度日，但只要国家之间的关系紧张起来，贸易便会受到巨大影响，日子就不好过了。地下城环境好，又有大把的银子赚，还可以不用离开家人，这样的诱惑又有几人能抵挡得住呢？

"既然是挑选，那咱们想光明正大地进入地下城怕是不可能了。"袁客师说道。

狄仁杰缓缓点点头，思索了一阵才说道："客师，按你所说，地下城的甬道仅有一丈宽？"

袁客师立刻答道："正是，绝不会超过一丈，而且向下的角度非常陡峭。"

狄仁杰笑了笑："那么问题就来了！"

第二十章　第二块石头

地下城的规模堪比冷泉，建筑所需的材料数量很大，如果用马车运送，就无法通过狭窄又带有台阶的甬道，这就意味着另有一个大一些的入口，而地下城正好处于幽魂凼的下方，入口选择在幽魂凼中再合适不过了。

"幽魂凼生灵勿进，这件事属实，咱们都亲眼见过……除非是诸葛孔明再世，制造一些木牛流马来运输，不怕雷电。"黎映雪说道。

狄仁杰摆了摆手，说道："人们对木牛流马的描述有些夸张了，诸葛亮再厉害，也会受限于三国时代的科技水平和生产力，木牛流马只是对交通工具的一种描述。蜀地道路多崎岖，对于普通的马车来说，运输的难度很大，木牛流马也是因此而生的一种比较特殊的交通工具，解决了蜀道运输难而已。"

"原来是这样！"黎映雪看向狄仁杰的目光带着仰慕。

狄仁杰从随身的百宝囊中掏出怪异的石头把玩着："可客栈掌柜进入过幽魂凼，还带出了这块石头。"

"会不会是掌柜为了吸引客人杜撰出来的？"袁客师问道。

"两者都有可能，不过我更倾向于他的经历是真实的。这就意味着，并不是任何时候进入幽魂凼都会被雷劈，只是咱们并未掌握这个规律。"狄仁杰说道。

黎映雪"嗯"了一声，却并未发表任何意见，显然是她对狄仁杰的话有所质疑。

狄仁杰看了看二人，郑重地说道："不入虎穴焉得虎子，看来只有进入地下城中，才能知晓其中的奥秘。"

黎映雪脸上满是兴奋，说道："就知道你会这样说，我也去！"

袁客师反驳道："凭我的轻功和隐身术，短时间潜入探查没问题，要想在地下城长期潜伏就很难，你们……就有些吃力了。按照咱们之前的推断，地下城居民并非自愿前去，而是由地下城的管理者挑选，那就意味着地下城对人口的管理很严格，要是有陌生人进入，不出一个时辰，就会被人发现。"

狄仁杰思索一阵后，才说道："如果咱们推断正确，地下城中的管理者会定期出来挑选合适的人，被挑选的人家定会连夜准备……"

袁客师看了看窗外，天色尚早："也只有一试了！"

"你们打什么哑谜？"黎映雪不解地看着二人。

"咱们找到被选中的人，易容成他们进入地下城。"狄仁杰笑着说道。

"那如何处理那三个人？好，退一步说，就算你们的基本推理是正确的，怎么会那么凑巧，被选中的人家一定是三人，万一是两个人或者是四个人呢？又或者身材、年龄、性别和我们三人有很大区别呢？该怎么办？"黎映雪并不是想抬杠，只是单纯地从她个人角度出发去想这个问题。

万事万物有定数，也存在相对的变数，狄仁杰和袁客师推断的是定数部分，而黎映雪所问的则是变数的部分。变数就是会随时发生变化，狄仁杰不是神仙，怎能回答上来。

"如果今天碰不到合适的，那就等明天，后天，直到出现为止。"狄仁杰说道。

黎映雪并不看好狄仁杰的说辞，但也没有更好的计划，只好耸了耸肩。

袁客师见气氛比较尴尬，便打圆场道："大人，现在最重要的是我的易容术不怎么样，只学了灵芷的三四分，要是她在就好了，也许……"

想到重伤昏迷的齐灵芷，袁客师心中一阵难受。他和齐灵芷是在"阴阳变"一案中相识的，随后便追随狄仁杰，经历过无数生生死死，过程中也确认了两人的恋爱关系，成为一对儿欢喜冤家。想不到的是，这次看起来毫无风险的任务，却险些令齐灵芷身死。

狄仁杰看出了袁客师内心的悲伤，却不知道该如何相劝，只得叹了一口气："世事多变，身为世人，只能窥究其中一小部分，所谓计划不如变化快正是这个道理。不过，目前也只能这样了，做事情总要冒一些风险的，对策嘛，便是随机应变，这也是考验咱们能力的地方。"

袁客师和黎映雪并未说话，但脸色异常凝重，他们知道狄仁杰所说的"一些风险"的风险性是极高的，一旦败露，定会落个大川驿一役的下场！

换而言之，他们赌的是命。

"客师，咱们分头行动。"

"明白！"袁客师转身离去，如同一阵风一般，转瞬之间便消失。

看到袁客师的轻功如此高明，黎映雪一阵惊叹，随后向狄仁杰问道："咱们有什么行动吗？"

"你忘了盘下客栈的事儿了吧？"

"哎呀，让你这一说，我还真忘了，别因为这事儿耽误了那些西域商队的行程！"黎映雪一拍脑门。

狄仁杰被黎映雪的模样逗得笑出声来："如果三个国家不打仗，冷泉倒是一个好地方，这间客栈可能会给你带来巨大收益。"

"我一个女人，要那么多钱干吗？我现在最想的就是能和我姐姐团聚。"黎映雪说道。

"映雪，请你相信我，我定会让你和你姐姐团聚，过上好日子。"狄仁杰说道。

"好，我相信狄大人，我先去拿银子吧！"黎映雪突然发现无论是寻常百姓、办案的神捕、高高在上的官员、飞来飞去的侠客、商队还是军队，都离不开银子，做任何事，要是离开了银子的支持真的会寸步难行。也正是因为有银子的存在，才会在人类中产生诸多的罪恶，但银子并非罪恶的根源，人性才是！

捕快在诸多职业中是最被人瞧不起的，却也是令人最头痛的，因为他们掌握着执法权。吐蕃捕头在刚刚当上捕快的时候，思想非常纯洁，一心要做一名廉洁的好捕快，要惩奸除恶，成为百姓心中的大英雄。

可是时间久了，他发现单凭捕快那一点儿微薄的月俸，根本无法养活一家人，成为老捕快后，他才知道自己所拿的银子甚至都不能称之为月俸，因为月俸是针对朝廷在编的官吏，而不是他们这种编外的捕快。无论当捕快的初衷是什么，最终都会迫于生计而吃拿卡要。

当狄仁杰、黎映雪、小五子和小五子父亲来到衙门时，正好赶上吐蕃捕头带着人要外出吃肉喝酒。吐蕃捕头在断案上被一个毛头小子抢了头筹，心中本就不痛快，哪肯轻易给他们办理客栈手续的事儿，便推托有要案办理，让几人改天再来。

"改天"这个词本就是人们用来推辞的套话，改天请你吃饭的潜台词就是不会请你吃饭，改天再约你的意思也是压根不想约你，捕头口中的"改天再来"意思就是无论哪天来，这件事都不会很顺利。

黎映雪不知其意，只是觉得吐蕃捕头太过官僚，又不作为。狄仁杰身在官场，怎能不知捕头所说的意思，却碍于身份不敢多言。幸好小五子父亲见多识广，听出捕头的意思，立刻偷偷地塞给他一块散碎银两。吐蕃捕头见了好处，脸色这才好些，让捕快们在大堂等他，他则是带着几人向衙门的后堂走去。

人都是这样，在允许范围之内，会竭尽所能地利用所掌握的权力，为自己谋取利益、尊严，上到皇帝、宰相、各部的大臣，下到商人、工匠、普通百姓，这是人性，几乎无法避免。

……

冷泉的衙门是按照大周的州府衙门的样式建造的，由于地广人稀，因此衙门占地面积很大，穿过二堂又沿着曲折的廊道走了一阵，才来到后堂。

后堂包括一座小型的牢房，能关押十余名犯人。但此时牢房都是空置的，蜘蛛网遍布整个后堂，显然已经很久都没人来过了。之所以县衙大牢空置，并非冷泉地区没有犯罪，而是三个国家退出后，冷泉成为三不管地带，大周律法已经没有任何约束力，大牢也就没了用处。在押的犯人们交钱、托关系，衙门现存的人也乐得收好处放人。

吐蕃捕头打开后堂大门，伸手做了个"请"的姿势。

令人惊讶的是，后堂中干净整洁，并不像其他房间那样破败，应该是有人经常打扫，靠墙设立着一个博古架，上面放着花瓶、木质工艺品和一些形状奇特的石头。

趁着吐蕃捕头和小五子父亲聊盘兑客栈的细节时，狄仁杰背着手在屋子里转了一圈，见他们聊得正欢，便借着屋子里闷的理由走到外面。

估计是那些捕快等得有些烦，便离开大堂，来到县衙外的街道上聊天，整座县衙大堂和二堂空无一人。狄仁杰为官多年，对县衙的设置非常熟悉，把大堂和二堂迅速转了一遍后，才回到后堂的房间中，见二人仍在商讨细节，便在房间中踱来踱去，突然他的目光停留在博古架的一块石头上，他慢悠悠地走上前，正要伸手，却听见吐蕃捕头轻咳了一声，这才收回手，心有不甘地坐回座位，冲着黎映雪使了使眼色。

黎映雪顺着狄仁杰的目光望向博古架，发现奇形怪状的石头中有一块和从客栈老板处得来的石头很像，便微微点了点头。

吐蕃捕头得了好处，盘下客栈的事儿已经是铁板钉钉，只要发出公告，确认客栈老板的确没有继承人，那么客栈就会充公，并经由衙门进行再次出售。客栈老板孤身一人在冷泉人尽皆知，剩下的事儿只是例行走个程序而已。

不过，走程序的事儿可长可短，得了好处的捕头会把程序精简，让小五子父亲尽快地拿到客栈。

对于小五子和父亲而言，多个朋友多条路，更何况这件事又不用他们出一文钱，以后再来冷泉时，还可以免费入住客栈，他们常年往来于大周和吐蕃之间，好处多于弊端。

事情很快谈妥，小五子父亲把定钱交给捕头，拿了凭据后便再无话可说。他和吐蕃捕头之间本无共同语言，加上行商总是受到各地捕快的欺压，对这个行业并无好感，一时间便陷入尴尬的气氛中。

吐蕃捕头虽说拿了好处，但也知道这些人没有要和他交朋友的想法，说白了，这依然是一桩买卖。行商为了赚钱盘下客栈，他从中拿了好处费，此后很少会往来。他正要起身送客，却见狄仁杰呵呵一笑，用手一指博古架："捕头大哥，我看博古架上有很多奇石，我平时也喜欢收集些石头，不如晚上我安排一下，咱们可以深入探讨一番。"

吐蕃捕头见狄仁杰对他极为尊敬，心中多了几分得意，瞥了瞥博古架，说道："现在形势紧张，不知道这仗什么时候就打起来，吃喝就免了吧。说起这些石头，大周委任的前任县令也喜欢这些，我和兄弟们看到奇石便会捡回来，清洗后送给他，这种石头在我们这儿多的是，不值钱。县令卸任时走得匆忙，这些石头便留了下来。如果你能看得上眼，可以挑一两块拿得动的，拿去把玩便是。"

自从大周将衙门的人撤离冷泉后，生活在冷泉的吐蕃人便接管了衙门，资历最老的吐蕃捕头也就成了衙门中说了算的权威人士，原本属于县令的现在都归他所有，一屋子的奇石异草，还有满满三大书架的书籍。

他从来不看这些书，也看不懂，但他知道，官们的宅邸和书房都要有书，看不懂也要摆着，时不时地模仿前任县令的样子，一手拿着书，一手背在身后，在后堂的廊道上踱几步。

至于摆在博古架上的石头，本身的价值极低，对于喜欢的人来说，它就是无价之宝，但对于寻常百姓而言，这些石头远比不上等重量的粮食来得实在。

狄仁杰点了点头，起身走到博古架前，假意在诸多石头间看了又看，最后目光落在那块黑色的油亮多孔石上，慢慢拿起，掂了掂，说道："这块石头最为奇特，不知捕头可否知道是从哪里捡来的？"

吐蕃捕头脸色微微变了变，随后呵呵一笑，很随意地说道："也是山中捡来的，有些年份了，早就忘了，如你喜欢，尽可拿去！"

说完话，吐蕃捕头便站起身，一副送客的样子。

狄仁杰本想再问问什么时候得到的石头以及具体位置，见吐蕃捕头有些不耐烦，便断了继续再问的想法，同时给想说话的黎映雪使了个眼色，向吐蕃捕头抱了抱拳："那在下就恭敬不如从命了！"

吐蕃捕头虽脸上有些不情愿，却并未在言语上表现出来，和狄仁杰等人客气了一番，便干净利落地下了逐客令。

离开衙门来到街上后，狄仁杰立刻向小五子父亲抱拳施礼，同时让黎映雪拿出银两以表示感谢。

小五子父亲虽说是名商人，却并不贪心，并未接那些银子，还从怀里掏出一块玉佩，双手递给狄仁杰："老哥，鄙人杨国峰，咱们萍水相逢，却颇为投缘，若再有缘相见，必把酒言欢，这块玉佩是我的信物，我在西域各地和大周都有商号，商号的门头上有这上的雄鹰标志，老哥若是遇到难处，可持这块玉佩前往求助。"

"这……"狄仁杰知道这是份大礼，一时间竟不知道该不该接下。

小五子父亲一笑，把玉佩塞到狄仁杰手中："我行走江湖多年，一眼便看出您气度不凡，日后小五子怕是还有求到您的地方，也请您不吝赐教！"

小五子父亲虽说只是一名行商，却见多识广，为人处世极为圆滑，做事滴水不漏，熟悉三个国家的风土人情，日后若有机会从政，定可以为三个国家边境的稳定作出贡献。

"好，那我就收下了。"狄仁杰看了看玉佩。玉佩的正面刻着一只雄鹰，背面是非常复杂的对称花纹，花纹中间刻着一个汉字"杨"。

见狄仁杰将玉佩收下，小五子父亲很是高兴，推了推身旁的小五子。小五子立刻会意，向狄仁杰鞠躬行礼。

狄仁杰哈哈一笑，扶起小五子，说道："既然兄弟能够以诚相待，我也不好推托，以后您和小五子要是到神都洛阳，可到青龙大街门口栽着最大槐树的宅院找我。"

看到杨国峰父子以诚相待，他虽然也想以诚相待，却怎奈有任务在身，不敢暴露身份，只得隐晦地将府邸的地址特征说出来。

"兄弟记下了，告辞！"小五子父亲做事干净利落，见事情已经圆满，便立刻拉着小五子离开。

狄仁杰目送父子二人，直到身影消失在远处，想起远在神都洛阳的家人。这些年他在各州各县为官，时而升迁，时而被贬，和家人聚少离多，对两个儿子并未尽到父亲的义务，心中顿生愧疚，不由得幽幽地叹了一口气。

黎映雪见周边无人，便心有不甘地说道："狄大人，刚才为什么不让我问那捕头？"

对于黎映雪的不谙世事，狄仁杰只得叹了一口气，说道："那捕头已经有了厌烦之意，你再问他，只会让他当场翻脸。不过，从他的反应来看，他心中肯定有鬼。"

黎映雪正要说话，却见一名乞丐从胡同中走出来，转瞬间便来到二人面前，从身法来看，这人定是袁客师无疑。

"大人，找到了，跟我走！"袁客师低声说道。

黎映雪捏着鼻子，看着袁客师："你就这么喜欢假扮成乞丐吗？"

狄仁杰拉着黎映雪边走边解释："他这副打扮也是为了探听消息，你想啊，乞丐到门口乞讨不是最好的掩护吗？"

黎映雪想了想，遂点了点头，说道："那我以后可不干打探这事儿，太脏了。"

袁客师耸了耸肩，表示无所谓："那户人家三口人，一个父亲，还有儿子儿媳。父亲叫霍老三、儿子叫霍小龙，父亲中年丧偶，儿子和儿媳是新婚，父子原是月氏人，月氏亡国后，便改成一个汉族的姓，经营着一家不大不小的金银铺子。我向他们乞讨时，他们不但送了我很多吃的，还可以住在他们的房子里。他们要出远门，可能很久都不会回来，走的时候只带着细软，家具和生活用品一概不带。我进院子时，还没见到有马车。"

霍老三之所以选择"霍"作为姓氏，是因为受到西汉时期的大将霍去病的影响较大。当年霍去病以少胜多，率兵重创匈奴，他的事迹在吐蕃、突厥一带亦颇为流传，成为赫赫有名的战神，受到崇尚武力的突厥、吐蕃人的敬仰。

霍老三的金银铺子生意还算不错，儿子又刚刚娶了媳妇，没有极特殊的理由不可能搬离冷泉，更不可能如此仓促，连家具、宅院都顾不上处理。因此，他们离开冷泉就只有一个理由，进入已经建好了宅院且物质丰富的地下城。

"太巧了吧，怎么你一出马就能找到线索呢？"黎映雪不解地说道。

袁客师摊了摊手表示无奈，有意无意地露出藏在腰间的大理寺金牌神捕的腰牌做以回答。他可是正宗的大理寺金牌神捕，早年以仵作身份进入狄仁杰的队伍中，多年来破案无数，向狄仁杰学到了不少破案之道，可以在极少的线索中寻找蛛丝马迹，再狡猾的凶手都无法逃脱他的追查，更何况是今晚的追查已经有了明确的目标。

黎映雪故意把头偏向一边，假装没看见金牌。

"等我问他们去哪里时，他们却只字不提，一改之前的态度，将我赶了出来。"袁客师说道。

"都对上了！"狄仁杰说道。

黎映雪不情愿地看看袁客师，说道："那我岂不是要和他假扮夫妻？"

袁客师神色一黯，又想起了齐灵芷。要是此时齐灵芷在身边，他俩便可以假扮成新婚小夫妻，保证任何人都看不出来。

狄仁杰轻咳两声："眼下也只能委屈你们了。"

三人边走边聊，来到一处相对比较偏僻的地脚，袁客师警惕地看了看周围，见四下无人，这才推开一间宅子的大门："大人，就是这里。"

黎映雪急忙拉着狄仁杰闪到门旁，小声说道："你这样光明正大地进入人家的院子，就不怕被人发现吗？"

袁客师伸手拉住黎映雪的手，大摇大摆地进入院子："他们已经被我迷晕了，三天之内不会醒过来，我将他们安排在后院的地窖中，地窖里有吃有喝，绝对饿不着，等有了力气，用我留给他们的绳梯就可以离开地窖了。"

黎映雪从未被袁客师这样年轻的男子拉过手，被他握住的一瞬间，如同被电击了一般，竟然没生出半点儿反抗的念头，乖乖地跟着进了院子，真的好像刚入门的小媳妇一般。

狄仁杰看后欣慰一笑，进入宅院后把门轻轻关上。

第二十一章　意料之外

　　人的精力有限，一生要是能精通一门手艺已是不易。袁客师喜欢钻研奇门异术和轻功，绝大部分精力用在这两项上，虽说平时也向齐灵芷讨一些取巧的法门，例如易容术，却没投入太多精力，因此水平只能说一般，远看还可，细看之下则破绽百出。

　　易容术不但要外表像，更重要的是外表和内心要相对应。例如一名扮相英姿飒爽的女子，说话时绝不会细声细语，扮相为彬彬有礼的书生，也绝不会光着膀子大碗喝酒，大口吃肉。

　　袁客师已经把霍老三一家三口人的特征、性格、说话的声调等讲述出来，并对二人进行考校。霍老三最大的特点就是抠门，平日里吃鸡蛋时，都要用筷子假装在鸡蛋壳上叨几下，把筷子放进嘴里吧唧吧唧，再吃下两口饭。儿子若是叨得快了一些，他就会出言制止。

　　用袁客师的话说，见过抠门的，却没见过这么抠门的。

　　狄仁杰断案多年，接触的人无数，深谙人性，对所扮角色的把握很到位。袁客师天资聪慧，学啥像啥，自然也没问题，最愁的就是黎映雪。平日里她大大咧咧习惯了，突然让她转变成一名害羞的小媳妇，一时有些适应不过来。

　　袁客师根据这户人家的面相临时制造了三张皮质面具，戴上后辅以化妆，几乎能以假乱真。狄仁杰假扮成父亲，坐在上首的位置，端着黎映雪刚刚递过来的茶水，脸色凝重地看着门外，神色中带有一丝企盼，还有一丝不安。黎映雪和袁客师换上了平日里穿的衣服，若非看到黎映雪脸上微微见红的胭脂和精致的头饰，绝不会想到这是一名刚刚结婚的新娘。

打扮一番的黎映雪，身上的江湖气息去了七八分，加上原本这小媳妇的相貌就不错，整个人如同小家碧玉一般。

袁客师假扮成傻里傻气的儿子，身上穿着有些发亮的绸缎袍子，他不敢与狄仁杰对视，坐在下首的位置低着头，不时地用手捻着衣角，偶尔向黎映雪的身上瞥一眼，目光却有些躲闪，只是在新娘子身上一掠而过。

黎映雪看到铜镜子里的另一个自己，不可思议地摸着细腻的皮质面具，不断地夸赞着袁客师的易容术高明，要是以后没有营生了，还可以给新娘化妆。

袁客师此时已经进入角色，唯唯诺诺地应了一声，却再未搭茬儿。

黎映雪自觉没趣，通过铜镜子的反射白了一眼唯唯诺诺的袁客师，又看向狄仁杰，抿了抿嘴，说道："大人……"

狄仁杰立刻冲她做了一个噤声的手势，随后小声说道："要叫爹！孩子，现在还有些不适应吧，等相处的时日多了，就习惯了，呵呵。"

狄仁杰一语双关，黎映雪听得明白，眨了眨眼睛，清了清嗓子，转身给狄仁杰做了一个揖，轻声细语地说道："爹，他们什么时候来？"

狄仁杰轻舒一口气，慢悠悠地品了一口茶水，半天才憋出一个字来："等！"，觉得声音有些不对劲儿，便又学着霍老三的声音："等！"

"啊，那个儿媳妇啊，以后泡茶的时候放一片叶子就够了，别放那么多。"狄仁杰又学着霍老三的声音说着。

袁客师见狄仁杰已经把霍老三学个十足，冲着他竖起了大拇指。

"喂，你们……"黎映雪是个急性子人，见两人行为神神秘秘，时而眼神，时而手势，令她百般不解，急得她直跺脚。

袁客师看到黎映雪着急的样子，没忍住扑哧一声笑了出来。黎映雪气得直瞪眼，走到袁客师身边，用手掐住他的胳膊，用力一扭。

袁客师只感觉胳膊上一痛，抬头看向黎映雪时，居然发现黎映雪的脸变成了齐灵芷，连扭他胳膊的姿势都一模一样，他并未求饶，反而痴痴地看着黎映雪。

黎映雪所在的大川驿是风月场所，来的客人大多都比较轻浮，虽说她已经成了厨师，依然免不了有人会出言调戏她，但她知道这些人的眼中除了色欲之外，绝不会付出半点儿感情。反观袁客师，看她时眼中居然散射出浓浓的爱意。

黎映雪觉得有些不对劲儿，脸上一热，急忙松开手，幸好她脸上戴着皮质面具，看不出脸色的变化，否则定会被狄仁杰笑话一番。袁客师亦回过神来，又恢复了扮演的那名傻小子的模样，低着头嘿嘿傻笑。

等待是最漫长、最令人煎熬的，更何况三人又不能像以往一样聊天或者分析案情。

为了对抗沉寂带来的压力，袁客师闭目运气，按照齐灵芷教授的法门运转着内力。他平时很少能静下心来打坐运气，就算硬生生地坐下来运气练功，也是心浮气躁，很难进入空明的状态。今天在等待时闲来无事，反而很快进入空明状态，内力在经脉中不停地运转着。

狄仁杰也闭上眼睛，大脑却飞速运转，时而回顾大川驿一役的细节，时而按照袁客师的探查还原地下城，一遍遍地推演着计划。只有黎映雪，既不会内功，也不会运算推演，又念着姐姐，心中烦乱不已，不住地叹着气。

在狄仁杰的脑海中，世上本没有巧合，所有的巧合都是由诸多必然因素组合在一起形成的必然结果。在断案时，他喜欢把所有的线索平铺在脑海中，一条一条地进行分析，在其中寻找蛛丝马迹。

客栈老板曾经去过幽魂凼，还平安地离开，带回了一块奇怪的石头，一个客栈老板，为什么会闯入幽魂凼中？在兑换客栈时，他们发现县衙后堂也藏有一块同样的石头，当问起来历时，吐蕃捕头支支吾吾敷衍了事，显然是不愿提起石头的事儿。

两块几乎一样的石头有很大可能是出自一个地方。

石头长得怪异，却只是很普通的石头，并无任何异常，难不成只是因地理位置特殊而产出的石头而已吗？

狄仁杰头脑飞快地运转着，已经进入冥想状态。

黎映雪见两人谁都不说话，觉得气闷，便起身到院子里遛达遛达，还没迈出门槛，便听见大门外马车轮子的吱嘎响声，她眼神一亮，急忙小声喊道："爹，来了！"

狄仁杰和袁客师几乎同时睁开眼睛向门外望去，借着对方火把的火光，

第二十一章 意料之外

发现走来的人戴着蒙面巾，但从身形和体态还是一眼就能看出来他居然是吐蕃捕头。两人对视一眼，心中一惊。

之前去县衙谈收购客栈时，狄仁杰从后堂得到了一块奇石，和从客栈老板处得来的一样，那时他就怀疑吐蕃捕头有问题，想不到的是，这么快便验证了他的推理。

冷泉以及附近镇甸的大量居民悄无声息地离开，而且又未引起民间和官方的关注，若仔细一想，只有官方的人才能做到，而大周将官吏撤离冷泉后，衙门被吐蕃捕头等人接管，除了他还能有谁！

从那块奇石上亦可以推断出客栈掌柜的确进入过幽魂凼，吐蕃捕头也进入过幽魂凼。掌柜是什么原因进入幽魂凼已经无法查究，但从吐蕃捕头目前的行为来看，他能够进入幽魂凼，是因为他要将人送进地下城中。

袁客师心中有些忐忑，毕竟他的易容术并不高明，在普通人面前尚可，但面对擅长破案的吐蕃捕头时，他便没了底。

此时的吐蕃捕头已换上了黑色的便服，斗篷上的帽子将大半个头部遮住，进入院子后他并未立刻上前，反而咦了一声，站在原地观察着三人。

狄仁杰见状，急忙上前抱拳施礼，压低了声音："呃……"刚一出声，狄仁杰突然发现他不知道应该怎么称呼吐蕃捕头，应该叫捕头还是叫大人，只得支吾了一阵。

"霍老三，你……你们三个……"吐蕃捕头话说了半截，眼睛却死死地盯着狄仁杰的脸，又打量另外两人。

黎映雪担心被吐蕃捕头看出破绽，一时紧张，结结巴巴地向狄仁杰问道："爹……咱们……现在出发吗？"

吐蕃捕头向袁客师招了招手："你，过来！"

袁客师应了一声，向吐蕃捕头方向挪着脚步，走到近前后，他和吐蕃捕头对视一眼，然后迅速地低下头。

吐蕃捕头脸上的疑惑转瞬变成了笑容："呦呦，看看吧，你们三个的脸色多差，肯定是吃得不好，睡得不好，又辛苦。我早就说过，在冷泉赚点钱不容易，还得交很多税，战乱来了，弄不好积攒的家产一下子全被人抢走。还有，霍老三，不是我说你，你也太抠门了，家里条件也不差，干吗不吃点好的？你看看你们饿得，哪有刚进门的媳妇给饿成这样的。"

狄仁杰立刻赔笑着，连连抱拳施礼，心中暗自松了一口气。吐蕃捕头看出三人脸色不对，是因为袁客师的易容手艺不精，易容脸皮呈现惨白色，比正常人脸少了血色。

"这次你们跟我去那个好地方，吃得好、喝得好、睡得好，还不用多出力，吃喝住可都是免费的呦。"吐蕃捕头拍着胸脯说道。

狄仁杰急忙向袁客师和黎映雪招手："儿子、儿媳，这是咱们的恩人，快来拜谢恩人！"

袁客师和黎映雪正要跪拜，却被吐蕃捕头一把拦住，他嘿嘿地笑了两声："之前可说好了的，等你第一个月发了工钱，别忘了我的好处费！"

"那是一定的，不过，能不能少拿点？"狄仁杰终于松了一口气，哈哈地笑了起来。

吐蕃捕头白了他一眼："一文钱也不能少，否则，我和你没完。"

袁客师和黎映雪也松了一口气，急忙收拾随身的细软。吐蕃捕头从桌子上拿起茶壶，又从怀里掏出三个纸包，斟了三杯茶，把纸包中的药粉倒入茶中，说道："咱们熟归熟，规矩不能破，这三杯茶里掺了蒙汗药，到了地方，自然就会解开。请吧！"

狄仁杰心中又是一惊。

要是吐蕃捕头刚才怪异的举动是因为看出了他们的破绽，喝了这三杯茶，岂不是等于砧板上的肉，任由对方摆布！如果不喝，定会当场翻脸。

"霍老三，你不信我？"吐蕃捕头盯着狄仁杰的眼睛问道。

狄仁杰反应极快，连连摆手赔笑："哪能，哪能。我只是担心我们迷糊之后，没人运送这些行李！您是贵人嘛，怎么能劳累您呢！"

吐蕃捕头白了狄仁杰一眼，脸上露出不屑之意，拍了拍腰间挎着的钢刀："少废话，一切我自有安排，今天你喝也得喝，不喝也得喝！"

能够让霍老三一家人放弃所有家产到地下城生活，绝不是吐蕃捕头一个人能做到的，应该有让霍老三更信任的人引荐，吐蕃捕头威胁的不仅仅是霍老三一家，可能也包括引荐人。

狄仁杰脸上露出为难之色，说道："喝，我又没说不喝！不过，我那些

第二十一章　意料之外

东西，您可别落下了，可都是值钱的细软。"

吐蕃捕头知道霍老三又犯了抠病，也不愿搭理他，站在一旁冷眼旁观。

黎映雪看出狄仁杰的为难，便准备上前喝茶，却被袁客师在一旁拉住。狄仁杰端起一杯茶，一饮而尽，哈出一口气，正想把杯子放回原位，却觉得一阵头晕目眩，身体一软，便瘫软在地。

"爹！"袁客师和黎映雪齐齐上前。

袁客师暗中搭了搭狄仁杰的脉，发现并无异样，只是心跳很微弱，不像中毒后的模样，这才放下心来，不等吐蕃捕头说话，他端起茶杯一饮而尽。黎映雪不敢犹豫，也喝了下去，转瞬后，她便倒在地上昏迷不醒。

蒙汗药是江湖上比较常见的药物，大多数蒙汗药发作都需要一定时间，并不是喝下去之后立刻晕倒，但看狄仁杰和黎映雪的反应，这种药物绝非寻常的蒙汗药。因此袁客师运起佛家不传之秘静心诀对抗了一阵，却依然感到头脑昏沉，眼皮仿佛千斤重一般。随着药力越来越强，他最终放弃了抵抗，头一歪倒在地上。

吐蕃捕头看到袁客师坚持了这么久也是暗暗称奇，他自从成为地下城的使者以来，帮助地下城拉拢了很多人，无论人们的身体多么强悍，喝下药后都是转瞬便失去了意识。袁客师能挺这么久，他还是第一次看到。

"怎么还没弄好？"一个声音把吐蕃捕头拉回现实。

吐蕃捕头急忙向门外迎去，刚走到大门口，便见一个人走了进来，脸上尽是不满之色。此人正是飞刀客梁阪律，专门负责进入地下城的人口审核和接引，被人称之为神使，他还有诸多的手下，平日里分布在各个城镇中，被称为使者。

原来，进入地下城居住并不容易。先是要有推荐人推荐，梁阪律会安排相应区域的使者对被推荐的家庭进行查探，确保无问题后，才会让推荐人和使者出面拉拢游说，并给予一笔补偿金买下宅院，可以让被推荐人没有任何后顾之忧。因此，冷泉地区很多空置的宅院都成了地下城的资产，并非真正的荒宅。

进入地下城工作每个月可得到十两银子的工钱，还可以免费得到一间非常舒适的宅院。要知道，袁客师是大理寺资深的金牌神捕，也就一个月二两银子的月俸。狄仁杰在任宰相期间，拿到手的俸禄是每个月八两左右。

这样巨大的诱惑又有几个人能抵挡住呢？

推荐人谈妥了之后，神使便会前来接应，使者一般都是借着机会回到地下城，因为每拉拢一名可靠的人进入地下城，城主都会给予大量的奖赏。

"这霍老三有些拖拉，已经搞定了，还请神使大人见谅。"吐蕃捕头卑躬屈膝地说着。

梁阪律走到袁客师面前，低下头看了看，又用手在他的脸上摸了几下，轻轻地"咦"了一声。

"神使大人有什么问题吗？"吐蕃捕头小心翼翼地问道。

梁阪律又仔细打量了黎映雪一番，嘴角露出一丝难以察觉的笑容，转过头向吐蕃捕头说道："没事，这小媳妇还挺好看的啊！"

吐蕃捕头眼珠一转，仿佛明白了梁阪律的心意，媚笑着说道："要不，我再去找一辆马车……嘿嘿……"

第二十一章 意料之外

第二十二章　奇迹

要想在官场上混得风生水起，就要学会"听声看色"。官员碍于地位和律法的约束，有些越雷池的事不敢去做。此时，就需要下官们能够听到他们的心声，看懂他们的脸色，替他们悄无声息地做了相应的铺垫工作，令他们的欲望满足。下官们会相应地得到一些好处，赏金赏银、加官晋爵等。

尤其在武则天执政后，滥用佞臣，人人自危，那些正直有能力的大臣，因为不屑于"听声看色"，早早地被佞臣们当作靶子，要么被流放到偏远之地，要么被钉死在天牢的刑架上。

吐蕃捕头曾经是大周衙门的捕头，跟着县令久了，自然学会了"听声看色"的本领，例如到处给县令去寻找奇石便是其中一种。

梁阪律是江湖人，不但要遵守律法，还要讲江湖规矩，他自诩为侠客，又怎肯做这些令人羞耻之事？只见他板起了脸，严肃地盯着吐蕃捕头。

"啊……神使大人，那……咱们还是早些出发吧……"吐蕃捕头碰了一个钉子，赶紧收起谀媚的笑容。

见风使舵也是下官们的本领之一。

为了掩人耳目，梁阪律运送人口用的是一个全封闭的马车厢，趁着夜色赶路。山路颠簸，马车起起伏伏，躺在车座椅上的袁客师率先醒转过来。车厢的门帘和窗帘很厚，将车厢遮了个严严实实，他只得竖起耳朵听着动静。车厢外传来吐蕃捕头驾车的吆喝声、风声和车轮发出的咯吱声。

借着时而飘起的门帘透进来的月光，他看到梁阪律坐在对面的座椅上盘腿打坐，马车虽然颠簸，他的身体却并未随着颠簸而晃动，如同一尊坐佛一般。

袁客师曾经有一段奇缘，跟苦行的一名少林寺大师讨教过佛门功夫——静心诀和不动神功。袁客师多次施展过静心诀，用于对抗幻觉或者毒药等，但不动神功却从来没运用过，不是不想用，而是达不到境界强行使用，会有走火入魔的危险。

不动神功的要义就是任你东南西北风，我自岿然不动，这里的不动指的是身体和心皆不动，和梁阪律现在的状态非常相似。

"好功夫！"袁客师心中赞道，同时更加慎重。他运起内功极力地控制着心跳和呼吸，以免被同为高手的梁阪律发现。

也不知过了多久，马车终于停了下来。梁阪律没动，袁客师亦不敢有任何异动，只听车厢外传来吐蕃捕头的声音："神使回来了，请放我们下去。"

随着一阵"咯咯吱吱"的声音响起，马车突然向下坠去，但下坠的速度极其缓慢。过了很久之后，梁阪律吐出一口气，睁开眼睛扫了一下面前的三人，叹了一口气，微微摇了摇头。

随着一阵剧烈的震动，马车厢的下坠之势终于停了下来。梁阪律掀开轿厢帘子下了车厢，向吐蕃捕头说道："把他们送进396号宅子，你再去账房领赏，记住，且不可在此过夜，要立刻回到冷泉。"

吐蕃捕头急忙应声，随后赶着车向住宅区域行驶。

袁客师小声地叫着狄仁杰和黎映雪，却见二人没有任何反应，遂掀开车厢窗户的帘子一角向外看去。

载着马车下来的是一个一丈见方的木质台子，台子现在正位于那些直通穹顶的巨大柱子下方，四个角连接着绳子，绳子通过穹顶顶端的滑轮与下方的绞盘连接在一起，绞盘由很多组木质的齿轮和一个巨大的井辘轳组成。装置由两个人操控，一人用力地扶着巨大的摇把，另一人把一根铁棍插在一个孔中，锁定了整个机关。

地下城中的路很平坦，马车行驶起来没有半点儿颠簸，不大一会儿，马车便停了下来。狄仁杰打了一个大大的哈欠，伸了一个懒腰，坐了起来，他感觉眼皮很重，口干舌燥，正要躺下再睡，却猛地打了一个激灵。

他想起自己现在应该身处地下城中！他睁开眼睛，看到一脸关切的袁客师和同样睡眼朦胧的黎映雪。

第二十二章 奇迹

蒙汗药是江湖上相对寻常的药物，但大部分使用者都不会刻意地控制用量，只要能把人弄晕就好。梁阪律给他们喝的蒙汗药却极精准地控制了用量，除了内功深厚的袁客师之外，没有内功的狄仁杰和黎映雪正好在进入地下城后醒来。

至此，狄仁杰对地下城又有了新的认识。

黎映雪一边打着哈欠一边问道："到了吗？"

车厢帘子被掀开，吐蕃捕头催促着："到了到了，快下车吧。"

三人对视一眼，打起精神拿着细软下了车。

"霍老三，提醒个事儿啊！第一，地下城四周有一堵大墙，据说大墙的外面住着火鸟，也是地下城光的来源，千万不要越过那堵墙，这是禁令，一旦违反，就等于触怒了火鸟，会被活祭的。第二，如果没有城主的宣召，绝不可擅自进入宫殿，否则，也会被活祭给火鸟！第三，没有城主的允许，绝不可以擅自离开地下城，否则……"

"也要被活祭对吧？"黎映雪白了吐蕃捕头一眼。

"没错，切记切记！"吐蕃捕头不再废话，赶车向宫殿的方向离去，临走时还不忘提醒着霍老三好处费的事儿。

外面现在还是黑天，地下城中的光线却非常柔和，光线从四周边界处发出来，照亮整个地下城。仔细观察之下，穹顶呈现隐隐的蓝白色，配合着橘黄色的光芒，仿佛置身于另一个世界。在地面上建造一座城市都是一件极其不容易的事儿，哪怕如神都洛阳和西都长安，也无法做到地下城的程度。再加上吐蕃捕头所说的火鸟，令地下城又披上了一层神秘色彩。

狄仁杰和黎映雪被眼前的景象震惊，甚至忘了来地下城的目的。袁客师走到狄仁杰身边，小声提醒着："爹，咱们还是先休息吧。"

经过袁客师的提醒，狄仁杰和黎映雪又从震惊恢复到常态，觉得头昏沉沉的，浑身软弱无力，应该是蒙汗药的后劲儿大造成的。

"先进屋！"狄仁杰率先进入宅院。

宅院面积不大，有正房和东西两间厢房和一间门房，房屋的样式和冷泉镇中的建筑样式没有太大的区别，院中种着一些叫不上名字的花花草草，靠着墙还放着三口水缸。门房中储存了一些布匹、衣物等生活用品，还有一些干粮和水果等，正房和厢房家具、床榻、被褥等应有尽有，就算狄仁杰等人不带任何物品，也一样可以生活得很好。

一进入房间，狄仁杰拿起桌子上的茶壶咕嘟咕嘟喝了一壶水，随后一头拱在床榻上，转瞬间便打起了呼噜。

袁客师正要扶着黎映雪到东厢房，却被她严词拒绝。他俩扮的是假夫妻，男女授受不亲，而且她还是黄花大闺女。

"咱们必须得睡一个房间，因为……"袁客师说到这里又想起了齐灵芷，神色变得黯然。

黎映雪是个明事理的女子，经过袁客师的提醒，她也明白其中的道理。无论是为了飞虻计划还是寻找姐姐，现在都需要隐忍，万一被人看出破绽，估计又要被献祭给火鸟了！

"好，不过，我睡床榻，你睡地上！"黎映雪说道。

"没问题！"袁客师叹着气扶着黎映雪离开正房。

……

自打接受任务以来，狄仁杰从未睡过一晚踏实的觉，也许是借着蒙汗药的劲儿，也许的确是累了，这一晚他睡得很香。当他醒来时，只觉得精神头很好，身体没有半点儿不适，推开房门，一股肉香迎面扑来。

袁客师和黎映雪在院子中的石桌子旁，大口地吃着烤羊腿，见狄仁杰推门而出，袁客师立刻说道："爹，这是城主给咱们送来的肉，快吃点儿吧！"

狄仁杰下意识地看了看天，却发现地下城的光线一如既往地柔和，根本分不清时辰。

"现在是什么时辰？"狄仁杰问道。

袁客师摇摇头，继续吃着羊腿："不知道他们是怎么分辨时间的，没有太阳、月亮，根本分不清啊。"

看着袁客师二人吃得香，狄仁杰也感觉肚子非常饿，走上前，用刀切下一块肉咀嚼着，同时又表现出抠门的特性："你俩慢点儿吃，慢点儿吃，留着点儿下顿再吃……那个骨头你啃得不干净，太浪费了……"

三人同样都是喝了蒙汗药，袁客师内功深厚，醒得最早。黎映雪依仗着年轻，睡了几个时辰后便醒来了。狄仁杰年纪最长，又经过长途跋涉，与狼群搏杀，在大川驿又遭遇哈赤儿等人的袭杀，幸存后徒步走到冷泉，身体状态极差，借着蒙汗药的劲儿美美地睡了一觉，身体算是得到了修复。

"爹，你说大墙外面的火鸟是真是假？"黎映雪不愿意听狄仁杰再叨咕，便转移了话题。

狄仁杰边吃边小声说道："天下之大，无奇不有。"

袁客师眼珠转了转，脸上现出一丝躁动的表情。狄仁杰看在眼里，自然明白他的心意，说道："儿啊，你是不是想去看火鸟？"

袁客师含蓄地一笑，低下头，却悄悄地冲着狄仁杰竖起大拇指。

之所以他们不敢正大光明地讨论，是因为现在他们所处的环境很陌生，万一隔墙有耳，他们的计划就会全盘皆输。

三人正聊着，就见一人敲门而入。此人身穿衙役的青色衣袍，腰间挎着一柄腰刀。

"三位，吃喝可还得当？"来人问道。

狄仁杰边吃边说道："不错，这羊肉很正宗。"

来人笑着点了点头："奉城主之命来请三位，若三位吃好了，就随我去宫殿如何？"

狄仁杰急忙应声，同时给袁客师使了个眼色。三人向外走时，袁客师故意撞在来人身上，来人被他撞得向左一个趔趄，要不是狄仁杰及时扶住他，怕是会跌倒在地。

来人并未恼怒，只是淡淡地看了一眼袁客师。

袁客师这一撞便看出了来人并不会武功，只是挎着刀吓唬人而已。来人带着三人沿着青石路走着，顺便还为他们介绍整个地下城。

地下城是仿造洛阳城的规划建造的，贯穿东西和南北的两条主干大道将城市分成了四个区域，最北面的宫殿是城主居住和办公的场所。

"这里有金银铺子吗？"狄仁杰假装好奇地问道。

来人似乎已经忘了刚才的不快，笑了笑，指了指南边："多得很，咱们这儿是以这个行当为主的。"

袁客师悄悄地拿出罗盘，却发现指针剧烈地摆动着，和白杨树林中的情况一模一样。来人看到袁客师的罗盘后，立刻说道："这位是小霍吧，我告诉你，罗盘在这里是没用的。"

"那……那你怎么分辨东南西北？"袁客师问道，他把小霍稚嫩的样子学了个足，惹得一旁的黎映雪直翻他的白眼。

"方向嘛，要看穹顶喽。越是往南，穹顶就越是偏白色，穹顶中心位置基本是蓝色，越是往北，颜色就会渐变成蓝黑。"

三人抬起头，仔细地观察穹顶，果然如来人所说。

"南北有了，东西自然也就不成问题了。"来人说道。

"那时辰呢？我来到这里后，感觉什么时候都是白天，睡也睡不好，头晕眼花的！"黎映雪说道。

黎映雪所装扮的小媳妇长得本来就漂亮，加上又是新娘子的打扮，更是让人不由得多看几眼，来人依依不舍地从黎映雪的身上收回目光，说道："时辰就更简单了，是根据四周围墙上的那道光痕！"

来人用手指了指包围整个地下城的高墙。

三人按照他指的方向，果然看到了墙上有一道若隐若现的七彩光线。

"整个围墙分为十二个区域，代表着十二时辰，以正北为子时，那道光会随着时间的推移而移动，想知道是什么时间，看它就可以了！"来人说道。

"这……简直就是鬼斧神工啊！"狄仁杰打心底佩服设计者。要是洛阳城的万象神宫是建筑学上的巅峰之作，那这座地下城就只能用奇迹两个字来形容了！

果然，在众人看光线时，那道光居然转动了一下，移到下一个位置。

来人颇为得意，说道："这也没什么稀罕的，都是城主设计的，地下城好玩的物件多的是，绝对是你们在地面上没见过的。"

古代一般都是以日晷或者漏壶来计算时辰，日晷在阴雨天或者黑夜便失去了作用，一般的日晷体积较大，不便于携带。漏壶大多都是以沙漏或者水漏为主，容器上辅以刻度，便可读取相应的时间，但大多数的沙漏和水漏计时的准确度并不高。

地下城将整个围墙做盘，以光线作为指针，如此计时方式狄仁杰还是第一次见到，先不说准不准，单看规模，就足够令人吃惊的。这样一来，全城的百姓都可以随时得知时辰，要比打更人敲梆子到处喊效率高得太多了。

第二十三章　霍老三的困惑

地下城处处都是奇迹，但城主所在的宫殿却没有半点儿稀罕之处。整座建筑分为内城和外城，外城的宫殿不时有人进出，宫殿门口有十几名全副武装的士兵，他们一个不落地查看着过往人员的腰牌。内城和外城之间被一道护城河隔开，内城拥有一个巨大的城门和很厚的城墙，城墙上有数十名手持弓弩的士兵巡逻，城门放下后便成了可以通过护城河的吊桥。

出乎意料的是，城门口盘查得非常严格，但进入城中后，却见不到值守和巡逻的士兵。

城主是名非常慈祥的中年男人，他并不肥壮，但骨骼非常大，手指又粗又短，手背的血管爆出，脸上满是与年纪不相符的沧桑，头发有些花白，若不是提前知道他是城主，怕是与耕地的邻家大叔没有半点儿区别。

他倒了三杯茶，送到三人面前。

狄仁杰连忙双手接过，脸上露出愧疚："岂敢劳烦城主斟茶。"

袁客师却傻呵呵地笑着，反应上慢了半拍，接过城主递过来的茶杯时，感觉茶杯有些烫，便下意识地一抖手，把杯子差点儿扔了出去，茶水洒了出去，正好洒到城主的身上。

袁客师急忙把茶杯放下，一边喊着对不起，一边掏出丝帕给城主擦身上的水。城主却还是那副好脾气，并未在意，只是挥了挥手。

黎映雪白了他一眼，嘀咕着："怎么这么不小心，快给城主磕头道歉。"

"不碍事，不碍事。"城主急忙说着。

狄仁杰知道袁客师是在借机会试探城主会不会武功，在一旁未动声色，只是冷眼观察着。

城主向狄仁杰一抱拳，说道："听闻您制作金银的手艺不错，我这才把您请来。"

"都是些虚名罢了！"

自打进入宫殿后，狄仁杰便四处打量着。宫殿内的摆设相当简单，除了一些必要的办公桌案之外，还有一些书架，书架上摆放着很多资料，桌案上的笔墨纸砚摆放得非常整齐，却没有半点儿使用过的痕迹，书架上几乎一尘不染。

"现在地下城有一件非常隐秘的工程，需要您和家人分开一段时间，不知是否可行？"城主试探着问道。

狄仁杰不加犹豫地回道："没问题，我一生劳碌，还不是为了儿女，只要他们过得好，我吃些苦也没关系。不过，我除了会些金银手艺，其他的并不在行！"

狄仁杰的痛快出乎了城主的意料，城主端起一杯茶："要的就是您的金银手艺，我以茶代酒敬您一杯！"

两人喝了茶后，城主说道："霍大哥请随我来，两位可以在外城随便逛逛，但内城就不要去了，那里是禁地，如果没有极特殊情况，连我都不会去的。"

袁客师立刻明白了城主的意思，向城主告辞，带着黎映雪离开宫殿。由于来时一直有人引领，他们并未对宫殿周边进行勘察，此时，来往宫殿的人减少，袁客师趁着没人的空当，向黎映雪小声说道："我去探查一番！"

整座地下城几乎都是开放式的，外城虽有防守，却是外紧内松，已经令袁客师失去了探索的兴趣，但临别时城主的那句话却又引起了他对内城的探索欲望。

黎映雪转过身寻找袁客师时，早已不见他的踪影，只得小声嘀咕着："那我怎么办？"

她站在原地犹豫了一阵，见来往的人们对她投来异样的目光，只得慢慢地迈着小碎步朝着宫殿外走去。

……

令狄仁杰想不到的是，城主带着他来到外城唯一一个通天柱附近，通天柱的守卫见城主到来，便立刻操纵着机关，放下平台。

随着平台的不断下降，两人来到了又一处地下空间。

如果说地下城的建筑规模和先进程度刷新了狄仁杰等人的认知，那么地下二层的建筑给他带来的震惊已经无法用语言形容。

二层的穹顶高度大约是地下城的一半，地面上均匀分布着许多巨大的炼银炉，炼银炉的烟囱连接着通天柱，把浑浊的空气抽出去。一条红色的河流散发着耀眼的红光，照亮着每一处角落，这并非一条普通的河水，而是岩浆河！

狄仁杰突然想到地下城的那条环城的红色光带，按照位置来看，应该就是这条岩浆河发出来的光芒。

岩浆流入每一座炼银炉，再流出来时，颜色变成了暗红色，又汇入主岩浆河，最终流到尽头处，尽头处是一处悬崖，岩浆飞流直下，到达底部后溅起无数红色的火花。

每一座炼银炉旁边都有数名工匠，他们各个身材健硕，动作敏捷地操作着，看起来经验非常丰富。炼银炉中发出比岩浆还要耀眼的火光，显然是还有其他材料加入岩浆造成的。

狄仁杰好奇地看着周围的一切，心中终于明白为什么通过木炭、火油和烟尘等无法查到炼银场所，是因为地下城炼银用的是地下的岩浆！

城主看到狄仁杰震惊的模样并未在意，因为每一个刚来到地下二层的人都是这副模样。

"地下城是居民区，这里是工匠区，两个区域是隔离开的。"城主边走边说着。

"哦哦，这么多的炼银炉。"狄仁杰感叹着。

"每一座炼银炉都有一个炉长，负责炼制银子的工序和质量控制，具体的活儿由年轻一些的工匠来做。"城主介绍着。

狄仁杰抽了抽鼻子，却未闻到任何普通的炼银作坊该有的那种烟火儿味道。

城主呵呵一笑，说道："炼银炉上方的烟囱连接着地下城的通天柱，通天柱可以把地下城中的污浊空气吸出去，新鲜的空气再由进气口进来。"

听到"进气口"这个词，狄仁杰突然想起袁客师第一次跟随黎悦榕进入地下城的通道，当时还有些疑问，比如为何大门周边有很多和甬道相通的铁栅栏，入口的小房间都是由铁栅栏焊接而成的，甬道内的风非常大，发出巨大的风啸声，连身怀武功的袁客师都有些站不稳。现在听城主一说，便明白了那处是地下城的进气口，从地下城的规模来看，并非只有一处进气口。

"这岩浆从哪里来的？"狄仁杰好奇地问道。

城主指了指地下二层的另一个尽头："我设计了一个装置，可以从更深的地下汲取岩浆，不过，岩浆离开岩浆湖之后很快就会凉下来，变成石头。我设计加入一些秘制材料，可以增加岩浆流动性，同时秘制材料也可以燃烧，延缓岩浆冷却的时间。"

"哦，太厉害了！可以领我去看看吗？"狄仁杰试探着问道。

"没问题，请随我来！"城主仿佛对狄仁杰并无半点儿设防。

两人来到二层的尽头，尽头处是一处悬崖，还未到悬崖附近，便感到一股热流袭来，一个巨大的转盘一端连接着一个奇怪的蒸汽装置，还有一个巨大的水箱通过数根管子和装置连接。转盘的另一端连接着一个巨大的螺旋形金属装置，螺旋金属装置斜着插入悬崖下的岩浆湖中。转盘在蒸汽装置的作用下不停地转动着，带动金属螺旋装置不停地转动，把岩浆从更深的地下提取上来，源源不断地运送到岩浆河中。

"真是巧夺天工之作！"

狄仁杰走到悬崖边向下看，悬崖下是一片巨大的岩浆湖，岩浆不时地冒出一个气泡，气泡不停地形成、破裂，如同沸腾的开水一般。

一股股热浪袭来，烤得狄仁杰不由自主地后退了几步，裸露在外的皮肤一阵阵刺痛。

城主看着狄仁杰的脸有些疑惑，支支吾吾地"嗯"了几声，最终还是把话咽了下去。狄仁杰心中一惊，因为他看到城主的脸因为岩浆的热度而变得发红，细密的汗珠也从额头冒了出来，但自己戴了人皮面具，脸色不会发生任何变化，更没有汗珠从毛孔冒出来。幸运的是，人皮面具和皮肤的黏合还算紧密，要是边边角角翘起来，城主就不是疑惑的表情了。

"城主的设计真是鬼斧神工！"狄仁杰夸赞着。

也许是狄仁杰的赞美转移了城主的注意力，城主低下头嘿嘿一笑："哪里哪里，都是些小玩意！"

狄仁杰见状，又问道："地下城中代替时间漏斗的那道时间光墙也是您的杰作吧？"

城主只是随意地点了点头："也算不上什么大事儿，都是大伙儿的功劳，要是没有匠人们的辛劳，我的设计也只能停留在纸面上！得了，咱不说这些了，我带你到你负责的炼银炉去吧，兄弟们还等着呢！"

狄仁杰随口应付了一声，虽说他已经提前做了准备，但毕竟不是真懂，万一遇到懂行的，怕是要露馅儿。

守候在炼银炉的工匠们对狄仁杰非常尊敬，几乎是用膜拜的目光看着他。这种目光狄仁杰见得多了，但他现在心里清楚，这几人的膜拜是针对霍老三炼制金银器的手艺。

炼银炉附近摆放着很多银锭，还有很多其他金属和一些准备好的银锭模具。

狄仁杰有些不知所措，尴尬地看着几人。

"哦，看我这脑子！"城主拍了一下脑门，从怀里掏出一张纸，递给狄仁杰："这是炼制银锭的配方。"

狄仁杰立刻接过，看了看，随后故意问道："炼制银锭还需要配方吗？"

城主被问得一愣，缓了缓神才反问道："使者没提前和你沟通这件事吗？"

狄仁杰判断使者指的是吐蕃捕头，在他替换霍老三之前，吐蕃捕头肯定和霍老三交代过很多事儿，但他却并不知道，想到这里，他呵呵一笑："我这都老糊涂了，交代过，交代过！"

城主松了一口气："那这里就交给您了。考虑到您刚来，需要适应一段时间，因此未给您太多的任务，把这些做完就好。做完后，你和兄弟们到1584号住宅休息，在那边！"

城主指了一个方向，又提醒着："如果没有特殊情况，您是不能回到地下城的。"

城主的语气很柔和，却又带着一丝决不允许反驳的坚定。狄仁杰急忙向城主拱手施礼，城主又嘱咐了工匠们几句后，这才背着手离开。

　　工匠们的目光一下子集中在狄仁杰身上，弄得他浑身不自在，他看了看手上的配方，暗自叹了一口气。拼死拼活想要得到的配方就在手里，现在却要他以另外一个身份去用这个配方炼制假银锭，真可谓是造化弄人！

　　但现在最大的困惑是他根本就看不懂配方！

第二十四章　祸不单行

福无双至，祸不单行。

危机总是接踵而至。此时的吐蕃捕头手里拎着一根皮鞭，气喘吁吁地看着眼前被绑在柱子上的男人。

男人浑身上下已没有一块好地方，鲜血顺着衣服不停地向外渗着，他已经没有喊叫的力气，整个人如同一根霜打的茄子一般，要不是被绳子绑着，怕是早已倒在地上。

"大人，您就放过我吧！"

吐蕃捕头从一旁的捕快手里接过水囊，一口喝干后抹了抹嘴，走到男人面前："你嘴可是真够硬的，我可是当场把你抓到的，弟兄们也都亲眼看到你从霍老三家里出来。"

"我是去找霍老三串门的！"男人狡辩着。

吐蕃捕头冷笑一声："霍老三一家人走亲戚去了，根本不在家！"

男人本想再辩驳，却瞥见吐蕃捕头手上的鞭子，狡辩的话到嘴边又咽了下去："好吧，我承认，我的确是想偷点儿东西，但什么也没偷到。"

吐蕃捕头冷哼一声："少扯别的，这段时间你偷了不少人家吧！"

男人一脸苦相地说道："真没偷到东西，小的听说冷泉近来要打仗，肯定有不少人家逃离，这才冒险来这儿闯个窑堂。"

闯窑堂是偷儿们的黑话，意思是到没人住的宅子里面偷取财物。

"可惜，冷泉虽说有很多空宅子，却没发现细软财物，都是些家具、锅碗瓢盆的，不值钱。不过，今天在霍老三家'干活儿'时，听到后院的地窖里有动静，我就壮着胆子查看了一下，结果……"

"结果什么？"

"我发现地窖里面有人！"小偷儿说道。

小偷们只图财，从不伤人性命，更不能露了脸，一旦露脸，无本买卖就做不成了。见宅子里面还有人，吓得他撒腿就跑，不巧的是，正好被喝酒回来的吐蕃捕头抓到。

"家里有人！"吐蕃捕头心里一惊。霍老三一家三口已经去了地下城，家中怎么会有人，而且还是在后院的地窖中。

"我只是想偷，又没偷到东西，现在挨了一顿毒打，也算得了教训，您就放过我吧。"小偷儿苦苦哀求着。

吐蕃捕头犹豫一阵，说道："你说没偷到就没偷到吗？你们继续审问，打到他说为止。老子打累了，得去休息一会儿。"

捕快从吐蕃捕头手上接过鞭子，恶狠狠地看向小偷儿。冷泉属于三不管地带，衙门所有的开支都由衙门自身来承担，捕快们原本每月的工钱就少，现在更是少得可怜，要是能让小偷儿吐出一点儿好处来，至少还能过上一段时间好日子。

"下等人为难下等人，何必呢！"小偷儿无力地嘀咕了一句。

……

吐蕃捕头亲自送霍老三一家人进入地下城，家里早已空无一人，怎么可能还有人？但此事事关机密，他不敢让任何人知道。

世事总会出乎意料，当他打开地窖的盖板时，借着火把的光芒，看到了地窖中果然有三个人。

"霍老三？"吐蕃捕头不敢相信自己的眼睛。

"捕头大人，快救我们上去！"霍老三的声音很虚弱。

吐蕃捕头看到一旁的木桩子上拴着一根绳子，绳子垂在地窖里，但不知为何，霍老三等人没有顺着绳子爬上来。

"你们抓住绳子，我拉你们上来！"

霍老三摇了摇头："我们浑身无力，要是能上去早就上去了，您把靠墙根的那个木梯子搬来，我们爬梯子上去。"

"爹，你还说，都这样了，你就让我一顿吃那么一点点饭，弄个咸鸡蛋,你只让我舔鸡蛋皮下饭,我哪来的力气!"霍老三的儿子埋怨道。

霍老三的抠门在冷泉是出了名的,听闻小霍的话后,吐蕃捕头几乎立刻确定了霍老三的身份。

当三人艰难地从梯子爬上来时,吐蕃捕头瞪大了眼睛:"还真是你,这……这……你们不是去地下城了吗?怎么可能在这儿?"

霍老三连忙摆手,苦着脸说道:"那天,我们吃过晚饭,就收拾了细软等您,不知怎么回事,我们就不知不觉地睡着了,等醒来时,发现被困在地窖里,浑身无力,连说话都费劲。"

霍老三家的后院距离街道很远,周边也没有相邻的人家,因为太过抠门,没人愿意到他家来做客,就算他们能喊出声音,怕是也没人听到。

"好在地窖里有些储存的菜,还有一些不知是谁给留下的干粮和咸鸡蛋,缓了大半天之后,才恢复了一些力气,我们尝试着爬绳子上去,却根本爬不动。昨晚,我们听到后院有动静,连忙大声呼救,却没人理会,估计可能是猫狗闯了进来,寻思等着再恢复一点儿力气,再爬上来,您这就来了!"霍老三说道。

吐蕃捕头眼珠乱转,心中焦急万分。

如果眼前的霍老三是真的,那就意味着他送走的霍老三是假的,究竟是谁会冒充霍老三进入地下城,他们的目的究竟是什么?一旦他们要是做出危害地下城的行为,被城主或者梁阪律发现,他不但会丢了使者的身份,怕是连性命也不保!

"大人,这究竟是怎么回事?"霍老三问道。

"没我的允许,决不可离开家门半步,吃喝我明天会给你们送来,免费!"吐蕃捕头说道。

霍老三听到有免费吃喝,心中自然高兴,连忙点头称谢。

吐蕃捕头心中烦闷,哪有心思听霍老三的话,胡乱地挥了挥手,转身向外走去。从霍老三的叙述来看,他们吃的那顿晚饭定是被人下了蒙汗药,歹人再以易容术乔装成霍老三一家人,进入地下城。霍老三是他和另外一名工匠联名引荐的,一旦出问题,必然会牵连到他。

"无论如何,都要去一趟地下城查探清楚才是。"吐蕃捕头心中暗道,但他也知道，想进入地下城并不是那么简单的。

他骑着马来到那片白杨树林，找到外围的一棵树，爬上去后，在一棵分枝上用力一拉，随后下了树，抚摸着有些躁动不安的马匹，自言自语着："但愿还没发生任何事！"

……

内城的面积远没有外城大，与外城之间有一个面积不大的广场，广场地面是由青砖石铺设而成，广场的尽头是一间巨大的宫殿，宫殿中央高两侧低，最高位置能达到穹顶的一半左右，看起来十分雄伟。

锁头镶嵌在宫殿的大门上，从锁头的样式来看，是结构相对简单的铜制广锁，从里外都能打开要比通风甬道大门的罗盘锁简单得多。

对于袁客师来说，这种锁头等于没有，轻松地打开宫殿的锁头后，他施展轻功闪身而入。

宫殿中不似武则天议政大殿的摆设，反而更像是一座巨大的仓库，宽敞的空间中摆放着一排排一列列的木架子，一眼望过去，几乎看不到尽头。每排木架子之间有一个三脚架样式的结构连接，以防止木架子倾倒。架子上整齐地摆放着很多箱子，箱子上面都贴了封条，打开一口箱子，看到箱子里装的是银锭子。

从数量上看，整座宫殿内至少有五千万两的银子。

"这么多银两，估计整个大周国库都很难有这么多！"袁客师分别从不同的木架子上拿起一些银锭观察着，却看不出任何异样。

他虽说不是金银匠，却因为精通炼丹术的缘故，对金属也有一定的了解，以他的认知程度，无论是色泽还是质地，眼前的这些银锭和官方的银锭没有任何区别。

他将几锭银锭收在怀里，来到最里面，发现有几排木架子上摆放着一些刀剑和兵器、盔甲等，见其中一把匕首品相非凡，便拿起来把玩，抽出匕首后，匕首散发出的寒气居然令他打了一个冷战。

"好家伙！"袁客师起了贪欲，遂将匕首收了起来。

宫殿的尽头有一个巨大的通天柱，通天柱底端有一个门，门后也有一个巨大的木质平台，应该是承担着出入地下城的功能。通天柱左侧有一排控制木柄，每个木柄下方的空白处都写着不同的字符，字符既不是汉字，也不是突厥和吐蕃文字，袁客师看了一阵也没看懂，但大约分析出这些字符应该是手柄的说明。

木柄的上方还有八根银质的管子，从棚顶直垂下来，再呈九十度角水平弯折过来，水平部分的高度正好与眼睛的高度相仿，管子下方放着一个铜质的大碟子，用手探了探管子口，却未发现有风吹进来。他正疑惑着，突然，一根管子响了起来，发出"呜呜"的声音，袁客师正疑惑着，突然见到一个铜球从管子落下来，冲出管子的水平部分后，正落在铜碟子的边缘处，铜碟子应该是经过特殊处理，立刻发出巨大的响声，小球沿着铜碟不断地转着圈，看轨迹最终会停在铜碟的中央位置。

袁客师吓了一跳，急忙飞身出了宫殿，锁好了锁头后，飞身上了宫殿的房顶，整个人趴在一处侧脊后，控制着呼吸。

过了不大一会儿，一名身穿黑斗篷的人走了过来，打开门锁走了进去，片刻后又走了出来，锁上门后向外城飞奔而去。

来人因为身穿斗篷，加上他趴在房顶上无法仔细观看，并未看清其长相，但他有种似曾相识的感觉，他努力地想着来人的身份，却毫无头绪。

过了好一阵，见院子中没了动静，他才飞身下来，又打开大门进入宫殿中，发现原本在铜碟子上的铜球已经消失不见，他好奇地看向落下小球的那根管子，管子黑洞洞的，没发现任何异常，他又看向一旁的一个稍粗一些的管子。

这根管子与刚才掉落小球的管子不同，是一个可以看到地面景象的管镜。袁客师的父亲袁天罡是司天监正，因为职务的原因，和很多外国人接触过，袁客师年幼时便跟随父亲见识到了各种各样稀罕的外国物件儿，但这根管子居然能拐弯般地看到地面上的景象，着实令他大吃一惊。

"哎呀，怎么是他！"袁客师几乎惊叫出来。

他从管子里看到的是一片白杨树林，而坐在白杨树下的正是吐蕃捕头！

"难不成是幻觉！"袁客师再次看向管子，发现吐蕃捕头有些不耐烦地踢着荒草。

"这是什么东西，好神奇！"袁客师赞叹着，同时心中有种不祥的预感。

如果不是送人进地下城，使者平时绝不会只身前来，联想到安置在地窖的霍老三一家人，他心中的那股不好的预感越来越强烈。

他再次看向管子，发现吐蕃捕头身边出现了一个人，等那人转过身来，发现此人正是梁阪律。吐蕃捕头和梁阪律说着什么，虽然听不见，但从梁阪律越来越凝重的表情来看，定然不是什么好事儿。

"得赶紧找到狄大人，把情况告诉他。"想到这里，袁客师不再犹豫，立刻向所住的396号住宅飞奔而去，当务之急，他先要与黎映雪汇合。

此时，狄仁杰所面临的情形要比袁客师凶险万倍，他大约了解了炼制银锭的过程，可对于炼制假银锭，因为配方中有诸多的其他金属，炼制的过程肯定不同。

他看到几名工匠都看向他，并无半点儿鄙夷之意，心中才有了一些底气。

看这几名工匠的状态，也应该是新来的，对炼制假银锭的工艺和过程并不熟悉，而且只有狄仁杰手中有配方，无论他指挥得是否正确，这些人也不会知道，只要外表上看起来差不多，也许就可以蒙混过关。

想到这里，他定了定神，努力地平复着情绪，尽量学着霍老三的口音："辛苦各位把三十块银锭放入炉中，再依次放入白锡……"

……

安排完后，狄仁杰松了一口气。

工匠们忙碌着，而他则利用这段时间绕着地下二层转了一圈，结果却令他有些失望。地下二层除了炼银炉之外，就是工匠们居住的住宅，地下二层并无贮存假银锭的仓库，炼制好的假银锭是通过通天柱运送到上层的。

每一座炼银炉都会有一个炉长，他们不像狄仁杰一般轻松，反而如临大敌般，每一道工序都亲自把关，甚至在手下工匠出错时，还会大发雷霆。

狄仁杰不知道的是，炉长和工匠们待遇好归好，前提是他们能炼制出优质的假银锭，要是废品率过高，遭受的责罚也是非常恐怖的。

在经过一座炼银炉的时候，他看到一名工匠用铁铲把一大块有些凝固的岩浆从炼银炉里挑出来扔到一旁，另一名工匠把温度降下来的岩浆铲到铁质的手推车里，再倒入悬崖下的岩浆中。在运送过程中，有一块小一些的岩浆石掉落下来，狄仁杰急忙上前，蹲在石头前看着。

岩浆石已经凉透了，他捡起来摸了摸，居然和冷泉客栈掌柜房间搜到的石头以及县衙后堂中的那块石头一模一样！

"原来是这样！"

所有人都以为客栈掌柜的经历是他编撰出来的，但事实证明，他的确进过幽魂凼，甚至可能进过地下二层，而吐蕃捕头献给前任县令的那块石头也可能来自于地下城的二层。

当狄仁杰转了一大圈回来后，发现黎悦榕居然在他的炼银炉附近，拿起一锭已经炼好的银子仔细地观察着，她用手掂了掂，又拿着银子在一块石头上磕了磕，脸上露出了疑惑的神色，看向狄仁杰的目光中充满了质疑。

梁阪律带着满脸凶煞之气的阴阳护法站在黎悦榕身后，手上握着刀柄，仿佛随时要拔出来砍人一般。

狄仁杰冲着黎悦榕的方向抱拳施礼，正准备回到工匠们中间，却听见黎悦榕说道："炼制银锭需要全心全意才行，霍老三，你擅离职守，按照城主立下的规矩，应该鞭打三十。不过念你初来乍到，还有更多的任务需要完成，就打你十鞭，三天的饭菜和饮水供应减半！如再炼制不出合格的银锭，我也保不住你们的性命！"

狄仁杰不敢反驳，只得冲着黎悦榕的方向又拜了拜。

"来人，把霍老三押到一号房！"黎悦榕和梁阪律对视一眼。

一号房是专门用来惩戒犯错误的工匠的地方，每名犯过错误的工匠都进过一号房，一号房已经成了所有工匠的噩梦。

不等狄仁杰说话，阴阳护法便押着狄仁杰向一号房走去。

周边炼银炉的工匠看向狄仁杰的眼神有些同情和惋惜，但也夹杂着一些幸灾乐祸，因为他们知道，十鞭子对于狄仁杰这个年纪的人意味着什么！

第二十五章　弃暗投明

令狄仁杰想不到的是，一号房中等待他的并不是皮鞭，而是一脸焦急的袁客师和黎映雪。在进门之前，梁阪律便以要亲自惩戒霍老三为由，让阴阳护法在门外守着。

当狄仁杰看到袁客师和黎映雪的那一刻，他便知道他们的潜伏计划失败了。面对眼睛喷射出怒火的黎悦榕，黎映雪低头不语，袁客师则是站到狄仁杰前面，手上握着那柄新得来的匕首，不甘示弱地与梁阪律对视着。

"你们……"黎悦榕气得有些说不出话来，过了好一阵，才叹了一口气："如果不是梁大哥，你们现在已经被扔到岩浆河里祭火鸟了！"

"姐！"

"你别叫我姐，我不是你姐……我早就告诉你，别掺和这件事儿，给你银子就是让你找个安全的地方安个家，平平安安地生活，可你偏偏和他们黏在一起。"黎悦榕气得脸色煞白。

狄仁杰和袁客师对视一眼，各自叹了一口气，撇过头去。

"你不知道他们是谁吗？一个是狄仁杰，专破案子的，一个是大理寺金牌神捕，哪一个都会威胁到地下城，城主会放过他们吗？"黎悦榕指着狄仁杰和袁客师说着。

"我……"

"你知不知道他们有多大胆，这位金牌神捕，居然胆敢在什么都不了解的情况下擅自探查内城，你知道上一个探查内城的人死得有多惨吗？"随后黎悦榕又转向袁客师，指头几乎怼到了他的鼻尖："你以为你的轻功和隐身术很好吗？梁大哥在地下城根本算不上顶级高手，他都能发现你，要是赶上十二护卫巡视，你会被当场打死。"

袁客师被说得低下了头。

"还有这位神探狄大人，居然想出代替霍老三进入地下城的计划。霍老三制作金银的手艺百里闻名，你有那份手艺吗？看看你炼制的银锭，要光泽没光泽，要重量没重量，质地又硬，要是到了城主手里，基本就是一眼破！"黎悦榕转向狄仁杰，继续训斥着："凭你这份手艺，恐怕超不出一天，那些工匠就会举报你。看看你，除了把霍老三的抠门演绎得十足之外，还有哪里像他？"

"霍老三一家三口被冷泉的使者发现了，也就是你们所说的吐蕃捕头。他来到紧急联络处，启动了紧急联络机关，幸好城主把这件事委托给我，否则，你们现在已经落在城主手里了。"梁阪律的语气很柔和。

梁阪律虽没有黎悦榕那么大的火气，但所说的话也极为惊人。

"其实，从一开始我到霍家接你们时，就发现有些不对劲儿，只是那时候并未怀疑你们是冒充的。"梁阪律说道。

听了梁阪律的话，袁客师更加坐立不安了，如果梁阪律看出破绽，一定是他的易容术不精造成的。

见二人不再说话，狄仁杰便清了清嗓子，冲着两人抱了抱拳："承蒙二位相救，狄某感恩不尽。不过，你们所说的城主并非真正的城主。"

"什么？"梁阪律听后一惊。

"真正的城主另有其人。"狄仁杰接着说道。

"有什么根据？"黎悦榕问道。

"金银器的锻造和雕刻都是极其精密的活儿，需要金银匠有一双灵活的手，而接待我们的城主骨骼很大，手指粗而短，这绝不是一名金银匠应该有的手，反而更像是种地的农民或者是铁匠。他曾经和我说过，地下二层悬崖边的那个汲取岩浆的装置是他设计的，甚至包括整个地下城。可他宫殿中的书籍是全新的，没有半点儿翻动过的痕迹，房间中笔墨纸砚甚至都没有使用过的痕迹，那么请问，他是用什么做的设计图纸……无论哪一点，他都不像是地下城的设计者。"狄仁杰分析道。

黎悦榕皱着眉头思索着，好像还真是那么回事儿。

狄仁杰看向黎悦榕："你是负责把控出炉的银锭子质量的，如果城主真的精通金银炼制，你见过他验看银锭的品相吗？"

黎悦榕想了想，随后摇了摇头。

"在城主接见我们三人时，客师特意试了一下他，发现他一点儿武功都不会。"狄仁杰说道。

"这点我倒是知道，城主的确不会武功。"梁阪律说道。

"不懂金银炼制，不懂得地下城设计，又不懂武功，怎么可能是城主呢？"狄仁杰说道。

"这不可能，地下城的确是在他的领导下建造出来的，我亲眼所见！"梁阪律说道。

"所见未必是真，也许他只是个懂瓦匠活儿的泥瓦匠。"袁客师说道。

"城主的知识非常渊博，不可能是泥瓦匠。"梁阪律有些不服。

袁客师不敢和梁阪律继续抬杠，眼珠转了转，说道："对了，梁大哥，我还想起一件事来。我在探索内城时，宫殿中的一根管子掉下一个球，弄出很大的动静来，当时我看到一个人走进宫殿，随后又出来，当时我躲在房脊后，不敢细看，但可以肯定的是，那人不是您，也不是城主。"

梁阪律皱了皱眉头，思索一阵后才说道："不对呀，内城只有城主才能进入，如果不是城主特许，连我都不能进入内城。而且这件事的确是城主让我去地面探查的。"

"会不会是哈赤儿和十二护卫？"黎映雪问道。

袁客师立刻摇摇头："不可能，十二护卫化成灰我都认识……我只感觉那人很熟悉，却想不起来究竟是谁？"

黎映雪撇了撇嘴："要找的东西总是找不到，要想起来的人总是想不起来，这不是人生常态吗？"

众人讨论得激烈，但黎悦榕却在一旁眉头紧锁，她的头脑中不停地回忆着、思考着，经过狄仁杰的提醒，之前她从未注意过的细节一一浮现出来，形成了一个相对真实的事实。

黎悦榕挥了挥手，阻止他们继续讨论："经过狄大人提醒，我想起地下城的设计图纸的确不是近几年画出来的。"

黎悦榕小时候遇到一位奇人，奇人见她悟性极高，便送给她一本关于机关设计的书籍，因此她不但跟父亲学会了金银器皿制作，还精通机关术，这也是她非常受城主器重的原因。她全程参与了地下城的建设，有一些设计是在原本设计基础之上由她改进而来。比如岩浆汲取装置、岩浆河，比如地下城的光线时钟等等。

她清晰地记得城主给她的图纸应该有些年头，大部分图纸已经发黄，甚至有的图纸还产生了霉斑。

"就算他不是城主，那又怎么样？居住在这里的人们生活得很好。"黎悦榕心中并不服气。

城主只是一个职务，就算现在的城主不是真正的城主，也不会影响整座地下城的运作，至少地下城的待遇和生活质量要远优于冷泉的居民。同外面的世界一般，只要天下太平，百姓安居乐业，谁做皇帝都是一个样。

狄仁杰摇了摇头，说道："这里炼制出来的假银锭主要用于吐蕃和西突厥的军队购买粮草、军械和马匹等，一旦与大周开战，民众将饱受战争之苦。同时大量假银锭涌入市场，极大地扰乱大周的经济体系，届时物价飞涨，民众的购买力急剧下降，加剧贫富之间的差距，加上外部的战争，整个大周王朝将陷于水火之中。你现在制造的每一锭银子，都会成为战场上那一支支致命的羽箭，会杀死一个儿子、一名父亲、一个兄弟，让一个个原本完整的家庭破碎。"

狄仁杰的话听得两人心中生出了许多惭愧，尤其是梁阪律，自诩为侠客，却只是顾及小范围的侠义，全然没有狄仁杰胸怀天下的气度。

"地下城的居民之所以生活得好，是因为制造了大量的假银锭，用外面世界的混乱换取区区一个地下城的相对稳定，如果天下大乱、民不聊生，这里的稳定又能持续多久？"狄仁杰说道。

"喂，狄大人，您小点儿声，外面还有两个人呢！"黎映雪小声地提醒着。

梁阪律摆了摆手，说道："外面的阴阳护法是我生死兄弟，不碍事，狄大人，您接着说。"

"我此次受皇命，来执行飞虹行动，截取哈赤儿手中的那份配方，在大川驿行动中，由于泄密，不但行动失败，我还失去了大部分伙伴儿，我承认现在的行动鲁莽了一些，但冷泉之战迫在眉睫，要是无法在大战之前破解假银锭一案，后果不堪设想啊！"狄仁杰痛心疾首地说道。

黎悦榕本身是个明事理的人，听到狄仁杰如此说，心中便动了念头，问道："大川驿那次行动是什么时候的事儿？"

"三月初三！"黎映雪抢着答道。

"第一座炼银炉正式开炉的时间是五年前，地下城炼制银锭已经足足五年之久了，和哈赤儿带回来的配方应该没什么关系，但有一点，哈赤儿等人来了之后，也就是三月初五，我们才开始不分黑白地大规模炼制银锭。"黎悦榕说道。

"那之前的炼制进度呢？"袁客师问道。

黎悦榕说道："之前是一边建造炼银炉，一边炼制假银锭做测试，只是炼银炉的建造和测试比较缓慢，产量一直上不来，直到今年，一百零八座炼银炉才算正式建完，到哈赤儿来时，城主才下令开始大规模炼制。"

"这……"狄仁杰觉得事情有些不对劲儿，却又说不上来具体哪儿不对劲儿。

从梁阪律打发了吐蕃捕头和黎悦榕未戳破他炼制假银锭不合格来看，他们已经在尽力地帮狄仁杰等人了，现在听黎悦榕的语气，她已彻底被说动了，极大可能会帮助他们，这对于这次行动来说非常有利。梁阪律虽说是负责整个地下城治安的，但看他对黎悦榕的态度，就知道他凡事都会听她的。

梁阪律点点头，接着黎悦榕的话说道："还有一点，地下城是六年前建成的，那时候的幽魂凼还是神仙谷，不时会有一些采药人进来，为了避免人们发现进出口，城主便着手设计白杨树林。建造地下城的银子都是由城主提供的，要知道，建造这样一座规模的地下城，需要的银子非常多，绝非一个人两个人能凑齐的，很可能……"

"很可能是国家行为！"袁客师说道。

"那神仙谷变成幽魂凼是怎么回事？"黎映雪问道。

黎悦榕摇摇头："这件事我就不知道了，因为我来的时候，这里已经是幽魂凼了。"

说到这里，她看向梁阪律。梁阪律也摇摇头，说道："我一向不管地下城建设的事儿，也不知道，不过，城主一再嘱咐，绝不可通过任何途径去幽魂凼中，因为天雷会毁灭一切生命。我曾经跟着旅游的人们到死亡线处，亲眼见到导游把一只鸡赶进幽魂凼中，天雷随即而下，把鸡劈死了。地下城有一处通道是通往幽魂凼的，那是城主绝对禁止使用的通道口。从来没有人敢从那里出去，或者说，从那里出去探索幽魂凼的人都已经死了，所以没人真正进入过幽魂凼。"

"有人进过幽魂凼，而且还活着出来了。"黎映雪说道。

"谁？"黎悦榕好奇地问道。

黎映雪正想说出客栈掌柜朱有福，却想到他已经死了，死无对证，只留下那块石头！

狄仁杰一直未发表意见，头脑却在快速地运转着。除了国家这个层次外，民间还有很多贵族和一些极其富有的大商人可以做到。当他听到"五年"这两个字，一下子联想到幽魂凼和白杨树林都是在五年前形成的，这样一来就全部对上了。

六年前，幕后黑手开始建造地下城，建成后，为了避免人们误闯进来，便开始着手种植白杨树林，以白杨树林为基础，设计了阵法，此后，几乎没人能通过白杨树林找到那处通气甬道。

可幽魂凼是如何形成的，或者是如何打造出来的，却成了一个谜。但客栈掌柜朱有福进过幽魂凼也是事实，那块石头就是最好的佐证。

"也许是这样！"狄仁杰头脑中形成了一个非常离奇的解释。

"是哪样嘛，你快说呀！"黎映雪有些着急。

"地下二层的炼银炉有一百零八座，所产生的烟尘通过通天柱排放到幽魂凼中，这也是地下城空气非常新鲜的原因。排放到幽魂凼中的烟雾里面含有银粉和铁粉等金属粉末，和地面的水汽结合，形成了上空的乌云，乌云之间相互摩擦产生闪电，如果遇到相对高于地面的物体，比如人或者动物，雷电便会劈下来，也就是人们传言中的天雷。"狄仁杰分析道。

"有些离谱了吧！"黎映雪说道。

黎悦榕的神情却异常严肃，思索片刻后，才缓缓说道："狄大人分析得极有可能。"

"那平时没有人进入的时候，闪电应该袭击周边的树木才是，一旦闪电击中树木，大概率会引发火灾，但自打幽魂凼形成以来，周边的树林从未发生或起火现象，也从未发现闪电劈中过树木。"梁阪律说道。

袁客师拿出罗盘，罗盘的指针一直在晃动："罗盘是靠着磁力运作的，一旦遇到磁力异常，就会失效，会不会是幽魂凼地下有蹊跷，令地面磁场异常，以至于把天雷牢牢地吸引在幽魂凼这块区域内？"

"这种说法比狄大人的还离谱？"黎映雪质疑道。

袁客师耸了耸肩膀："地下城的存在就不离谱吗？"

"如果说地下城有蹊跷的地方，也就是悬崖下的那一大片岩浆和环城的岩浆河了。"黎悦榕说道。

袁客师听得有些兴奋，急忙接着说道："也许是岩浆中含有大量的磁石，在环绕地下城流动时，相互摩擦产生了巨大的磁场，这才令罗盘失效，就如同磁山一般。如果这个说法正确，客栈老板珍藏的那块石头也会影响到我的罗盘，只是因为它的体积太小了，影响甚微。"

"什么石头？"梁阪律问道。

"就是工匠从炼银炉里挑出来的那些发暗的岩浆石。"狄仁杰说道。

"这个简单。"梁阪律转身离开一号房间，对外面的阴阳护法吩咐了几句，又转身进了房间。

刚才众人所分析的内容已经远远超出这个时代的知识，但地下城的存在又何尝不是超出了这个时代。除了袁客师还处于兴奋之外，其他几人均陷入沉思中，房间中陷入一片寂静中，甚至连空气都变得有些凝结。

急促的脚步声打破了沉寂，阴阳护法走了进来，把两块已经冷却的岩浆岩递给梁阪律后便立刻走了出去。

袁客师把罗盘靠近黑色石头，果然，罗盘上的指针微微晃动起来："你们看，我就说是吧！"

第二十六章　新飞虹小队

血浓于水。

黎悦榕之所以能够帮助狄仁杰等人，最初的原因只是不想让妹妹黎映雪涉险，他们本打算私下把三人放走，却又被狄仁杰的一番说辞说动。

"银子是从哪里运出去的？"袁客师又问道。

梁阪律立刻答道："到目前为止，只有少部分银锭被运到外面，大批的银锭还在地下城，你在查探过程中也看到了，炼制好的银锭都储存在内城的宫殿里了。"

黎悦榕接着说道："从数量上来说，加上现在正在炼制的，大约能有八千万两。"

"这么多！"狄仁杰惊道。

"姐，你说的飞梯是什么？"黎映雪并不在意银两的数目，反而对飞梯起了兴趣。

"就是通天柱中通过类似于井辘轳控制上下的木质平台。"黎悦榕白了她一眼。

"人家不是没听过嘛！"黎映雪小声嘀咕着。

飞梯的原理大约和井辘轳相似，但在这个时代，飞梯依然属于稀罕之物，安全性不高，使用成本又高，除非是地理位置极为特殊，如地下城一般，否则，绝不会使用飞梯。

"如果没有梁大哥带着你，千万不可进入地下二层。"黎悦榕向黎映雪说道。

"为什么？"黎映雪有些不解。

黎悦榕叹了一口气："因为地下二层除了我之外，就没有女性了，只要你一出现，就会被人发现不对劲儿。"

"明白啦！"黎映雪笑着走到黎悦榕身边，一把挽住着她的胳膊，又问道："银锭很重，不方便运输，如果要运输，一定会在储存地附近，运送假银锭的飞梯会不会在内城的宫殿中？"

袁客师摇摇头："我已经探查过内城的宫殿了，没发现飞梯。不过，宫殿外却有一根通天柱，也许……"

"宫殿里有密室或者暗道，通往通天柱中的飞梯。"黎映雪来了兴致。

黎悦榕点了点头："也许，内城中还有更为惊人的秘密。"

黎悦榕参加了地下城的建设，唯独内城是由城主带人亲自建设的，而参与内城建设的人，在工程完工后，不见了踪影，现在看来，很可能是被灭了口。

"那我再去探索一下内城！"袁客师兴奋地说道。

狄仁杰却并未理会兴奋的袁客师，反而一本正经地向梁阪律和黎悦榕说道："狄某诚恳地请你们加入我们，揪出地下城的幕后黑手，斩断假银锭的交易，还三个国家边境的和平！"

梁阪律原本就是因为爱慕黎悦榕，这才一路追随她来到地下城，凭借着一身武艺，获得了现在的职务，只要不违背侠义精神，他可以为黎悦榕做任何事情。

梁阪律避开狄仁杰的目光，犹豫一下，随后看向黎悦榕。

黎悦榕所做的一切都是为了黎映雪，现在妹妹已是内卫的身份，而且还和狄仁杰等人联系紧密，一旦让城主或哈赤儿等人知道，性命肯定不保。从替狄仁杰三人掩护，到参与他们的讨论开始，黎悦榕就已经决定加入他们了。

"好，不过我有条件。"黎悦榕说完看向袁客师。

袁客师被看得一愣，向狄仁杰投去求助的目光。狄仁杰早已身为父母，哪能不知道黎悦榕的心思。黎悦榕既是姐姐，又充当着母亲的角色，为妹妹找一个可以依靠的男人，实属常态。但袁客师的心思都放在齐灵芷身上，不可能再答应和黎映雪交往。

"你看，你俩现在已经成了亲，不如假戏真做，就成了吧！"黎悦榕颇有兴趣地看着两人。

黎悦榕的话太突然了，令两人有些措手不及。黎映雪张大嘴巴，一副惊讶状态，要不是戴了人皮面具，怕是会看到她红云一般的脸。

袁客师也是大脑一片空白。在这个时代，只要是经济允许，三妻四妾是成功男性的标配，但按照齐灵芷的霸道人设，袁客师要是多看其他女人一眼，都可能遭受她的毒打，更别说再娶一个女人，更何况袁客师一门心思都在齐灵芷身上，绝不会做出这种事来。

"姐！"黎映雪急忙拉着黎悦榕到一旁，摇晃着她的胳膊，宛如一个撒娇的小女孩一般。

黎悦榕一脸严肃地看着妹妹："我这是给你找个像样的人家，省得以后你东奔西跑的。这个神捕虽然月俸少了一些，却也够用，不错啦！"

"我知道，可是我有喜欢的人，你不总是说，要和喜欢的人在一起嘛，就像你和梁大哥一样！"

"去去去，说你就说你，扯上我干吗？"黎悦榕瞥了一眼梁阪律。

"我都成年了，姐，这事儿就让我自己做主吧！"

黎悦榕白了她一眼，眼神却依然坚定。

"我可是朝廷中最厉害的内卫，有自己的工作，有自己的理想，也有自己喜欢的人。"黎映雪一副春风得意的样子。

"得了吧，我听你梁大哥说了，你是内卫的外围，连个芝麻都算不上。不过也幸好你是外围，省得以后朝政之争时受到牵连，好了，就依了你吧。"黎悦榕说到这里，伸手掐了一下黎映雪的脸蛋，无奈地摇摇头。

黎悦榕拉着黎映雪来到狄仁杰面前，郑重其事地向他拜了拜，说道："狄大人，我就这一个妹妹，还要拜托您照顾好，千万不要让她……让她有任何事。"

狄仁杰急忙扶起她，严肃地说道："请你放心，我会像对待自己的孩子一样对她！"

黎悦榕点了点头，看向梁阪律。

梁阪律摊了摊手："别看我，我随你的决定。"

黎悦榕笑了笑，笑意中带着欣慰和喜悦："狄大人，我没问题了，说说你的计划吧！"

"炼制假银锭首先要有真银锭，弄清真银锭的来源对于揪出幕后真凶会有所帮助，然后是找到哈赤儿和十二护卫，想办法让他们离开地下城，否则，咱们的任何行动都会被他们破坏。最后才是行动的核心——摧毁地下城！"狄仁杰一语惊人。

"真银锭怎么来的我不知道，但从银锭子运进地下城时，城主就命人把印记打磨掉了，等到了我们手里时，已经没有任何印记，我接触银锭比较多，曾经看到过一锭未打磨干净的银锭下面有个模糊的印记，像是大周某个州府库的印记。"黎悦榕回答道。

"大周的府库。"狄仁杰低声嘀咕着，同时大脑飞速运转。

距离冷泉最近的是鄯州和廓州，廓州面积较小，人口稀少，地域中多山脉，交通极为不便，与周边国家的交易往来不频繁，因此经济较差，州府并不富裕，不太可能囤积那么多银两。鄯州地广，地域中以草原戈壁为主，与周边国家的交易往来较多，加上驻军较多，因此，府库中有大量的银两，用于大宗的粮草、马匹的交易。

如果是内外勾结，挪用府库的银两，那一定是鄯州莫属了，也就意味着鄯州内部出了内奸，而且一定是长史以上级别的高官。双方军队一旦开战，鄯州要是出现变故，大周军队被断后，必败无疑。

"自打哈赤儿和十二护卫把配方送来后，就很少能看到他们，只有在巡查日的时候才会出现，由城主陪同，对整个地下城进行巡查，但看他们身上的穿着，不随外界的时节，而与地下城中的居民一致，因此判断他们就住在地下城中，不过……我负责整个地下城的治安，除了内城之外，所有地方我都熟悉。如果哈赤儿住在地下城的话，那就只有一个可能。"梁阪律的陈述打断了狄仁杰的思绪。

"内城！"狄仁杰说道。

"内城的两个宫殿不像是有人住过的样子。"袁客师说道。

黎悦榕接着说道："也许会有另外的建筑空间，因为在建设地下城时，内城是由城主负责建设的，我所拿到的图纸只是外城和地下二层的。"

"这点我可以证明，另外，我和悦榕都参与了地下城的建造，它非常坚固，就算咱们有攻城器械，也无法摧毁地下城。"梁阪律立刻提出反对意见。

"我可以再去探查内城，从通气甬道入口的大门来看，设计者非常喜欢在设计中使用五行和八卦的理念，我相信内城的密室也一定与此有关。"袁客师说道。

小袁神捕擅长奇门之术是江湖中人尽皆知的事儿，梁阪律早年在江湖中闯荡，自然相信袁客师有这个能力，遂点了点头，说道："你一定要小心，哈赤儿主谋略，虽武功不高，但十二护卫都是江湖奇人，各有擅长，一旦你被他们发现，十死无生。"

袁客师在大川驿一役中已经领教了西域行商打扮护卫的本领，鹰眼老九也是死在阴鸷男子手下，还有与鹰眼老九对决的那名箭术高手，单是袁客师见过的这三人就不是他所能匹敌的，更何况还有其他九名高手。

"就算你探查到了他们的住所，又怎样让他们离开地下城呢？"黎映雪问道。

"这……"袁客师一时间也答不上来，只好看向狄仁杰。

狄仁杰心中念头一动，但随即又否定了想法，摇了摇头，说道："我暂时还没想出办法。"

哈赤儿和十二名护卫是狄仁杰生平遇到的最难缠的对手，哈赤儿擅长策略，与狄仁杰不相上下，加上十二名各有本领的护卫，在地下城中几乎是无敌的。只有双方即将开战，身为虎师大将军的哈赤儿才会带着十二护卫离开，那时假银锭早已被运送出去，毁灭地下城已经没有任何意义了。

"那就说说最关键的吧，如何摧毁地下城？"黎映雪看向狄仁杰。

"地下城规模之大，超出了常人的想象，凭借人力无法摧毁。来到地下二层后，我借机观察了整个二层的环境，发现地下城的能源全部来自于悬崖下的岩浆。岩浆原本属于地下之物，因地表薄弱，才会冒出来，只要在把地表薄弱处扩大，让大量的岩浆喷发出来，就如同火山一般，地下城就不复存在了。"狄仁杰说道。

黎悦榕和梁阪律在地下城生活已久，经历过数次的岩浆爆发，甚至有一次摧毁了汲取岩浆的装置和位于边缘的两座炼银炉。要是引发岩浆大爆发，就可以轻而易举地毁掉地下城。

"现在还有一个最重要的问题！"黎悦榕说道。

"是地下城百姓。"狄仁杰胸怀天下、心系百姓，怎能考虑不到百姓转移的问题。

黎悦榕赞许地点了点头，说道："百姓与我们俩的情况不同，虽说完不成工作会遭到惩罚，但地下城的待遇绝不是地面城市可比的。地下城至少有上万人，想要动员他们离开，怕是动静不小，弄不好动员没做完，哈赤儿他们倒是先来了。"

"这里的工匠大部分是来自于冷泉附近的百姓，如果他们的安全得不到保障，我不同意这个计划。"梁阪律的侠义精神并非虚名。

"如果不执行毁灭计划，一旦外面打起仗来，会死更多的人，以少数人的牺牲换取更多人的生存，也没什么不对！"袁客师说道。

狄仁杰没说话，却赞同袁客师的意见。他是当朝的官员，处理事情会以大局为重，若能用少数人的牺牲换取整个天下的安定，他就会毫不犹豫地去做，但这样做就会显得有些冷血。

梁阪律是侠客出身，只能顾及身边的人们，对于遥不可及的大局，就不是他要考虑的了，这样一来，对于小部分人来说，梁阪律就显得更加人性化。

梁阪律摇了摇头："你这套理论我不赞同，人多人少都是人命，不能因为人少就可以放弃……反正百姓不能安全转移就是不行，如果你们非要做这件事，我第一个反对！"

梁阪律所说的问题困扰了人类几千年，甚至到了很久之后的现代，依然没人能做出完美的解答。

"外面的战争起因是人类的贪心，如果有这些假银锭充当军费，战争会打起来，就算没有，战争也会打起来，区别在于战争胜利一方的归属，所以，我赞同梁大哥的说法。"黎悦榕说道。

黎悦榕和梁阪律在地下城生活已久，和城中的人们产生了很深的感情，甚至把地下城当作了第二故乡，毁灭地下城已是他们所能承受的极限，要是再连累了地下城的居民，他们绝对接受不了。

"那怎么办吗？"黎映雪把目光投向狄仁杰。

经过梁阪律的一席话后，狄仁杰也觉得他说的有道理，地下城的人也是人，和地面世界的人一样的人，也有生存的权利，若因避免一场战争而让这些人牺牲，对地下城的居民来说的确不公平。

"对不起，这件事是我考虑得不全面，撤离的事儿，我再想一想，肯定有办法能解决。"在狄仁杰而言，任何大周境内的百姓都是大周子民，手心手背都是肉，经过梁阪律的提醒后，他的境界又提高了一步。

梁阪律赞许地向狄仁杰点了点头。众人对撤离一事都没有头绪，房间中一下子安静下来，过了好一阵，狄仁杰有了一点儿思路，便问道："地下城发生过大规模的撤离吗？"

梁阪律立刻答道："只有一次，岩浆爆发最大的那次，岩浆汲取装置被毁，两座炼银炉也被岩浆吞没，燃起了大火，喷发出的岩浆冲上悬崖，四处乱流，眼见着形势不可控，城主这才下令让工匠区的工匠们紧急撤离，回到地下城中，直到一天后，岩浆终于退了回去，城主这才让人重新回到二层的工匠区。那次岩浆喷发损毁了两座炼银炉，地下二层部分房屋也被烧毁，工匠们都担心岩浆再次大喷发，城主却说这种规模的喷发，一甲子才会有一次，而且让工匠们撤离时，没有一人受伤，事后又给工匠们一些补偿，算是稳定了民心。"

狄仁杰点了点头，说道："也就是说，除非是真的岩浆爆发，否则，城主绝不会让民众撤离。"

对梁阪律而言，他想帮助狄仁杰化解这场战争，但眼见着最大的难题无法解决，失望的情绪在心头油然而生。

第二十七章　大战在即

战争的发起往往带有掠夺的因素，也是人类内心最深处、最原始欲望的体现。文明越是发达，掠夺的属性也就越体现得淋漓尽致。

"已经不知道打了多少次仗了。"哈赤儿看着面前排列整齐的虎师感叹着。

最初时，他知道战争的源头是因为天灾，族人们没有粮食吃，饿死了很多人，不得已之下，这才发动战争，到富足的中原地区掠夺粮食、钱财、牛羊、马匹等。他从一名无名小卒一步步地当上了将军，再到统领西突厥最精锐的虎师。

战争是极为残酷的，曾经一张张熟悉的脸换成了陌生的脸，又变得熟悉，再陌生，又熟悉。直到现在，他已不知道自己为何要去打仗，只知道要去打，打完了仗，就有了牛羊，有了粮食，有了精美的丝绸，有了银子，有了女人，有了孩子。总之，一切都有了。

至于在战争中逝去的生命，除了亲人之外，又有几人会关注呢？

在副将歇斯底里的呐喊声后，紧随而至的是千千万万将士的呐喊声，那气势仿佛已经夺得了战争的胜利一般。但哈赤儿不清楚，此战之后，还能有多少人跟着他回到家乡。

大周王朝虽说是女人执政，但在军事上绝不比李唐时代差，武则天专政的同时，也带来一系列的变革，令国家富强起来，迁都洛阳后，大周朝政摆脱了盘踞长安的关陇贵族的控制，经济、军事腾飞而起，一举成为强国。否则，凭借西突厥的彪悍和自负，怎么可能和吐蕃联手？

对于执行购买和押送假银锭配方一事，他有些莫名其妙。他可是堂堂的虎师大将军，离开了他的指挥，虎师的战斗力会锐减一半，为什么会在这种关键时刻，让他深入大周都城，去押送一个莫名其妙的配方，甚至吐蕃王和可汗还把他们座下的三名能人指派给自己。

想起三名能人，他不由得打了一个寒战。

西域行商模样的人叫扎西贡布，曾经是吐蕃的王族，但后来他的父辈竞争王位失败，全家被诛，只有他逃出吐蕃。来到中原后，他带着仇恨拜到一位江湖奇人的门下，不但学习了武功，还学到了很多奇门异术。他本可以凭借本领重新夺回王位，但学了奇门异术后，反而看淡了权势，最终和吐蕃王化解恩仇，成为吐蕃第一国师。这次两国联手，吐蕃王便将他派到哈赤儿身边，助他完成押运假银锭配方计划。

扎西贡布的奇门异术源自奇门遁甲术，又有所区别，掺杂了大量的杂门别派的术法。对比袁客师的奇门异术，他的术法更注重攻击性，少了一些对运势的推演。

阴鸷男子是越王李贞旗下的第一高手，也是李贞的族人，在李贞起兵失败后，被赐予虺姓，叫虺明福，他原本就勇冠三军，被流放后，苦练武功，时刻准备报仇雪恨，机缘巧合之下，他遇到了西突厥的可汗阿史那俊子。

阿史那俊子野心很重，一直想吞并武周，此心思正合了虺明福的心意，于是虺明福便投靠在阿史那俊子座下。

突厥人多擅长骑马射箭，与鹰眼老九对峙的神箭手名叫伯格努尔，父亲在一次与大周军队的战斗中死亡，愤恨之下，他苦练骑射本领，终于在一年一度的突厥骑射大会上崭露头角，被爱惜人才的阿史那俊子收编。伯格努尔的箭术无双，百步之内箭无虚发，因使用的弓拉力极强，可以使用相对较重的飞虻箭，飞虻箭的破甲能力很好，在战场上对付身穿重甲的指挥将领再合适不过了，伯格努尔也成了所有将军的噩梦。

这三人身怀绝技，又都是两国国君派来帮助哈赤儿完成任务的，因此哈赤儿对他们只能是敬而远之。这次哈赤儿奉命回到虎师备战，那三人便留在地下城坐镇，以免在关键时刻出现差错。

……

袁客师轻车熟路地进入内城的宫殿中，身形迅速掠过木架子，来到尽头一排控制机关的木质手柄处。

袁客师已经探索了地下城和地下二层所有区域，并未发现哈赤儿和十二护卫，按照狄仁杰的分析，唯一的可能性就在于宫殿里面有一个密道，直通另一个空间，哈赤儿和十二护卫就在那个空间中。

宫殿中除了银子和一些兵器盔甲之外，还有一个巨大的通天柱和这些控制机关的木柄，如果宫殿连接着另外一个空间，那这些木柄就是开关！

想到这里，袁客师尝试着扳动第一个开关，把开关扳动到一定位置后，他立刻松开手，警惕地看着周围，但周围却并未发生任何事情，正当他要把开关复原时，通天柱中却传来一阵奇怪的声音，有些像石头块从山上滚落下来发出的"轰轰"的声音，也像金属之间摩擦的声音，还像车轮轴摩擦发出的吱吱声。

袁客师数了二十个数后，声音才彻底停了下来，看周围并无任何变化，他只好把木柄又恢复原位。在扳动木柄后，刚才听到的那几种声音再次响了起来，大约二十个数后，声音便消失了。

袁客师又尝试着扳动其他开关，但宫殿中依然没有任何动静，他扳动了最后一个木柄，突然，一处墙壁突然向上升了起来，可以看到升起的墙壁后面正是通天柱，通天柱里面有一架非常庞大的飞梯，而对面并非通天柱的外壁，而是另外一个空间。

袁客师进入飞梯向秘密空间观察了一阵，见没有动静，便看准了一座较大的假山，将轻功施展到极致，一闪身钻进假山的缝隙中，屏住呼吸观察着四周。

狄仁杰分析得一点儿也不错，在储存银锭的宫殿里面还有一个秘密空间。

空间很大，设计得如同一间高级官员的府邸一般，有巨大的草地，有宅院，有小桥流水，最令人惊奇的是，通过数面巨大铜镜，将外面世界的阳光反射进来。

正当他惊讶的时候，一阵脚步声传来，一群人走向飞梯。袁客师瞳孔一缩，脸上显出极为复杂的表情，有愤怒、惊讶，还带有一丝恐惧。

为首的三人正是曾经在大川驿和狄仁杰等人搏杀过的十二护卫中的三人——阴鸷男子、西域行商和弓不离手的神箭手。

他们身后跟着一群身强力壮的打手，打手们两人为一组，每组都推着一辆平板车。

"仓库放不下了，先把库房里的箱子转移进来。"阴鸷男子吩咐着。

众打手应了一声，兴奋地推着车越过三人，奔向通天柱。跑得最快的是张三李四这一组，但他们却并未在意和宫殿相通的暗门不知何时打开了。

打手们不断地从宫殿把装有银锭的箱子搬运到空地上，箱子分成两堆，其中一堆明显比另一堆要少得多。袁客师估算了一下，左右的比例大约是一比四。

看到堆放银子的比例不同，他突然想到一个可能。有人提供了一份真银锭，炼制成五份，一份作为真银锭还给原本的主人，而另外四份作为军饷运送到两国联军处。

如果提供真银锭的人是吐蕃或者西突厥的人，那么便无须还回去，因此可以推断，提供真银锭的人很有可能是大周方面的人，也只有大周附近的诸州才有如此实力！

想明白了这点，袁客师脸上露出一丝兴奋的表情。

阴鸷男子站在距离通天柱不远的一处水潭边，他们不时地低声交流着。袁客师和他们距离较远，虽极尽耳力，也无法听清，又因三人的武功不敢靠近。

不知是大量的银子作祟，还是即将打响的战争，负责运输的打手们异常兴奋。

张三和李四推着一辆车前行着，车上装满了箱子，他们几乎使出了吃奶的力气，却依然走不快。

"兄弟，咱们的好日子就要来了。"张三小声地嘀咕着。

李四眼珠乱转一阵，看到周围并没有人注意到他们，这才小声地回着："你小点儿声，在没散伙儿之前，咱们还得忍着。"

靠山吃山，靠水吃水。这些打手本就没什么营生，这才讨了打手这样的营生。打手平时看起来威风，一旦遇到事儿，玩了命也得往上冲，工钱倒是不少，但这份把脑袋别在裤腰带上的工作，可能有了今天没明天，因此这些人得了钱便吃喝嫖赌，痛快一时是一时，银子花得那是飞快。银子花光了便琢磨着怎么弄银子，而他们的工作中的一部分是在地下二层巡逻，便借职务之便到炼银炉转悠一圈，寻找一点儿散碎银子。

工匠们也是见怪不怪，明知道这些打手揣着坏心思，也不愿去管，因为他们也揣着偷银子的心思。张三李四私下里偷了不少散碎银两，就等着什么时候散伙儿了，回家能娶一房媳妇，安安稳稳地过日子，再也不干这有今天没明天的营生。

"听说三天之内，这些银子都会运走，地下城没了银子，也就不需要咱们了，到时候咱以身体有恙为由告个假，就再也不回来了。"张三的算盘打得很明白，但心里没底，只好把同乡李四拉着。

李四一向比较有主意，点了点头："快干活儿吧，你别看那三个大哥闲聊，耳朵灵着呢，万一听见咱俩说话，就完蛋了。"

张三看了看堆成小山的装银锭子的箱子，眼睛中散射出贪婪的光芒，自言自语着："要是这些银子都归我就好了。"

听了张三李四的对话，袁客师心中一惊，暗道："三天，这些银子运出去后，也就意味着战争即将打响。"

想到这里，他身影一闪，绕开监工的三人，继续探查秘密空间。

空间中除了巨大的通天柱和附近大面积的草地外，还有一座巨型的宅院，规模上甚至要超过狄仁杰当宰相时的府邸。

由于大部分打手和护院都去搬运银子，只有少量的巡逻人员和数名下人在宅子中忙碌着。宅子中的建筑和外面世界的大户人家宅院没有太大区别，三进院的设计，门房、耳房、东西厢房、庭院、正房的布局，加上一个面积超大的后花园。

袁客师转了一圈后，并未有任何收获，趁着人们不注意时，他打开正房的门，闪身进入后立刻把门关上。令他奇怪的是，正房中的窗户从外面看没有任何问题，但进入房间后，却发现窗户居然都是假的，整个房间除了门之外，四面都是墙壁，以至于房间中漆黑一片。

由光明一下子进入黑暗中，袁客师几乎什么都看不见，他贴在墙壁上一动不敢动，极尽感官探索着房间内是否有人。过了一阵后，他逐渐适应了黑暗，这才看清房间中的布置。

幸运的是，房间中空无一人，而房间内的陈设也是非常简单，除了一张床榻和被褥之外，再无他物。

"真是奇怪得很，谁会住在这样一个房间呢？"袁客师心里嘀咕着。

探索了整个空间后，除了三名高手之外，哈赤儿和其他护卫不知去向，由于三名高手的存在，他不敢久留，带着诸多的疑惑，趁着打手们搬运的空当，他重新回到地下城中。

……

狄仁杰炸开岩浆口的计划并非空想，早年他在"幽灵船"一案中，便是用了这种方法，毁了一座海岛，粉碎了倭国的"人口复兴计划"，想不到时隔数年，他现在又要使用这招毁灭地下城。

岩浆一旦到了地表，很快就会冷却，地下城的幕后主使竟然用黑火药和火油等物混合一些矿物，制造出一种能够促进岩浆流动和燃烧的助燃剂。不过，也正是受到助燃剂的启发，才让狄仁杰有了毁灭地下城的计划。

阴阳护法推着一辆车缓缓地走向悬崖边，车上存放着一个木桶，木桶里面放着助燃剂和一些铁块儿。

"小心些。"狄仁杰在一旁提醒着。

梁阪律和黎悦榕在悬崖尽头处向下看着，汲取组合装置冒着蒸汽，不停地运转着，把岩浆输送到岩浆河中。狄仁杰来到悬崖边，和梁阪律对视后，向阴阳护法挥了挥手。

阴阳护法抬起木桶扔下悬崖。木桶接触到岩浆后立刻起了火，由于木桶中放了很多铁块，因此刚一接触岩浆，便沉了下去，转瞬之后岩浆便恢复了平静，好像什么事儿都没发生过一样。

众人紧张地盯着悬崖下的岩浆，任由脸上的汗水流下来，也不敢眨一下眼睛，生怕错过什么。

过了好一阵，岩浆湖还是没有动静，黎悦榕叹了一口气，失望地看向狄仁杰。

"轰！"岩浆湖发出了一声闷响，随后很多气泡从木桶下沉处冒了上来，随之而来的是颜色更亮的岩浆喷发出来，如同喷泉一般喷射出来。要不是悬崖很高，怕是会喷到众人的身上，将他们烧成灰烬。

狄仁杰面色一喜，说道："只要五十桶的量，就可以炸开岩浆湖底。"

梁阪律点了点头，随后才说道："助燃剂的配置材料都储存在地下城的仓库中，倒是充足。因为助燃剂不太稳定，非常容易失火，因此城主对助燃剂管理很严格，所用的助燃剂都是前一天配置出来的，每天所配置的量正正好好，绝不会有剩余，每天的量大约是四十桶，这也是我每天必须要巡查的任务之一。想要一下子弄到五十桶助燃剂，怕是不太可能。"

黎悦榕脸色逐渐凝重起来，看向梁阪律："也许只有偷到助燃剂的配方才能解决这个问题。"

梁阪律急忙摆手："你别看我，小偷小摸的事儿我可不做。"

黎悦榕白了他一眼，说道："我知道你不肯做，你肯配合就行。"

梁阪律摊了摊手。

"负责仓库管理和配置助燃剂的赵大海好酒、好武功，他一直很仰慕你，只要你肯出面，并在晚上把他灌倒，任务就算完成，其他事交给袁客师来做，这样就不违背你的侠义精神了。"黎悦榕说道。

梁阪律清了清嗓子，本还想辩驳几句，但想起了"女人永远是道理"这句话，最终还是把话咽了下去。

"配置助燃剂的事儿就拜托悦榕小姐了。"狄仁杰向黎悦榕和梁阪律拜了拜。

第二十八章　熟人

狄仁杰现在面临的最大问题就是如何安全撤离地下城的居民，正如梁阪律所说，不能因为人少就可以放弃这些人的生命。

但地下城有上万名居民，既要让人们撤离，又不能影响行动计划，这就有些难度了。

有了黎悦榕的指点，他这个炉长当得就比较容易了，就算他不在时，下属的工匠依然也能做得很好。因为挨了梁阪律的"十鞭子"，因此狄仁杰要装作浑身疼痛的样子，苦着脸到炼银炉例行巡视一遍后，便在地下二层到处转悠着，头脑飞速运转着，思考如何让这些人撤离地下城。

沿着岩浆河转了一圈，却依然没有任何收获，看向围墙上的光线时钟，已经是戌时，如果在地表世界，天早已黑透了，地下城中依然如白昼一般，工匠们吃过晚饭，又回到炼银炉继续工作，这并非工匠们工作玩命，而是城主下了死命令，要全力以赴炼制银锭，炉长要做好工匠轮值安排，做到炼银炉全时运作。

"霍老三，你什么时候来的，也不来找我。听说有人刚来就挨了鞭子，不会是你吧！"一名工匠用突厥语喊着。

狄仁杰曾经出使过突厥，学了突厥语，否则，这一嗓子便会让他露出马脚。虽说如此，但狄仁杰还是吓了一跳，他慢慢转过身来，看到一座炼银炉附近有名工匠朝他招手，他极不情愿地挥了挥手回应着，犹豫了一下后，才朝着那人的方向疾走几步。

刚走到工匠面前，那工匠便笑着给了他一拳："你这家伙，身体居然还这么结实。"

"哎哟，你轻一点儿，疼！"狄仁杰假装疼痛，后退了一步，脸上显出痛苦的表情。

"还真是你……配方都是一样的，凭你的手艺不应该呀……"

真正的霍老三特别抠门，哪怕赚了很多钱，也不愿意用在吃喝上，因此他和儿子的身体对比其他族人来说比较孱弱。狄仁杰不敢率先说话，因为他并不知道眼前的人到底和霍老三是什么关系。他只好眼珠四处瞄着，见有豆大的一块散碎银子混合着岩浆石，便假装弹鞋面上的土，伸手把碎银子从岩浆石上掰下来，又借着挠痒痒的机会揣进怀里，他的动作很快，隐蔽性也很强，但工匠毕竟和他面对面站着，怎能看不出来？

工匠无奈地摇摇头，心中的疑惑好像是有了解释："我说霍老三，你能不能不见钱眼开，见着银子就想揣怀里！你肯定是炼银子的时候贪财，光顾着捡银豆子了，把一炉银子炼坏了是吧？"

狄仁杰立刻做了一个噤声的手势，向四周看了看，工匠们都在忙碌着，并未注意他们的谈话，这才松了一口气："银子哪有够花的时候，越多越好，越多越好啊！再说，那大块的银锭咱也不敢拿呀。"

狄仁杰知道只有把霍老三的抠门演绎到极致，才不会受到熟人的怀疑，而且他并不想和对方多接触，接触时间越长就越容易露出马脚。

工匠无奈地摇摇头，心道：为了一点儿小利益，居然毁了一炉银子，也只有霍老三这种抠门才能做得出来了。

他走到狄仁杰身边，小声地说道："怎么样，这个地方不错吧，要不是我推荐你，你能有这个机会！"

狄仁杰听后，对二人的关系心里大约有了数，眨了眨眼睛，慢慢地从口袋掏着，把钱口袋向手上倒了倒，手上便多出一些极为散碎的银子和铜钱，他拿起一颗小银豆子，寻思一下后又放下，又拿起一枚铜钱，随后把剩下的钱和银子小心翼翼地塞回钱口袋里，生怕动作大了，碎银子会落到地上，把那枚铜钱塞到工匠的手上，脸上显出心疼的表情，看了看四周，小声说道："表示感谢啊，一点儿心意，希望你别嫌少。"

工匠非常嫌弃地白了霍老三一眼，掂了掂手上的铜钱，叹了一口气："还希望我别嫌少！狗屁，我知道你霍老三抠门，却不知道抠到这个份上，你看看地下城的收入，谁还用这种小屁铜钱儿？算啦算啦，我可不敢要你这份大礼。"

说罢，工匠就要把这枚铜钱扔进炼银炉里。狄仁杰急忙上前拉住他的胳膊，一把捂在那枚铜钱上，眼珠骨碌一转："你不要就不要，别扔，还给我好了。"

狄仁杰笑嘻嘻地看向工匠，在他的注视下又把那枚铜钱拿了回来，用袖子擦了擦后，重新放回到钱口袋里，随后他又看到小桌子上有一根未啃食干净的羊腿骨，咽了一口吐沫后，慢慢地拿了起来，向工匠问道："这个你不吃了吧？"

工匠挥了挥手，下了逐客令："谁要是认识你，可真是倒了八辈子血霉了，拿走吧，赶紧拿走，这人可真是，没钱时候抠，这有了钱照样抠。哎，提醒你一下，南城老刘的医馆不错，专门治外伤，尤其是鞭伤！不过，价钱可不太便宜。"

狄仁杰把霍老三的原本性格演绎得有过之而无不及，连熟悉他的工匠朋友都看不出来。狄仁杰好像没听到工匠的话一样，把羊骨头放在鼻子下闻了闻，又用舌头舔了舔，脸上露出享受的表情，看得工匠朋友直翻白眼，这也是狄仁杰的所想，只要对方厌烦他了，便可以找理由离开。

"我说，我同样推荐了你和老朱，怎么就看到你，没看到老朱？他没来吗？"工匠问道。

"呃……老朱？哪个老朱？"狄仁杰装作没听清，嘴上却不敢闲着，不断地舔着发硬的羊骨头。

工匠白了他一眼，大声地喊着："客栈朱掌柜，老朱，朱有福！"

"哎，那么大声干吗？我又不聋，我知道是他。"随后狄仁杰将羊骨头放下，脸上略显悲伤之意，"老朱死了。"

工匠果然露出惊讶的表情："不可能，他那身体比咱俩都硬实，怎么可能死了？"

"呃……是被人杀死的，凶手是客栈的伙计，他拿人家当孩子看，人家可没拿他当爹！邪门了，无冤无仇的自己人杀自己人。可惜了那间客栈，被一个行商给收了，听说那捕头儿还收了不少好处。"狄仁杰说出了一些细

第二十八章 熟人

节，目的也是为了让工匠不怀疑他。

工匠朋友立刻做了一个噤声的手势，看了看四周，小声说道："可得小点儿声，咱们可都是他送到这儿的，保不准谁和他好。"

狄仁杰点了点头，向四周看了看，炼银炉的几名工匠正忙着，这才松了一口气，说道："哎，你说他是不是受到诅咒？"

"谁？"

"老朱啊！"

"什么诅咒？"

狄仁杰咂了咂嘴："你咋糊涂了呢，他不是进过幽魂凶嘛，还到处讲，不都说了嘛，只要越过那条死亡线，就会受到雷神的诅咒，被天雷劈死，他说他没被劈死，但最终还是死了。"

工匠挥了挥手，说道："这事儿我还真知道，老朱真不是吹牛。"

狄仁杰冷哼一声，表示不屑："说得跟真的一样，进幽魂凶里还能活着出来？你怎么和老朱一样吹牛。"

工匠突然不再接茬，用疑惑的目光看着狄仁杰："你以前可从来不叫他老朱的……"

狄仁杰头脑飞速地运转着，按照霍老三抠门的程度，他大概不会到客栈去吃饭，就算去了，这种抠门的状态也会让客栈老板厌烦，两人之间的关系不会太好，因此可以判断霍老三对客栈老板的称呼也不会太好。

狄仁杰尴尬地笑了一声："嗨，人死为大，叫声老朱算是对逝者的尊重嘛。"

工匠勉强接受了狄仁杰的解释，点了点头，说道："从见到你就感觉有些奇怪，要不是你抠门的嘴脸，怕是我都要怀疑你了。"

狄仁杰暗中松了一口气，但脸上依然一副不服的模样："我哪里抠门了，这个评价我可不接受。"

工匠不愿再和他争辩究竟抠不抠门的事儿，挥了挥手。

"哎，老朱进入幽魂凶的事儿你是咋知道的？"狄仁杰颇有兴趣地问道。

"我说，你以前可没有这么大好奇心，除了钱。"工匠再次看向狄仁杰，上下打量着他。

狄仁杰学着对方的样子挥了挥手:"这不聊天嘛,要不聊啥。"

工匠笑了笑,说道:"好吧好吧,真是服了你了,总之,和你在一起,只要不花钱,咋都行!"

狄仁杰摆出一副得意的样子,冲着对方拱了拱手。

工匠脸上显出悲伤之意:"我在没进入地下城时,也以为他是吹牛,直到有一次,我看到城主的人从地下城的飞梯进入幽魂凼中,我这才相信人是可以进入幽魂凼的。"

狄仁杰脸上颇为玩味地斜眼看着对方,又舔了舔羊骨头上的肉:"咋可能,你看到了?"

工匠白了他一眼,说道:"我没看到,但飞梯就是向上去的,这总能看清楚吧,那个通天柱就是通向幽魂凼中的。"

"那你详细说说,是咋回事?"狄仁杰来了兴趣。

一名低级工匠喊了这工匠一嗓子,意思是马上要开炉了。工匠正要离开,却见狄仁杰急忙拦住他:"你这组工匠都是老手了,还需要你亲自开炉吗?"

眼见着能从工匠这儿得到关键线索,狄仁杰怎肯放他离去。工匠也是为了在霍老三面前挣足面子,冲着工匠们挥了挥手:"你们弄吧,我和我兄弟聊一会儿。"

工匠看着手下的人并未提出异议,再次忙了起来,才说道:"不知道什么原因,通向幽魂凼中的那些排气通天柱堵了,炼银炉和岩浆河散发出的烟雾排不出去,大伙儿都呛得上不来气儿,也干不了活儿了,城主就让我们先回到地下城,但地下城也到处都是烟雾,有些身体不好的兄弟直接晕倒了,像我这身板儿,也是熏得头晕目眩。本来城主准备让所有人撤离地下城的,不过……"

狄仁杰眼神一亮,甚至都忘了舔羊骨头,急忙问道:"不过什么?"

"哎呀,你急什么。城主立刻派人到幽魂凼中,清理了一番后,烟雾就又能排出去了,这样大伙儿就不用离开地下城了。听说是天雷把周边的树木劈倒了,风又把树枝树干什么的吹到排气孔上,加上是秋季,掉落了很多树叶，结果就堵了。我当时身体状况还行，就到控制机关那儿去帮着摇像井辘轳样的装置，所以是亲眼看到他们上去的。"

"那之前有没有什么怪异的事儿发生？"狄仁杰问道。

工匠苦着脸琢磨了一阵，说道："怪异的事儿，除了整个空间的烟雾，还能有什么怪异的事儿呢！"

狄仁杰不敢过分诱导谈话的内容，只好无意义地挥了挥手。

"哦，我想起来了，还真有。"

"是什么？"

工匠见对方焦急的模样，得意地翻了翻白眼，抓了几把下巴上的胡子，才说道："在我们都准备好了之后，城主特意嘱咐我们，听到通天柱传来怪异声音后，人才能上去。"

"怪异声音？"

工匠指了指二层的顶部，说道："过了一阵，果然有很奇怪的声音从穹顶传来，是什么声音我就分辨不出来了，总之，不是常听到的声音，像是……像是金属摩擦或者挤压的声音……嗯……大概是……"

狄仁杰摇了摇头："穹顶那么厚，地表的声音怎么可能传进来？"

工匠眼睛一瞪，说道："怎么不能，就是从通天柱传进来的，在地下城时，经常会隐约听到幽魂凼的雷声，但在地下二层的工匠层就听不太清楚了。"

狄仁杰抬头看了看二层的顶部。

"炼银炉的烟囱都连接着地下城的通天柱，大部分通天柱是排气用的，还有一部分是用来升降飞梯用的，因为地下二层距离幽魂凼太远，再加上炼银炉发出的声响，所以就听不太清楚了。哎，我跟你说，别看咱们在地下，地势比较低，但城主设计巧妙，用了一些巧妙的机构，让外面的水无法灌进来。"工匠聊天的话题比较发散，总会在中心话题外说些题外话。

狄仁杰点了点头，脑海中闪现出袁客师探索的进气甬道："可是幽魂凼中有天雷呀！"

"也许城主能控制天雷呗，我和你说，这城主可厉害着呢，你看看整座地下城设计的，别说冷泉，就连大周都城洛阳，怕是也达不到这种程度吧。"工匠谈起城主时满脸的仰慕。

狄仁杰听到工匠的一番话后若有所思。毁灭地下城的计划中最为关键一环——人口撤离，要是能把通气孔堵住，就可以让人们撤离，甚至连哈赤儿和十二护卫也会跟着撤离，这样一来就能轻松地摧毁地下城了。

想到这里，狄仁杰脸上露出笑容，假意说道："可不是，我刚来时城主接待了我，不但能力超群，而且还平易近人，真是难得的好人。"

工匠又夸赞了一番城主的丰功伟绩，见狄仁杰表现得不感兴趣，只好岔开话题，劝道："老三，你这抠门的毛病得改一改，要不……"

狄仁杰一瞪眼睛，好像是一只好斗的公鸡一般："这件事没得商量，告辞！"

"行，行，行，赶紧忙去吧，城主已经下了令，全力以赴开工，人轮流休息，但炼银炉不停，也不知道为啥这么着急赶工，你小心些，别到处跑，再被抓住你消极怠工，怕就不是几鞭子的问题了。"

狄仁杰知道突厥工匠所知道的也就这么多，再问也问不出什么来，还容易露出马脚，便冲着他挥了挥手，拎着羊骨头转身离去。

看着狄仁杰离去的背影，突厥工匠挠了挠脑袋："这个霍老三，可真是个铁公鸡。"

狄仁杰走得很快，他要尽快和梁阪律等人见面，告知他已经找到了让居民撤离的办法，以便尽快执行计划，可他没想到的是，袁客师带回了坏消息，三天后，战争即将打响，而这些银锭将在三天内运离地下城，一旦银锭离开地下城，无论战争胜利与否，大周的经济体系将遭到破坏。

他们的时间不多了。

第二十八章　熟人

第二十九章 意外收获

赵大海的父母又矮又瘦，经常被村子里的人欺负，因此便给儿子起了赵大海的名字，寓意身材如同大海一般，以免长大以后受人欺负，但他的身高和体魄却和父母一样。身材没了优势，他便到处找江湖人物学习武艺，认为只要练好了功夫，便不会被人欺负。

可惜的是，江湖上的骗子居多，每个练武的人都宣称自己最正宗，并且是天下第一，真动起手来，很有可能被一顿王八拳抡到满脸青肿。但骗子就是骗子，骗术花样百出，憨厚的赵大海屡次上当。

数次被骗的经历依旧没熄灭赵大海练功夫的念头，尤其在遇到梁阪律之后，他终于知道什么是真正的高手。他向梁阪律提出拜师的请求，但梁阪律的心思都放在黎悦榕身上，除了正常的治安工作外，就只剩下陪黎悦榕一件事，哪有心思教别人功夫，更何况，要想练就一身好功夫，需要从小练起，赵大海身材矮小，在练武功方面本就没有任何优势，再加上他已经三十好几岁，筋骨和经脉没有了可塑性，无法修习高明的内功，失去了内功的加持，就算学了功夫，也只是学到一些皮毛，绝对实现不了他成为武功高手的梦想。

令他想不到的是，梁阪律竟然来找他喝酒，而且还要把一本武功秘籍送给他，天大的惊喜一下子让他有些蒙了。缓过神来之后，他甚至停了手上的工作，锁上仓库，拉着梁阪律来到地下城最好的酒楼，点了满满一桌子菜，又让酒家拿出最好的酒，以表示对梁阪律的感谢。

看到赵大海的一腔热情，梁阪律心中是有愧的，明明知道他无法练就一身武功，明明知道这本武功秘籍只是江湖上最普通的长拳拳谱，但他为了狄仁杰的计划，只好说着言不由衷的话，不断地夸赞着赵大海有练武功的潜力，只要勤学苦练，必定会成为江湖一流高手。

赵大海不明所以，梁阪律夸得高兴，他喝得也高兴，夸一句，他喝一杯，梁阪律还未来得及劝酒，他就把自己喝迷糊了。

"大海兄弟，我听说有猎户用黑火药配合着火油，混合成一种药剂，放进铸造好的铁管子里，点燃后可以发射铁弹丸，威力要比弓箭大得多，你说，城主配置的助燃剂的配方是不是和药剂一样？"梁阪律试探着问道。

赵大海虽说喝得有些迷糊了，口舌还算清楚："哈哈，你说的药剂是炼丹术士在炼丹过程中发现的，哪比得了城主这个，城主的配方可是能让岩浆继续燃烧的，多厉害呀！"

"那自然是，不过兄弟你整天都守在仓库，忙着配置助燃剂，哪有时间练习武功啊。"梁阪律给赵大海倒了一杯酒。

赵大海摇头晃脑地琢磨了一阵，打了一个大大的饱嗝："对呀，我没什么时间练武功，那咋办？"

梁阪律沉吟了一阵，才说道："我手下的兄弟倒是不少，可以分给你两个人帮忙，不过，他们不知道配置助燃剂的方子，唉，可惜。"

梁阪律身为侠客，正直惯了，连撒谎都撒不圆，不过他遇到了憨厚的赵大海，连这么明显的撒谎都看不出来。

赵大海一拍手，端起酒杯冲着梁阪律说道："这酒我敬我大哥了，啥事儿都替兄弟着想，近来，也不知道城主怎么了，竟然让我加班加点配置助燃剂。老哥你知道吧，助燃剂不稳定，装在桶里之后还要在外面糊上一层泥，以防止遇到空气自燃。我一个人哪干得过来呀。"

"不是每天只配置第二天的用量吗？"梁阪律问道。

赵大海摆了摆手："老哥，咱不提这个了。明天你让那俩兄弟来找我，我教他们怎么弄，这样我就有时间和我哥练武了。"

赵大海一个劲儿哥长哥短地叫着，让梁阪律心中更加愧疚，和对方说话时，几乎不敢直视。

"这样，你把方子告诉我，我今晚就让他俩背下来，明天到你那报到，省得你再费事了。"梁阪律说这话时脸上一阵阵发红，幸好喝了酒，脸色早就红了个透。

赵大海嘿嘿一笑,把酒杯中的酒一口喝了下去,吧唧吧唧嘴,说道:"没……呃……问题,我现在就告诉你,也不是什么大秘密……呃……嗯……助燃剂是由……"

梁阪律几乎是竖着耳朵在听,浓浓的酒意却涌到了赵大海的脑部,令他眼皮睁不开,一头拱在桌子上,竟然昏睡了过去!

"大海兄弟,大海兄弟!"梁阪律喊了他几声,得到的却只有鼾声,看了看赵大海的腰间,一大串钥匙用一根牛皮绳穿在腰带上,他犹豫了一番,最终还是没能下手。

他招呼了老板付了酒菜钱,便架起眼皮都睁不开的赵大海回到住所,安顿好赵大海后,他才发现原本拴在赵大海腰间的钥匙早就不知去向,知道这定是袁客师干的,不禁叹了一口气:"这小子,除了武功不行,旁门左道倒是样样精通!什么时候下的手连我都不知道。"

地下城全天都是有光亮的,看了看城墙上的光线时钟,时间指向子时,街道上早已空无一人,偶尔会有一队巡逻人员路过,他们见到梁阪律后,打了招呼后才继续巡逻。

仓库中存放的是火油、黑火药助燃剂等物,危险性很大,因此位置很偏僻,仓库周边还有很宽的河水环绕,如同一座湖心岛,一座能通过两辆马车的石拱桥横跨河水,直通仓库大门。

仓库由一个很大的院子和库房组成,院子面积很大,中央有一个巨大的水潭,水潭中立着一座假山,许多金黄色的鱼在水潭中游来游去。院子的角落堆着一大堆沙子,如同一座小山一般,和水潭一样,都是用来灭火的。

库房主体是由大青石砌成的,从外面看如同一座巨大的城堡。此时的建筑大部分以木制为主,用青石造房子,也是出于防火的考虑。院子大门旁有一个小门房,门房常年有两名守卫驻守,由梁阪律手下的队员们轮值,主要是负责仓库安全的。

梁阪律过了桥,径直来到门房前,见窗户紧闭,便轻轻咳嗽一声,见依然没有动静,这才把窗户打开一条缝。门房里很安静,一名守卫躺在椅子上,另一人趴在桌子上,两人像是睡着了。他又敲了敲窗框,见两人依然没醒来，但呼吸匀称，便知道是被袁客师点了穴位，他轻轻地把窗户关上，又看了看城墙上的光线时钟。现在是子时四刻，再有半个时辰，就会有一队巡逻人员经过。

他轻轻一纵身，便进了院子，观察一阵后，才向库房的大门走去。库房的大门紧闭着，他尝试着推了推大门，原本应该锁紧的大门应声而开。

"这家伙！"他摇了摇头，闪身进入仓库中，随后又关上了大门。

仓库很大，除了大门之外，在墙壁上还有很多窗户，窗户用的不是木框加窗棂纸，而是一整块透明的水晶镶嵌在青色石头墙中，光线透过水晶布满了整间仓库，这样做的目的就是为了避免使用火源来照明，以免引起火灾或者爆炸。

仓库分为三个区域，每个区域相互独立，一块区域放置黑火药，一块区域放置火油，还有一块最大的区域用来配置助燃剂和储存助燃剂，每块区域之间用的是双层青石墙，门是用铁制成的，非常厚重，目的也是为了防止火灾的扩散。

进入助燃剂仓库绝不可以带入火源，连梁阪律进入仓库例行巡查，守卫都要对他进行搜查。正是因为严格遵守制度，这几年来仓库从未发生过任何事故。

看到袁客师的身影后，他轻咳了一声，袁客师下意识地闪身躲进暗处，施展出隐身的功夫，若不是梁阪律提前知道他的存在，怕是看不出来。

看到是梁阪律后，袁客师松了一口气，从暗处走出来，抹了抹额头上的汗水："梁大哥，可吓坏我了，我还以为是哈赤儿的人呢。"

梁阪律轻功非常高明，以至于进入仓库后没发出一点儿动静，连一向机警的袁客师都没发现。

"你的动作倒是快！"梁阪律没好气地看了袁客师一眼。身为侠客，对小偷小摸的事儿非常抵触，更何况袁客师还是大名鼎鼎的大理寺金牌神捕，在他眼中，神捕更应该是正气凛然的形象。

实际上，因为捕快只是普通的百姓，大多数都没有高明的武功傍身，为了抓捕或者其他目的，就要采用一些非常规手段，这些手段在梁阪律等侠客看来，那就成了下三烂的手段。

"配方拿到了吗？"

梁阪律摊了摊手："这个赵大海，我说他是练武奇才，他就激动得不得了，结果喝多了，估计得明天才能拿到手。"

袁客师脸上露出失望的神色，点了点头，随后指向地面上放着的很多桶："梁大哥，之前你不是说过，每天配置的量大约是四十桶嘛，你看看，这些可不止四十桶了吧！"

仓库虽说是梁阪律每天必须巡查的对象，却从未数过每天配置了多少桶助燃剂。他定睛一看，地面上放置的桶还真不少，他迅速地数了数，有一百多桶，旁边还有几十个空置的桶，应该是他来找赵大海，赵大海请他喝酒，没来得及完成的那部分。

为了防止木桶进入岩浆河后立刻燃烧，便在木桶外涂了一层厚厚的泥巴。他用手摸了摸，木桶外的泥巴还是湿的，显然这些都是今天新做出来的。他又用手推了推其中几个木桶，桶很重，里面应该装满了助燃剂。

"这不可能啊！"梁阪律有些疑惑，却想起了赵大海刚才说的话。

"有了这些，咱们就不需要配方了。"袁客师见助燃剂来得容易，便兴奋起来。

梁阪律没接着袁客师的话说下去，反而皱着眉头苦苦思索着，心中暗道：这事儿有些不对劲儿。

想到这里，他挥了挥手："先别管这些了，咱们需要马上和狄大人汇合，商量下一步的行动计划。"

袁客师看着助燃剂的桶有些犹豫。

"现在还不能拿走助燃剂，如果今晚咱们不行动，明天一早赵大海和其他人来仓库时，就会发现少了助燃剂，一旦让城主知道，那就不妙了。"梁阪律向袁客师解释着。

袁客师聪慧，立刻明白了梁阪律的意思，心中立刻生出了惭愧之意，内心暗道：老江湖还是老江湖，果然想得周全。

……

当袁客师和梁阪律来到狄仁杰在地下二层的住所时，狄仁杰正站在桌案旁，在一张纸上画着画，见二人进入房间，便放下笔，向他们招了招手：

"你们来得正好，我已经找到了让居民们撤离的计划。"

袁客师脸上尽是兴奋之色，说道："大人，我和梁大哥也带来了好消息，一个是关于哈赤儿和十二护卫的，另外一个是关于助燃剂的。"

狄仁杰赞许地点了点头，感激地看向二人。

他一生中破获过无数案件，最初，他以为凭借着丰富的知识、强悍的逻辑推理，加上一颗胸怀天下的心，就足以克服一切困难险阻，让罪恶之人得到惩罚。随着年龄的增长，随着对手越来越强大，甚至罪犯不再是一个人，而是一个组织，他终于明白了一个道理，他之所以被人称之为神探，是因为在他的背后有一群默默支持他的人，李元芳、汪远洋、雷善明、齐灵芷、袁客师、贾威猛、钟嘉盛、徐莫愁，还有朝中一直在维护他的历任宰相娄师德、阎立本、张柬之等人，否则，就算他有天大的本领，也无法与数不胜数的邪佞之人对抗。

"好，你先说说！"狄仁杰给二人倒了茶水。

袁客师也没客气，接过后一饮而尽，随即将在秘密空间中的所见所闻以及得来全不费功夫的助燃剂一事简单明了地讲述出来。

狄仁杰又转向梁阪律，问道："梁兄弟，这么晚了还在炼制银子，是否是城主下令全力赶工？"

梁阪律点了点头："正是，原本是每天有固定的任务，完成后就可以休息，今天早晨，城主突然下令，全天全时炼制银锭，人可以轮流休息，但炼银炉不能停，工钱加五倍。"

狄仁杰听后，并未说话，反而看向刚刚写出来的计划，他猛地抓起那张画满图形和文字的纸张，揉成一团，扔进火盆里："已经没有时间了，咱们的计划得提前进行。"

"不会是今晚吧？"袁客师开玩笑似的问着。

"对，就是今晚。"

袁客师对狄仁杰的判断一向深信不疑，他立刻从怀中掏出一个竹筒，打开塞子后，将塞子上附着的一个小纸包弄破，药粉随即洒进竹筒内，转瞬之间，一只青色的蜂鸟从竹筒飞出，随即便从窗户飞了出去，飞行的速度堪比羽箭。

这是白鸽门用于紧急联系的手段，蜂鸟的寿命很短，给它服用一种药物，令它处于休眠状态，需要时再用解药令其醒转过来，蜂鸟的记忆力很强，方向感和飞行速度极佳，靠饮用露水便可以存活，因体型较小，又不会像信鸽般会受到猛禽的袭杀，因此它很快就会飞回到初始地，完成报信儿的任务。

　　"青玄师太特意嘱咐我，哈赤儿的护卫们武功和心智极高，一旦到了行动的关键时刻，可以用蜂鸟向她求助。"袁客师解释道。

　　狄仁杰点了点头："也该到收网的时候了。"

第三十章　更大的阴谋

梁阪律为人正直而稳重，见狄仁杰如此着急行动，便立刻提出反对意见，他有他的理由，现在的准备并不充分，面对一个偌大的地下城和三名顶级高手，他们并无胜算。

狄仁杰也有自己的理由。

首先是袁客师的探查结果，通过打手张三李四的叙述，得到所有银子在三天之内就要运离地下城的信息。再者，哈赤儿是虎师的大将军，他不但负责假银锭配方的购买、护送，而且和十二护卫一直守护在地下城中，这说明这些银子极为重要，现在他却突然带着九大护卫离去，虎师主帅的归位就意味着战争即将开始。

其次是全时炼制假银锭这件事，也说明到了冲刺的关键时刻，人的精力和身体都非常有限，全力以赴加班加点的效果往往非常短暂。但城主已经顾不上工匠们的身体条件和后果，只是单纯地用命令和利益来驱使众人全时工作。

最后一点是仓库中的上百桶助燃剂，根据狄仁杰的粗略计算，只要五十桶就能融化岩浆湖的薄弱处，造成岩浆大喷发，毁灭整个地下城，现在仓库中储存了上百桶，打破了只配置一天用量的规矩。要不是梁阪律突然约了赵大海，恐怕他配置的助燃剂还会更多。

以上几点都说明这批银锭子炼制完成后，地下城就完成了使命，城主是要利用这些助燃剂将地下城毁灭，为了防止消息外泄，工匠和居民很可能会被灭口，与地下城一起毁灭。

狄仁杰边阐述自己的观点，边在一张纸上画出了冷泉地区的地图。

"这两处分别是吐蕃大军和西突厥军队的驻扎地，在冷泉以西地区。幽魂凶的位置在冷泉以东，如果大周军队前往冷泉应战，必然要经过幽魂凶以南的那条官道，官道中有一段长达二十多里地的峡谷。幽魂凶是三面环山的结构，一旦岩浆喷发，大量的岩浆顺着南面的出口，冲破死亡线，顺着山谷直流而下……"狄仁杰用毛笔在官道上画了一个"叉"。

众人看得清清楚楚，幽魂凶的出口正好就是长峡谷的高地势的一端，一旦岩浆流入峡谷，会将行军的大周军队悉数烧死。

岩浆在自然状态下流动较慢，随着时间推移，失去温度的岩浆会变成岩石，原本对军队造不成太大的影响，但加上助燃剂后，岩浆变得像水一样稀，流动性很好，温度更高，不易凝结，狄仁杰所说的计谋便有了可能。

"这不太可能吧？"梁阪律对狄仁杰的分析依然怀着质疑的态度。

袁客师脸色凝重地思索了一阵，才说道："大人，您分析得很有道理，在战争爆发之前，大周军队就会赶往地势高的冷泉附近，也就意味着这一两天之内，军队就会经过那条峡谷官道！"

狄仁杰点点头："咱们在地下城中，消息闭塞，无法准确得知大周军队的行程，敌人却知道，幕后真凶一定掐算好了时间，只要军队一过，立刻启动毁灭计划，就算有部分军队侥幸逃生，也绝逃不过两国联军的剿杀。所以我们必须要赶在大周军队到达之前行动，毁灭地下城！"

"幕后真凶不是城主？"黎悦榕问道。

"幕后真凶绝不是城主，这点在之前我就说过了。天下之大，能人无数，但从地下城的建造规模和先进程度来看，也只有十二地支成员硕鼠舒生财才能做到。"狄仁杰说道。

地支组织一直是江湖上最神秘的组织，成员有十二名，按照生肖顺序排列，每名成员在各自的领域中都属于顶级高手。舒生财出身鲁班门，得益于鲁班书的加持，精通机关术、建造术、商业等，成为地支组织的主要经济来源，为成员们的活动提供巨额经费。

建造地下城不但要有极为精妙的设计，更重要的是需要大量金钱的支撑，以及建成后商业模式的运用，除了舒生财之外，再无人具备此条件。早年，在"鬼遮眼"一案中，狄仁杰已经与舒生财较量过一次，但他狡猾异常，甚至都没人见过他的真容，更别提将他绳之以法了。

"传说硕鼠行踪诡秘，又擅长伪装，没人见过他的真面目。"梁阪律是江湖中人，也知道地支组织的传奇故事。

"要是舒生财的话，这件事就更为棘手了，那家伙擅长算计，灭掉大周军队和利用假银锭破坏大周经济这种超级阴谋非常符合他的胃口。"袁客师担心道。

狄仁杰皱着眉头苦苦思索了一阵，才向袁客师问道："客师，你还记得你在探查内城时，遇到的那个熟悉但又想不起来的人吗？"

袁客师立刻点头："直到现在，我还是感觉那人非常熟悉，但就是想不起来。"

狄仁杰略加沉思，自言自语着："可能是他！"

"是谁？"黎映雪有些按捺不住。

狄仁杰摆了摆手，说道："也许是我多虑了，当务之急是那三名高手和地下城居民的安全撤离。梁兄弟，你可有好的意见？"

梁阪律表情凝重地说道："三名高手我一个人对付不来，光是神箭手伯格努尔，我应付起来都颇为吃力。"

梁阪律最拿手的就是飞刀绝技，一次两柄飞刀齐出，几乎是例无虚发，但飞刀靠的是手腕和内力发射，射击的距离无法和弓弩相比，一旦和神箭手拉开了距离，很难有翻身的机会，要想战胜神箭手，必须要和他保持足够近的距离。

这是狄仁杰等人第一次知晓神箭手的名字，伯格努尔杀死了鹰眼老九，这个仇于公于私都要报。

"西域行商就交给我了，大川驿的账，这次和他算清楚。"袁客师咬着牙说道。

自打袁客师和父亲袁天罡学习奇门异术以来，从未尝试过败绩，想不到的是，大川驿一役中，他的阵法被对方利用，反客为主，将他困在其中，这对一名以奇门异术为终生梦想的人来说就是奇耻大辱。

"那名阴鸷男子谁来对付？"黎映雪看向黎悦榕。

黎悦榕瞪大了眼睛说道："你看我干吗，我会不会武功你还不知道吗？"

黎映雪抿着嘴笑了笑，但见众人都是一脸严肃，只好把头撇了过去。

"阴鸷男子的名字叫虺明福，原是越王李贞旗下第一猛将，武功极高，要是狄大人的两位卫队长有一人在，也可与他抗衡。懂得奇门异术的人叫扎西贡布，把中原的奇门异术和番僧的法门融合在一起，打败了吐蕃所有的番僧，成为吐蕃国师。神箭手伯格努尔是西突厥人，默啜帐下的第一神箭手，打仗时，屡屡狙杀对方主将。"梁阪律介绍道。

"虺明福是吧，这个仇是一定要报的，梁大哥，这个人也交给我吧。"袁客师一想起虺明福险些打死齐灵芷，心中便怒火中烧。

"嗯……"梁阪律欲言又止。

狄仁杰明白他心中所想，定是关于地下城居民撤离的事儿，要是这件事儿得不到解决，梁阪律便不会支持他们的计划。

原本狄仁杰设计的撤离计划是堵住排气孔，让大量的毒烟充斥整个空间，但是通天柱出口都在幽魂凼中，如何进入幽魂凼便成了最大的难题。结合袁客师在储存银锭宫殿的经历，进入幽魂凼便有了可能。

"宫殿中那排控制木柄中的第一个！"狄仁杰头脑中灵光闪现，眼前一亮，兴奋地说道。

"您指的是什么？"袁客师问道。

"我和霍老三的一个朋友聊天时，得知客栈朱掌柜进入幽魂凼的事儿可能是真的，另外，他说有一次通天柱堵住了，城主让他们到幽魂凼去清理，在进入幽魂凼之前，他听到了很奇怪的声音，和客师在宫殿中扳动第一个木柄机关时的声音相似。"狄仁杰说道。

袁客师眼睛一亮："也正是这名工匠的故事，给了您撤离计划的灵感吧！"

狄仁杰点点头。

梁阪律微微摇摇头："可这些都是你的推断，万一不成功，进入幽魂凼的人就会被天雷劈死，整个计划也会全部泡汤。"

"做事三思而后行，但三思也不代表着有百分之百的把握，任何事情都有风险和意外。主计划不变，若哪个环节出了意外，再想办法解决！"狄仁杰说道。

梁阪律似乎被狄仁杰的说辞说服，点了点头："我熟悉地下城，幽魂凼我去吧。"

狄仁杰表情凝重："梁兄弟，你还有更重要的任务。客师熟悉内城，去扳动机关，我去幽魂凼。"

黎映雪立刻接道："我跟您去！"

黎悦榕怼了黎映雪一下，意思是这么冒险的事儿怎么能随便决定。但黎映雪却俏皮地把脸撇向一边，坚决不和黎悦榕对视。

"一旦通天柱堵上后，烟雾很快就会充斥整个空间。等居民疏散完毕，悦榕，你和阴阳护法将助燃剂推进岩浆湖中，然后随居民一起撤离。"狄仁杰说道。

"助燃剂仓库那俩护卫被我点了穴道，十二个时辰内绝不会醒过来，只要规避巡视的守卫即可。"袁客师说道。

黎悦榕点了点头："没问题！"

"那三名高手怎么办？"梁阪律问道。

"这就是我要拜托梁兄弟的事儿。"狄仁杰说道。

梁阪律没说话，但脸上露出为难之色。他是侠客，行走江湖时一向都是按照江湖规矩来解决问题。但镇守地下城的三名高手不太可能按照江湖规矩来，论武功和奇门异术，梁阪律和袁客师两人根本无法对付三人。

更何况梁阪律清楚自己和觍明福之间的差距，觍明福的武功皆来自于战场上的一次次厮杀，是刀头舔血得来的功夫，一招一式都是杀招，和李元芳的武功套路大抵相当。而梁阪律则是江湖功夫，防身还可，但论起杀伤力，自然比不了觍明福。

"狄大人，练武人都有好胜之心，觍明福来到地下城后，数次向我挑战比试武功，哪怕我有一点儿胜算，都不会找各种理由拒绝他！"梁阪律苦笑着说道。

袁客师亲眼见过觍明福的功夫，知道梁阪律所说属实，而他对扎西贡布的感觉何尝不是如此。

不过，凡事都能解决，三人再厉害，也不是铁板一块，只要找到破绽和方法，照样可以解决他们。

从三名高手的站位来看，擅长奇门异术的扎西贡布站在中间位置，他又身为吐蕃国师，智慧和策划能力高于另外两人，因此可以判断扎西贡布在三人中的地位最高。他们现在担负着转运假银锭的任务，就算地下城有了些意外，也不会倾巢出动，扎西贡布大概率会留在秘密空间中坐镇。

想到这里，袁客师眼珠一转，说道："我倒是有个办法，不过，还需要梁大哥配合，可能会有违您的侠义精神。"

梁阪律挥了挥手，看向狄仁杰："我有幸遇到狄大人，让我知道了什么是真正的侠义，我之前所宣扬的也只是狭隘的侠义，而真正的侠义要胸怀天下。小袁神捕，有什么事你尽管吩咐，我相信你们。"

狄仁杰听后向梁阪律拱手拜了拜。

袁客师脸上露出自信的笑意："都还记得田忌赛马的故事吧，计划是这样的……"

……

梁阪律虽说承担地下城的治安和管理，却始终未触及到地下城的核心管理层。哈赤儿和十二护卫的地位甚至高于城主，因此对他从来不会正面看上一眼。

你看不惯我，我也看不惯你！

梁阪律心高气傲，也看不上哈赤儿和十二护卫的行为，加上十二护卫除了定期在地下城巡视外，并不参与城市的管理，因此和梁阪律等人交集不多。

有了人就有了江湖，不知从何时开始，江湖上无论哪个行业，都要分出个高低上下来。高手会格外受到人们的尊重，而"低手们"在江湖上地位很低，挑战高手并将他们打败，是他们行走江湖唯一的出路。

阴鸷男子瓯明福算是半个江湖人，逃不出江湖铁律的束缚，听说梁阪律的武功高强后，便数次向他挑衅，想和他较量一番，看看究竟谁才是真正的高手。

梁阪律早已看破江湖上的这些虚名，怎肯应了对方的局，面对挑衅，他便以各种理由搪塞过去。

想不到的是，今天不知是那股风吹歪了，梁阪律居然找人送来了一份挑战书，约定的地点是地下城中心的广场，半个时辰后不见不散，并在挑战书尾部一再强调，如果自觉武功差，也可以不用前来。

拿到挑战书的虺明福本不想在这个关键时候节外生枝，但他知道，他们即将撤离地下城，这也是他和梁阪律一决高下的最后机会，更何况，挑战书尾部的话更是刺激到了他身为男人的尊严。

他看了看忙碌着的神箭手伯格努尔和异术师扎西贡布，将挑战书揣进怀里，心中暗道：这件事要是让他们知道了，定会阻止这场比试。

"我出去巡视一圈，马上回来。"虺明福冲着两人喊了一嗓子。

扎西贡布是领头人，听到他的话后立刻说道："让伯格努尔陪你去吧，我一个人在这儿看着就好。"

虺明福摆了摆手："这里的事儿重要，我只是例行巡视罢了，很快就回来。"

不等两人反应过来，他身形一晃便消失在他们视线中。扎西贡布看出了虺明福的不对劲儿，冲着神箭手伯格努尔使了个眼色。

第三十一章　田忌之法

田忌赛马的故事人人皆知，袁客师此次利用的就是错位打击原理。

等待胍明福的不是梁阪律，而是袁客师和他的阵法。胍明福的武功高强，就连在巅峰状态的齐灵芷都不是其对手，更何况只是江湖一流高手的梁阪律，哪怕是袁客师和梁阪律联手，怕是也捞不着任何好处。

地下城的中心广场上空无一人，红色的光芒通过穹顶散射在广场上，中央的温泉池中不断地涌出热气腾腾的泉水，水汽漫过池子，散落在地面，如同仙境一般。

胍明福站在水池旁，抬头看了看光线时钟，早已过了他们约定的时间，却不见梁阪律的身影，他心中冷笑一声。他是军人出身，极为守时，一向看不起那些自诩为侠客的江湖人物，本以为梁阪律是个例外，今天一看，也不过如此。

正当他准备离开时，袁客师突然出现在广场边缘。只见袁客师身形连闪，最终落定身形后，朝着胍明福不怀好意地笑了笑。

胍明福感觉事情有些不对劲儿，向袁客师的方向迈出一步。

突然，他周围的环境立刻发生了变化，原本宽敞的广场居然变成了一片茂密的森林。

"不可能！"胍明福料定这是幻觉，于是伸手向一棵大树摸了过去，想不到的是，他真的摸到了那棵树，清晰地感觉到了树皮的粗糙，他绕开大树小心翼翼地向前走着……

站在广场外的梁阪律看得清楚，前一秒的胍明福还盯着袁客师，而此刻，他却在空旷的广场上绕起圈来。

梁阪律不知道袁客师是怎么做到的，居然令尪明福有如此诡异的行为。

袁客师一笑："奇门异术并非神乎其神，阵法固然重要，辅助行为也必不可少。"

梁阪律赞叹道："还是挺神奇的！"

袁客师笑着摇了摇头，指了指广场中央的温泉池子："我在池子里放了一种可以令人致幻的药水，药水随着水汽飘散在空中，尪明福等你时，在池子边待了一刻钟时间，嘿嘿……"

梁阪律正要说话，却听见不远处传来脚步声，同时传来神箭手伯格努尔的声音："你们就是靠着这些低劣伎俩闯荡江湖的吗？"

袁客师一下子便听出是伯格努尔的声音，头皮一麻，立刻说道："梁大哥，这儿就交给你了，我去帮狄大人开机关。"

还没等梁阪律反应过来，袁客师一个闪身离开，转瞬间便不见了踪影。

"倒是好轻功！"梁阪律嘀咕了一句，话音未落，一支飞虹箭带着破空声直刺他的眼睛。

梁阪律来不及格挡，只好身体向后弯曲，施展一个铁板桥勉强躲过飞虹箭，随即一闪身躲进旁边一座房子的围墙后。

"日防夜防，家贼难防。城主信任你，委你重任，让你负责整个地下城的安防，想不到，你竟然勾结外人，来地下城搞破坏。"神箭手伯格努尔的声音传来，却未见他露出身形，想必是隐藏在暗处，只等机会射杀梁阪律。

尪明福身陷袁客师的阵法中，时间越久，他所中的毒就越深，同时耗费内力和体力，若是不及时救助，怕是会耗干体力而死。

神箭手伯格努尔救人心切，势必会主动出击。梁阪律打定主意，身体紧贴着墙壁一动不动，等待对方行动时露出破绽，再施出必杀一击。

伯格努尔身为神箭手，又怎能不知道这个道理。

就这样，双方各自隐藏身形，如同潜伏着的猎豹一般，一旦猎物靠近或者出现破绽，就会立刻扑上来。

……

飞梯虽好，却需要人力来上下，狄仁杰和黎映雪现在的身份是霍老三和儿媳妇，没有地下城的帮手可用，无法使用飞梯进入幽魂凶，唯一能到幽魂凶的便是城主禁止使用的甬道。

两人带着相应的工具，按照黎悦榕所画的地图来到地下城四边的大墙前。

从地下城看这堵墙和穹顶还没什么感觉，一旦到了近前，这才发现穹顶和围墙极其高大，对比墙体来说，两人如同蚂蚁一般。光线时钟刻度也显得巨大无比，一个刻度的宽度甚至要超过一辆马车的宽度。

甬道的大门就隐藏在大墙中，墙体上有一个银质的罗盘，是开关大门的机关，黎悦榕却不知道开关这扇门上罗盘的方法，只写了其他几处甬道大门罗盘的开启方法，让他们逐一试验。

两人都不似袁客师一般精通奇门八卦，只好一一去尝试，经过数次尝试后，大门还是没有半点儿动静。正当两人气馁时，一声叹息从远处传来。

"姐！"

黎悦榕看着一脸委屈的黎映雪不由得叹了一口气："都说让你多学点手艺，技多不压身，你就是不听。女人要是指望着男人生活，失望就会多于希望！"

不等两人说话，黎悦榕上前，在罗盘上不断地拨弄着。黎映雪正要辩解，却见狄仁杰冲着她做了一个嘘声的手势，同时指了指黎悦榕。

黎悦榕没有开启罗盘锁的方法，只好用最原始的办法——听力和手感，罗盘锁也是锁，原理和普通锁一样，只要听力足够好，就可以分辨出锁牙咬合的程度，再利用超级敏感的手感，进而打开锁头，只是罗盘锁相对复杂，比开一般的锁难度大很多。

随着时间的流逝，汗水从黎悦榕的额头流了下来，她却不敢有任何额外的动作，小心翼翼地转动着罗盘，突然，罗盘发出清脆的"咔"的一声，她才松了一口气，按压下巨大的门把手，向外一拉，大门应声而开。

迎面扑来的是一股浓浓的发霉味道，想必是甬道与幽魂凶相通，潮气不断地涌入，导致其中发霉。大门刚一打开，地下城中的空气便一股脑涌进甬道内，身体较轻的黎映雪险些站立不住，被吸入甬道中。

黎映雪正要借势进入，却见狄仁杰拉住她："等一会儿再进去。"

"咋啦？"

"甬道常年不通风，属于密闭空间，里面会长满苔藓和一些不知名的植物，这些植物会把甬道中的空气消耗光，还有可能释放一些对人有毒的气体，人一旦进入，很快就会晕倒，进而死亡。"狄仁杰说道。

黎映雪不敢相信地望向狄仁杰："您是大周的官儿，怎么会知道这些奇奇怪怪的事儿？"

"其实都是……"狄仁杰说到这里，突然停顿住，头脑飞快地运转着。

他之所以能知道这些，都源于盗神钟嘉盛。早年的钟嘉盛，几乎盗遍了各个时代王侯的墓，甚至连秦始皇的墓都进入过，早年狄仁杰破获的"不死人"一案中，那颗长生不老丹正是出自钟嘉盛之手，也正是这颗丹药，让齐灵芷的父亲齐东郡返老还童，成了不死人。

皇帝、王侯的墓室往往会充满机关和防盗措施，加上常年埋于地下，密不透风，其中的空气消耗殆尽，甚至还会放入水银或者一些致命的蛊毒，令其中的空气充满毒气，一旦有盗墓贼贸然闯入，定是有进无出。

机关也好，毒气也罢，他都有一套方法可以破解。若不是狄仁杰阻挡，钟嘉盛甚至想写一本书，专门讲述如何盗墓。

钟嘉盛在大川驿一役中死去，否则，他才是建造地下城最合适的人选。想到这里，狄仁杰心中又是一阵痛。

"是什么？"黎映雪的声音把狄仁杰拉回现实。

狄仁杰被打断了思绪，直愣愣地看着黎映雪的脸好一阵，看得她有些发窘。她下意识地撩了撩头发，又顺便摸了摸脸，小声地提醒着："狄大人……"

"死而复生，是死而复生……"狄仁杰突然想明白了什么。

袁客师在内城看到的熟悉的身影，却想不起来究竟是谁，原因在于他无法把那人与已经死去的人联系在一起。

大川驿一役中，齐灵芷、袁客师、黎映雪在他的印象中也死去了，实际上他们并没有死，只是在当时给人的感觉是必死无疑，照此推论，被压在盗洞中的钟嘉盛也有可能没死，因为他是盗神，能在非常狭小的空间中存活下来，更何况，那条通道是钟嘉盛亲自挖出来的，盗神挖出来的通道怎么可能轻易坍塌！

想到这里，狄仁杰走进甬道中，在甬道的墙壁上摸索着，墙壁光滑到极致的感觉是那么的熟悉。

　　黎映雪急忙跟了进去，甬道中虽说还有一股霉味儿，却不影响正常呼吸，见狄仁杰有些失神，便碰了碰他的胳膊："狄大人，可以上去了吗？"

　　狄仁杰缓过神来，侧着耳朵听着，上方却没传来任何响声，遂摇了摇头。

　　"刚才你说的死而复生是什么意思？"黎映雪好奇地问道。

　　狄仁杰叹了一口气，看了看刚刚走进来的黎悦榕，说道："我怀疑钟嘉盛没死，这座地下城也有可能就是他的杰作。"

　　黎映雪惊得张大了嘴巴："这……不太可能吧！再说啦，钟嘉盛不是被皇帝封为将作大监了吗，一直待在洛阳，哪有时间来这里建造地下城？"

　　"如果真是这样，那哈赤儿手上的配方怕就是一个幌子了，真正的目的应该是钟嘉盛本人才是。他利用了这个局，摆脱将作大监的束缚，重新回到江湖中，完成他的计划。"黎悦榕说道。

　　狄仁杰也想到了这点，只是他还是不愿意相信这件事。

　　自打"不死人"一案，他就和钟嘉盛相识，随着时间的推移，钟嘉盛在狄仁杰的帮助下，成功从一名盗墓贼洗白，不但帮助狄仁杰破获了数件大案，还利用自己攒下的银两建立了遍布全国的嘉盛货栈，造福了百姓。再后来应皇帝征召，成为名气响当当的将作大监。要说这样一个人酝酿了一个巨大阴谋，挑起三个国家的战争，他无论如何都不愿意相信。

　　"也许是我多虑了吧。"

　　一阵古怪的声音从甬道上方传来，正如那名工匠所说的，类似于金属摩擦或者是车轮轴摩擦的响声，仔细听听，还夹杂着轻微的噼噼啪啪的声音。

　　"来了。"狄仁杰眼睛一亮。

　　三人侧耳听了好一阵，古怪声音才停下来。

　　狄仁杰正要向甬道上方走去，却见黎悦榕拦在身前。

　　"狄大人，一旦你的推理错误，只要你一出甬道，就会被天雷劈死。"黎悦榕劝着。

　　狄仁杰点了点头："我明白，谢谢你悦榕。不过，有些事情该做还是要做的。"

　　说罢，狄仁杰绕过黎悦榕，毅然沿着甬道的楼梯向上走去。

第三十二章　幽魂凶

幽魂凶神秘莫测，很多人想窥其全貌，却被致命的天雷所阻，人的好奇心再重，也不敢拿性命去博。

狄仁杰看着已经开了锁的大门，手握住了把手，他知道，只要走出这扇大门，就会面临生死的考验。

"狄大人，要不我来吧！"黎映雪上前握住巨大的门把手。

狄仁杰笑着拨开黎映雪的手："哪里的话，我狄仁杰岂是怕死之人。悦榕，有件事我想拜托你。"

黎悦榕点了点头。

"如果我真的……遭遇不幸，还请你和梁兄弟帮袁客师离开地下城。"狄仁杰说道。

自打黎悦榕和梁阪律决定帮助狄仁杰开始，他们就已经站在地下城的对立面了，如果狄仁杰的行动失败，他们也不会有好下场，哪还能顾得了袁客师，不过既然狄仁杰提出来了，也没必要说破，遂说道："放心吧，我定会全力以赴。"

狄仁杰听后松了一口气，深吸一口气，压下门把手，用力一推。可能是时间久了，门轴有些发涩，发出一阵咯咯吱吱的声音后，大门完全被打开。

一股泥土混合着雨水的味道迎面扑来，其中还夹杂着炼银炉所散发出来的刺鼻味道。门外一片漆黑，狄仁杰从怀里掏出火折子，晃亮后向外面走去。

地面湿软，空气很潮，如同下起毛毛细雨一般，乌云压得很低，云间不时地泛起电光。借着火折子微弱的光芒，可以看到地面上有很多黑色的岩浆岩碎块，碎块都是拳头般大小，均匀地铺在整座山谷中，还有很多动物的骨骸，大到野牛、野鹿，小到狐狸、老鼠等。地面上还有一些凸出来的烟囱，凸出的高度两尺有余，从口径来看，大约和通天柱顶端的口径相当。其中一些烟囱中冒出较浓的烟雾，应该是连接炼银炉的通天柱。

烟雾随着空气上升，最终与乌云汇聚到一起。

果然如狄仁杰分析的那般，幽魂凼的形成与炼制假银锭有关，正是炼银产生的废气和烟雾等放到山谷上空，由于地势特殊，山谷原本就湿润少风，上空有很多水汽，烟雾与水汽结合，便形成了可以打雷闪电的乌云。

岩浆石碎块中含有大量的铁、铜、白锡和银等金属，增加了地面的导电性，加上地下岩浆河所形成的磁场吸引，这才把闪电控制在幽魂凼的范围之内。

环顾四周，在山谷尽头处，隐约可以看到有一连串微弱的电火花从云层直通地面，电火花呈现出一条直线的状态，与普通闪电大有不同，甚是奇怪。想必正是这串电火花的存在，才把云层中的闪电都引了过去。

客栈掌柜朱有福也是在这种状态下，无意中闯入了幽魂凼，甚至还拿了一块岩浆石作为纪念。但这种机会少之又少，人们哪肯相信他的话，只当作吹牛的话题罢了。

狄仁杰长出了一口气，又向外面迈出两步，蹲下身来，用手在岩浆岩碎块上摸了摸，除了手有些麻之外，并无任何异常，这才放下心来，朝着黎映雪两人招了招手。

黎悦榕已经在地下城生活了数年，却是第一次来到正上方的地表——幽魂凼。她们也看到了尽头的那一串长长的电火花，黎映雪兴奋地拉着姐姐的胳膊，不停地嘀咕着："姐，你快看，快看呀！"

黎悦榕的注意力却不在那串电火花上，目光一直盯着凸出地面的通天柱顶端，从边缘向下看去，通天柱如同一口幽邃的深井。

她一直在思考着如何将比磨盘还大的通天柱掩盖上，他们要争分夺秒地完成任务，否则，一旦被人发现，打开控制天雷的机关，他们怕是就要和这些动物骨骸一样的下场了。

"狄大人，有什么计划？"黎悦榕把准备好的工具放在地上。工具中有斧子、木锯和铁锹、铁镐等，但通天柱的口径很大，都是由青条石加上特殊的黏土砌成，根本无法破坏。

"在周边弄些较大的树枝，再用大一些的动物骨骸做架子，最后弄一些草和树叶盖上。"狄仁杰说道。

黎悦榕叹了一口气，说道："一百零八座炼银炉，怕是够咱们弄上好一阵了，中间万一出了变故……"

"条件有限，走一步是一步。不过也不用把全部的通天柱堵上，只挑靠近山体的那些堵。现在所有的炼银炉全力开工，产生的烟雾很大，只要堵住一部分，就会令整个地下城空间充满烟雾。"狄仁杰拿起一把斧子，向山谷边缘走了过去。

黎悦榕摇了摇头："无论如何，凭咱们三人的力量，是无法完成的。"

狄仁杰并未出言反对，当他看到巨大的通天柱出风口时，他就知道堵住这些出风口绝不是三个人可以完成的，就算给他三十人、三百人，也很难在短时间内完成。

……

论近战武功，梁阪律在江湖上勉强算是一流高手，有了他的独门绝技飞刀加持，便可与真正的一流高手一较高低。

伯格努尔从小就是在西突厥军队长大的，骑射功夫一流，是真正经过战场历练的，实战经验非常丰富，这也是他能够射杀同样为军人出身的鹰眼老九的原因。他知道梁阪律的飞刀需要近距离才能发挥最大威力，因此他便一直与梁阪律保持着一定的距离，这样一来，梁阪律便没了击杀他的机会。

梁阪律尝试着接近伯格努尔，但对方并不给他机会，他手中的两把飞刀一直握在手里，等待机会的到来。可他心里清楚，对方是绝顶高手，若无意外，是绝不可能给他这个机会的。

就在梁阪律有些急躁时，机会终于出现了。

负责夜间巡逻的打手听到飞虻箭的响声后，便赶了过来，当他们看到躲在墙角的梁阪律时，梁阪律急忙冲着众人做了一个噤声的手势，并示意他们躲藏起来。

这些打手本是梁阪律的手下，梁阪律为人正直，做事公正，常常指点下属们的武功，在他们遇到困难时，也会出手相助，在下属们心中颇有地位，如今见他被人逼在墙角不敢动弹，众人哪肯躲起来。

小队长跑到梁阪律身边，小声问道："头儿，怎么了？"

其余众人正要过来，却见一支飞虹箭破空而来，径直射穿了其中一人的颈部，那人竟然来不及叫喊便倒地而亡。

众人七手八脚地把尸体拽到墙角处，小队长顾不上梁阪律，急忙蹲在尸体前喊着："兄弟，坚持住，兄弟！"

当他看到尸体脖颈上的飞虹箭时，他一下子便想到了哈赤儿的十二护卫之一神箭手伯格努尔。伯格努尔心性高傲，平时很少与这些巡逻的打手们接触，对待他们的态度更是冷淡。

"哈赤儿的人又怎样，可以随便射杀我们吗？"小队长眼中冒出凶光。

看家护院只是他们的工作，虽说地位低下，却也是人，有着人最原始最基本的自尊心，他们往往比地位高的人更注重感情，眼见一起工作数年的兄弟被人杀死，心中的愤怒便爆发出来。

"你们快点儿离开，这事儿是我自己的事儿，和你们无关。"梁阪律语气十分严厉，因为他不希望这场打斗会损伤兄弟们的生命。

小队长抓住梁阪律的手："大哥，我们不知道你为什么和伯格努尔打起来，不过我们信你，就算他没杀咱的兄弟，兄弟们也不会见你落难而不救。"

众人都跟着附和着。

梁阪律眼中突现潮气，他忙把头撇向一旁，缓了一阵后，才慢慢扭过头，说道："好，那你们听大哥的，就待在这里不要动。"

梁阪律把被射杀的那人身上的袍子脱下来，猛地一抖手，把袍子扔了出去。袍子还未落地，就见一支羽箭射了过来，连同袍子一起钉在地上。梁阪律则趁着这个机会一闪身，躲到对面的墙后面。

小队长思索一番，冲着众打手招了招手，他耳语一番后，挥了挥手，众人猫着腰分散开。

"你们干什么？"梁阪律焦急地喊着。

"分散他的注意力，大哥，别让兄弟们失望。"

随着飞虻箭的破空声、一声声惨叫和受伤后的呻吟声不断传来，梁阪律已经红了眼睛，眼见众人为了他受了伤、丢了性命，他不再犹豫，身形连闪，向伯格努尔的方向飞速奔去。

这是伯格努尔第一次在这么近的距离与敌人对视，他感到了对方的怒意和杀气，内心中竟然生出恐惧，不由自主地向后退了一步，也正是这一步，决定了两人的生与死。

梁阪律射出手中的两柄飞刀，飞刀一前一后，一明一暗，前刀寒光闪闪，刀身沉重、飞势猛烈，后刀呈乌黑色，刀身薄而轻盈，其中夹杂着阴柔内力，这是他的拿手绝活——阴阳飞刀，万分的怒意令他无所畏惧，一出手便是绝招，甚至不考虑自身的安危。

伯格努尔虽说产生了畏惧之意，手上的功夫却没得说，下意识地射出两箭，一支飞虻箭直奔梁阪律的第一把飞刀，另外一支射向梁阪律的前胸，但他却疏忽了那柄藏在黑暗和第一把刀锋芒中的第二把飞刀。

第一支飞虻箭和飞刀撞在一起，落在地上。当梁阪律手持飞刀格挡开飞虻箭时，第二柄飞刀刺入了伯格努尔的腹部，鲜血从伤口处流出来，一股股剧痛不停地冲击着他。

"不可能，这不可能！"伯格努尔已经很久都没受过伤了，哪怕和大周第一神箭手鹰眼老九搏杀，也未能伤到他一根毫毛。

高手之间的较量皆在须臾之间，伯格努尔身受重伤，等待他的只能是死亡，可他不甘心，他怒吼着把飞刀拔了出来，握紧刀柄猛地冲向梁阪律。

梁阪律察觉到伯格努尔欲同归于尽的念头，飞身后退的同时再次射出两把飞刀，这两把飞刀不再是一阴一阳，而是刀身很重的阳飞刀，目的是利用飞刀的冲势阻挡伯格努尔，但是他低估了一个抱着必死决心的人的能量。

两柄飞刀正刺中伯格努尔的胸部，但伯格努尔借着速度也来到了梁阪律的身旁，他举起黑色飞刀狠狠地刺向梁阪律的脖子。梁阪律的武功虽不差，也被这突然一击打得措手不及，甚至很有可能会死在对方之前。

就在这关键时刻，一条鹅黄色的身影闪电般飞奔过来，寒光一闪，伯格努尔的手臂便和身体分了家，梁阪律借此机会一脚踹开对方，随即闪身一旁，以防止对方临死前再次发难。

第三十三章　投诚

初生牛犊不怕虎。

齐灵芷在学成出山后，以一手回风雪舞剑法打遍江湖无敌手，此时的她更像是师父青玄师太年轻时的风格，爱憎分明、出手绝不留情，官府能判的官府判，官府不能判的她来判，在江湖上留下了女罗刹的绰号。但律法就是律法，岂能随意由江湖人物以江湖规矩来操纵。时间久了，各地州府对齐灵芷看成律法的破坏者，相继出手对白鸽门进行打击，这才让她的行为有些收敛。

直到"阴阳变"一案，她弃暗投明加入狄仁杰的队伍中，性情不再嚣张，行事极为低调，在狄仁杰的帮助下，官府这才放弃了对白鸽门的围剿。

此后，一身鹅黄打扮加上一柄锋利无比的青霜宝剑，江湖上无人不知，恶人们无人不惧。

梁阪律是正人君子，他的全部心思都放在黎悦榕身上，在他眼里，黎悦榕的相貌已是惊为天人，但他看着眼前一身鹅黄色衣袍的女人，也不由自主地暗赞着对方的气质和容貌。

"你是大侠梁阪律？"齐灵芷自信地收起长剑，对于倒地的神箭手伯格努尔连看都不看一眼。

身为白鸽门掌门人，熟知江湖上有头有脸的人物，梁阪律曾经是大名鼎鼎的侠客，也在白鸽门的信息收集范围之内。

梁阪律立刻向齐灵芷抱拳施礼："不敢当，之前听狄大人说，您身受重伤……"

齐灵芷打断他的话："梁大哥，事出紧急，来不及闲聊，请问袁客师和狄大人在哪？"

梁阪律瞥了瞥倒在地上的神箭手伯格努尔，见他彻底死透，这才松了一口气，说道："狄大人到幽魂凼中堵出风口，袁客师此刻应该守在内城宫殿中的机关附近。"

"计划是什么？"

梁阪律立刻言简意赅地把狄仁杰的计划讲述出来。

"客师应该没问题，梁大哥，快带我去找狄大人。"

梁阪律有些犹豫，毕竟幽魂凼对他来说就是一个死地，但见齐灵芷如此坚决，只好点了点头。

……

那个年代所拥有的通信手段很少，加上目前的行动属于秘密行动，无法进行实时通信。此时的袁客师躲在宫殿一根巨大的横梁上，守着那一排机关木柄，一旦有人去动它，他都会不顾一切地去阻止，因为木柄代表着狄仁杰等三人的命。

预料到会发生的意外就一定会发生，只是时间问题。

不知是哪股风吹得不好，城主居然背着手走进宫殿中，不时地向忙碌的打手们挥挥手打着招呼。打手们却好像没看到他一样，对他视而不见。

他尴尬地走到通天柱处，透过打开的暗门看向对面的秘密空间。他虽说是城主，却唯独不允许到秘密空间，连多看一眼都可能遭到呵斥。在别人眼里，他是高高在上的城主，可以控制一切，甚至是人的生死，但他心里清楚，他只是一个傀儡，需要他时，就把他捧得高高在上，不需要时，就会像一块破布一般，随意丢弃在垃圾堆中。

哈赤儿和十二护卫从来没正眼看过他，甚至连十二护卫手下的打手也看不起他。他想过争取自己的尊严，但在强权和金钱面前，还是败下阵来。

他依依不舍地看了一眼秘密空间，转过身准备离去，却发现一旁的那排机关有些异样，他疾走几步来到机关前，看到第一个手柄已经扳了下来。

第一个手柄是控制幽魂凼中的天雷的，扳下来之后，幽魂凼就会失去天雷的保护，外面的人就可以越过那条死亡线进入幽魂凼中，一旦秘密泄露，他定会遭到地下城主人的严惩。

他向四周看了看，打手们忙着搬运装银锭的箱子，甚至都没人愿意多看他一眼，他这才松了一口气，正要把木质手柄扳上去，却感到背后一麻，整个人就动弹不了了，同时一个声音传进耳朵里："想要命就别乱动，听懂了就连续眨两下眼睛。"

　　城主眼珠竭尽所能地转动着看向四周，除了忙碌着的打手，并未发现有其他人，只好连续眨了两下眼睛。

　　在第一次见城主时，袁客师装作手脚很笨的样子试探过，发现城主根本不会武功，这才放心地用了不太熟练的隔空点穴手法制住了他，又使用千里传音的功夫与他沟通。

　　袁客师从横梁上飞身下来，用匕首逼住他："别乱说话，否则，我要了你的命。"

　　城主立刻想起袁客师就是霍老三的儿子，当初看他笨手笨脚，想不到却是名绝顶高手，于是幽幽地叹了一口气："想不到，真的想不到。"

　　"我知道你不是真正的城主。"

　　城主听后一惊，脸色变得十分难看，随即又呵呵一笑："此话怎讲？"

　　袁客师把狄仁杰对城主的推断又重复了一遍，又补充了一句："若你是城主，驾驭整座地下城，又怎能不会武功？更何况，刚才我见那些运送银两的打手，对你视而不见，这哪里是一个城主该有的待遇。"

　　城主脸上的笑容逐渐凝固，眉头皱成了一个大疙瘩。

　　袁客师见自己的话已经起了作用，便继续说道："一旦这批银子运出地下城，整个地下城就会被毁灭，居民也会被灭口，这件事恐怕你还不知道吧！"

　　"不可能！"

　　幕后人为了建造地下城，耗费的银两不计其数，又从冷泉地区甚至是更远的区域弄来居民，这座地下城的先进程度已经远远超过地表世界，就算是有阴谋在背后，幕后人又怎么舍得毁灭自己亲手打造的城市？

　　袁客师有些犹豫要不要和城主说助燃剂的事儿，却听城主叹了一口气，好像是想到了什么，说道："也许你说得对。"

　　看城主的模样，并不像一个坏人，袁客师起了拉拢之心，正要说话，就见推车路过的打手张三冲着城主喊道:"哎，你傻愣愣的在这儿干吗？还不去地下城看着，让那些废物们快点炼银子。"

城主不敢反抗，只好低声下气地答应着。

人类之所以沉迷于权力，是因为人存在一种通性，就是利用范围内一切能利用的权力，获取相应的物质需求或是尊严。

吐蕃捕头利用职权之便成为地下城使者是如此，城主为了生存资源和虚荣心甘愿做傀儡是如此，客栈老板朱有福到处去讲自己安全进出幽魂凼是如此，眼前的这名打手张三也是如此，哪怕他在十二护卫面前只是一名最普通的打手，几乎毫无尊严可言，但面对更为低层次的城主，他极尽所能，要在城主身上找回失去的尊严。

城主背对着张三和李四，虽应付着，但脸上的表情由愁容渐渐变得有些愤怒，进而狰狞起来。

袁客师使出隐身之法，利用城主的身体遮挡住自己的身形，让路过的打手们无法看到他，等张三李四过去后，他才小声说道:"地下城虽好，但人没了尊严，和富人家豢养的一条狗有什么区别。"

城主思索片刻后点了点头，问道:"你究竟是谁？"

"我是谁并不重要，重要的是，整座地下城即将被浓烟所笼罩，我请求你帮助居民撤离。"

城主向秘密空间的方向看了看:"不可能……因为……我说了不算。"

"如果那三个说了算的人死了呢？"

城主心头一惊，抬头看向袁客师，眼珠转了又转:"地下城一定会毁灭吗？"

袁客师坚定地点点头。

"好，我答应你。"

袁客师从怀中掏出一个小瓷瓶，从里面倒出一颗药丸，捏开城主的嘴，把药丸塞进他的嘴里，随后说道:"这是五毒断肠丸，七天之内，你要是得不到解药，就会肠穿肚烂而死。"

"你……"

袁客师呵呵一笑:"我不是不信你，而是不相信任何人。记住，当地下城的穹顶出现大量烟雾时，你就开始疏散居民，越快越好。"

城主叹了一口气："我就是这命了，到哪儿都受人摆布……好吧，最后一个手柄连续拉三下，就会发出紧急撤离的信号。之前用过一次，不过却不是我下的命令，是真正的城主，我只是负责操作。"

"嗯……冷泉即将有一场罕世大战，会波及整个冷泉地区，出去后，立刻带人离开这里，解药我会派人送给你。"袁客师说道。

城主点了点头，目光又看向那排机关木柄。

"这些木柄都是做什么用的？"袁客师问道。

城主稍加犹豫，介绍道："第一个是控制天雷用的，因为幽魂凼中时常需要清理杂物，以免通天柱被堵，拉下第一个木柄，幽魂凼尽头的山腰处就会竖起一根很高的金属杆，可以把天雷引走。第二、三、四、五根木柄是控制上方那八个观测镜用的，就是八根弯折的银质管子，可以观测地面上方的情况，四个木柄是用来切换观测的位置的。第六、七、八、九是用来和外界紧急联系用的，外界一旦有情况需要通报给我，就会启动隐藏在各处的机关，机关连动着这些木柄，机关一拉下，木柄就会落下，机关会释放一个铜球，落下来后会产生很大的声响，我听到后会到这里查看，再用观测镜观察相应的位置，看看是谁启动紧急隐藏机关，要想机关好用，就再把木柄推上即可。"

"原来是这样，好复杂。"袁客师立刻想起他那次探查内城时的情景，又问道："那个叫什么镜的能看到幽魂凼吗？"

"当然可以，用哪个观测镜就推一下相应的木柄。"城主指了指其中一个木柄。

袁客师伸手解开了城主的穴道："你去操作一下。"

城主微微点头，慢慢走到木柄前，指了指其中一个，又回头看袁客师："我现在推第二个木柄可以吗？"

袁客师也紧张地盯着他，手上匕首握得紧紧的，生怕他万一有诈，扳动第一个木柄就坏事了，见他还算识相，便点了点头。

城主慢慢推动第二个木柄，就听到观测镜上方发出一阵响声，城主凑到管子前看了一眼，嘴里"咦"了一声。

"有什么情况吗?"

"幽魂凼有三个人,不知道在做什么,看样子……有个人像是……霍老三。"

袁客师走上前,拨开城主,眼睛凑近了观测镜向里面看着。

果然,他看到了狄仁杰三人,但他们却并未用动物骨骸等覆盖通天柱出风口,而是滚动着数个木桶。

袁客师定睛一看,木桶居然是装着助燃剂的桶。

第三十四章　泥石流

一百零八座炼银炉，一百零八座通天柱。

因为经常受到雷电的洗礼，幽魂凼周边的山体已经没有任何可以利用的树木。山坡上光秃秃的，地面上都是树木和植被燃烧后的粉末，早已和泥土融为一体，而地面上的那些动物骸骨看似完整，实则一碰就碎。

整座幽魂凼和附近区域没有任何可以用的材料。

对此，黎悦榕给出了答案。

自打上次附近山坡上的树木落到幽魂凼内，遮挡了通天柱后，城主应该是扩大了雷电袭击的范围，让周边可能影响到排气的区域寸草不生。

正当黎悦榕姐妹发愁时，狄仁杰却笑了。

城主的行为虽然把周边树木全部化为灰烬，但雷电之力和常年的阴雨也将山体的岩石迅速土壤化，山体上的土壤松散，加上其中含有大量的水汽，一旦有巨大外力影响，很可能会造成山体滑坡。

对于山体滑坡的威力，狄仁杰在宁州当刺史时领教过，一座三百多人的村庄，被从山上滑落的泥石流淹没，整个村庄消失不见。

他现在的计划是改造助燃剂桶，让它成为炸药桶，在半山腰的位置引爆，巨大的震动会导致山体滑坡，再引发连锁反应，让周边的山体都发生泥石流。这个计划最大的问题就是如何引爆助燃剂桶，又保证人的安全。

在山坡上放置了两个助燃剂桶，再把一桶助燃剂从山坡上一直洒到山脚下，只要点燃助燃剂，在助燃剂桶爆炸之前回到地下城就算完成任务。当三人布置好了一切，狄仁杰从怀里掏出一个火折子，说道："你们先撤到甬道内，我点燃后随即就到。"

黎悦榕没好气地白了狄仁杰一眼，说道："就你这年纪、这身手，怕是跑不到甬道吧。再说，整个计划你是核心，还是我去吧。"

黎映雪正要说话，却被黎悦榕抓住手，打量她一番后，才说道："小映雪长大了，以后不能总依靠着姐姐。"

黎悦榕的话更像是生离死别时所说的话，黎映雪听后只觉得心里一酸，眼泪险些掉下来。

"什么话，我堂堂大周官员，怎能在这时候让你们替我去做危险的事儿。"狄仁杰说道。

黎悦榕反驳道："当官儿的不都这样吗？"

狄仁杰一脸严肃地说道："当官为民，悦榕，你相信我，大周大部分的官儿都是好官，少数的贪官污吏影响了朝廷的名声，却不能代表全部。"

黎悦榕并未反驳，只好点了点头："也许你有道理，那你小心些。"

黎悦榕拉着黎映雪向甬道走去，黎映雪有些不情愿，但她知道狄仁杰的性格，不可能看着一个女人去冒险。

看着两人走入甬道中后，狄仁杰才点燃了助燃剂。助燃剂立刻燃烧起来，如同一条火蛇一般顺着山坡飞速爬向助燃剂桶。

狄仁杰转身朝着甬道方向跑去，可惜的是，他低估了助燃剂燃烧和山体滑坡的速度，也高估了自己的奔跑能力。

爆炸几乎立刻引发了山体滑坡，大量的泥土顺着山坡冲了下来，犹如万马奔腾，又像猛兽下山。爆炸还引发了另外两面山体的泥石流，大地不停地颤抖着。

眼见着泥石流就要把狄仁杰掩埋，一条鹅黄色的身影从甬道闪出，几乎一个纵身便来到狄仁杰面前，在泥石流即将淹没他时，及时地架着他飞身离开。

来人正是齐灵芷，她将轻功施展到极致，以一个移形换影进入甬道中，黎悦榕姐妹手疾眼快，立刻关上大门。大量的泥土和石块不断地冲击着大门，很多碎石从通气栅栏的缝隙掉落下来，幸好大门比较结实，阻挡了大部分的泥石流，否则，定将众人掩埋在甬道中。

刚刚关上第二道大门，气喘吁吁的梁阪律才赶来，他钦佩地看了一眼齐灵芷，冲着她拱了拱手。在他看来，在大川驿一役中，齐灵芷不敌阴鸷男子虺明福，大约和他的武功相当，想不到的是，他和齐灵芷同时出发来找狄仁杰，齐灵芷把狄仁杰从幽魂凶救出，他才刚刚赶到第一道大门处，由此看来，两人武功上的差距可不是一般的大。

齐灵芷从重伤昏迷，再到武功突破至此另有原因，但此刻却来不及多说。

大地继续震颤着，一些泥土和石块从通天柱落了下来，发出噼里啪啦的声音，过了好一阵，大地的震颤和声音才停下来。

出风口一堵，岩浆湖、岩浆河以及一百零八座炼银炉所产生的烟雾立刻在地下二层蔓延起来，不大一会儿便呛得人说不出话来。工匠们纷纷离开炼银炉，来到飞梯处，欲乘坐飞梯到地下城躲避。但看管飞梯的打手们并不买账，因为他们只听从梁阪律和城主的命令，在未得到命令之前，他们哪敢擅自使用飞梯。

突然，一阵刺耳的号角声传遍整个地下二层。

一名工匠立刻说道："这是城主发出的撤离号角声，快，让我们上去。"

工匠们也不顾打手们的阻拦，一股脑上了飞梯，一些工匠自愿帮助看守升降飞梯，一座座飞梯带着工匠们迅速离开地下二层。

此时，袁客师和城主站在一处高处看着撤离的工匠们。

"谢谢你啦。"袁客师拱了拱手。

城主苦笑一声："都是苦命人，也不知道我这样做是对是错。"

袁客师指了指有些混乱的人群："现在还不是你离开的时候，他们还需要你。"

城主点点头："明白，我这就过去。"

"拜托了。"

袁客师离开地下城进入地下二层中，看向岩浆湖旁的悬崖，因为烟雾较大的缘故，只能隐约看到几个模糊的身影，随即他屏住呼吸施展轻功奔了过去。

阴阳护法已经将大部分的助燃剂桶运送到悬崖边，只等着狄仁杰等人到来。狄仁杰、齐灵芷等人来到悬崖边时，袁客师也及时赶了过来。

"灵芝！"袁客师见到齐灵芝后立刻飞身上前，抓住她的手，表情异常激动，要不是有旁人在场，怕是会把她紧紧地搂在怀里。

"傻小子，我没事。"齐灵芝安慰着袁客师。她心中又何尝不激动，但大敌当前，也顾不得儿女情长了。

"大人，开始吧！"黎映雪说道。

狄仁杰看了看还在撤离的工匠们，说道："再等等。"

"看来咱们的狄大人还是有爱民之心啊，这爱民之心成全了你，也会害了你！"一个阴冷的声音从烟雾中传来。

狄仁杰和齐灵芝、袁客师三人皆是一惊，这声音明明就是钟嘉盛的！袁客师终于想起在内城探查时，那既熟悉又陌生的身影，正是钟嘉盛，只是在他的印象中，钟嘉盛早已死在大川驿，这才把他刨除在外。

随着来人的走近，一个熟悉的身影出现在他们面前——钟嘉盛，他身后还跟着两人，阴鸷男子虺明福和扎西贡布。

原来，神箭手伯格努尔飞虹箭的声音惊动了在秘密空间坐镇的扎西贡布，袁客师布下的阵法能困住虺明福，却难不住扎西贡布。

虺明福获救后，扎西贡布知晓了一切，立刻把情况禀报给真正的城主——钟嘉盛。

钟嘉盛若无其事地向狄仁杰抱了抱拳，脸上更多的是玩味："意不意外？"

狄仁杰却并未惊讶，他早已推断出真正的城主可能是钟嘉盛，遂还了礼："钟兄，好久不见。"

钟嘉盛只是呵呵一笑，说道："想不到狄大人居然冒用霍老三的名头进入地下城，若是以真身来见，钟某也定会以礼相迎。不过，看今天的状况，狄大人这是要毁我地下城啊！"

狄仁杰也未客气，说道："我只是先你一步而已，这些银子运出地下城后，你不也打算毁灭地下城吗？而且这些居民会被你灭口，连同地下城一起葬身岩浆中！"

钟嘉盛原本就不善言辞，被狄仁杰说中要害，便吧唧吧唧嘴，挑了挑眼眉。

"想不到一直在我身边的钟嘉盛居然是隐藏多年的地支组织十二成员之一硕鼠舒生财，真的看不出来，我还一直拿你当过命的兄弟。"狄仁杰说道。

钟嘉盛脸上并未露出半点愧疚之色，反而得意地摇着头："我的神探狄大人，说说吧，我又是哪里出了破绽？"

狄仁杰冷笑一声，过了好一阵，才说道："你的破绽要从大川驿说起了。"

"洗耳恭听。"

"还记得袭击咱们的狼群吗？狼属群居动物，一个狼群的数量大约是五到十一只，很少有狼群会超过三十只。而且每群狼都有自己的首领，有属于自己的领地，相互之间并不接受其他狼首领的领导，这也就意味着不太可能一只狼首领指挥几百只狼。而在到大川驿的途中，我们遇到了极为罕见的巨大狼群，足足有几百头狼。"狄仁杰分析道。

黎映雪点了点头："有道理，我在大川驿当厨师时，也听过这样的说法。"

"另外，野生的狼群耐饥渴，可以二十天不进食，因此野生的狼大多比较瘦，毛发杂乱，不柔顺、不油亮，而袭击我们的狼膘肥体壮，而且毛发油亮，显然是经常能吃到食物。因此我断定，袭击我们的狼有可能是人豢养的狼群。"狄仁杰说道。

钟嘉盛并未说话，但嘴角的一抹笑意证明了狄仁杰所说属实。

对一般人而言，能养一群狗已是不易，养一群狼几乎就是天方夜谭，但这种事对于十二地支舒生财来说，却不算稀罕事。

"但有些事情也会出乎你的意料，就是狼的野性，当它们见了血，杀红了眼睛，便不顾你的命令，几乎要了咱们的命。关键时刻，你用鼠语命令附近所有的沙鼠撕咬狼王和狼群，这才令狼群退去。"狄仁杰说道。

在当时，袁客师和齐灵芷对附近进行勘察时，发现有很多沙鼠的尸体，袁客师是仵作出身，立刻进行了一番分析，得出的结论不可思议，沙鼠袭击了比它们强大很多的狼！硕鼠舒生财精通鼠语，可以命令老鼠做事，这也是他常年盗墓不失手的法宝之一。

"我们在一处水源地补给时,再次被失控的狼群包围,关键时刻,马匪来了,他们不但告诉了我们哈赤儿被困于大川驿,还知道我们此行的目的。关键的问题是,马匪是怎么知道这些的?"狄仁杰说道。

"是内奸!"袁客师说道。

"没错,我最初也是这么认为的。我侥幸逃生后,在冷泉遇到了黎映雪,我认定她就是内奸,还险些杀了她,但经过沟通后,发现她并不是内奸。袁客师和齐灵芷跟随我多年,也不可能是内奸,鹰眼老九、邱不悔、冷无缺死了,也不可能是内奸,剩下的就是被埋在盗洞中生不见人死不见尸的钟嘉盛了。"狄仁杰说道。

"哈哈,真有你的。"钟嘉盛竖起大拇指。

"那些马匪也是你的人,当时我们伤的伤,病的病,就算有了水源,也很难走出那片戈壁,因此,你通过极其隐秘的手段引来了马匪!"狄仁杰说道。

"没错,那些马匪也都是我的人,还有什么破绽?"钟嘉盛并不遮掩。

"钟嘉盛号称盗神,精通建筑学,对墓葬学、风水学也颇为精通,挖盗洞是最基本的技能。能在诸多帝王诸侯的墓葬中挖出一条盗洞,不但挖掘的方向要正确,更重要的是确保其不会坍塌。为了盗取假银锭配方,你在大川驿挖通一条通往哈赤儿住所的盗洞,最终不但盗洞塌了,还引发了连锁反应,把关联的两座建筑物都挖塌了,对于一名纵横盗墓界几十年的盗神,怎么可能犯这样低级的错误?不过也幸好你的盗洞塌陷,我才得以逃生。因此我才怀疑你,可能是利用此计假死脱身。"狄仁杰说道。

"呼!想不到我留下的破绽这么多,早知道这样,一出洛阳,我就应该杀了你们。"钟嘉盛吐出一口气,表情有些无奈,显然是又被狄仁杰说中了。

"别急,你还有破绽。押送假银锭配方的是哈赤儿和十二护卫,哈赤儿是虎师大将军,有很强的战略指挥能力,加上十二护卫个个都是高手,光明正大地从他手里抢夺配方怕是不可能,只有盗取一条路。你虽以盗墓为生,但盗神的名号并非只来自于盗墓,在你的江湖生涯中,盗取富贵人家的古董财物才是这个名号的真正来源。你知道,当我了解了哈赤儿和十二护卫的能力后,一定会制定出一个盗取配方的计划。因此,从一开始,身为盗神的你就必然会成为我的小队成员。"狄仁杰说道。

"洛阳城那么大,江湖上的偷儿那么多,为什么会只选他?"黎映雪疑惑着问道。

狄仁杰笑了笑:"因为论起偷盗的本领,他最强,至少在我的范围内,唯一的人选就是钟嘉盛。按照我的性格,为了完成任务,一定会不顾一切请求皇帝,把他弄进精英小队中。"

"他这样做的目的是什么?"黎映雪还是不明白。

狄仁杰正要说话,却听钟嘉盛说道:"这点我替狄大人解释。其实我旗下的嘉盛货栈已经存在多年了,只是名字不同而已。原本我成立嘉盛货栈是为了洗钱,把我早年积攒的银两和锻造的假银锭等非官方的银子变成官银。可皇帝和王公贵族们听说我还有玩弄金银的能力后,便给我弄了一个将作大监的官儿。这官儿要是对于一般人来说,是个肥差,可对我来说,它就成了束缚我的绳索,让我无法再做自己要做的事儿。"

"你有事就忙你的事儿好了,和当什么官有什么关系!"黎映雪没当过官儿,自然无法理解官们的感受。

朝廷对官员的管理非常严格,一般地方州府的官吏大部分时间都要在岗位上尽职尽责,除非是省亲、祭祖、迁葬这种人生大事,否则是不允许离开岗位的。州府一级的主官请假需要逐级上报,经过吏部批准后,委派替代的官员上任后,才允许请假的官员离开。

京官和一些比较重要的官请假就更难了,除了吏部审批外,还需要皇帝亲批。将作大监属于京官,而且还是非常重要的京官儿,别说离开神都洛阳,就算想休息一天都是一件奢侈的事儿。哪怕是生病了想请个病假,也要经过大内太医院的诊治后,发现的确无法治愈,需要休养的,皇帝才会批准。

对于普通人,当上了官儿,是件光宗耀祖的事儿,正所谓一人得道鸡犬升天。但当官儿对于钟嘉盛这样的人来说,那就是种煎熬。黎映雪没进过官场,哪会理解其中的奥妙。

"因此并没有什么假银锭配方,哈赤儿和十二护卫只是一个幌子,整个事件真正的目的是让你摆脱朝廷的束缚，重新回到江湖，获得自由。你早就知道内卫鹰隼潜伏在冷泉，便故意派人向他透露消息，以鹰隼的级别，大阁领贾威猛定深信不疑，皇帝得到情报后，会立刻采取行动。宰相娄师德知道我刚刚到吏部报到，还未进行委任，加上我有一群江湖朋友，因此是最合适的人选。"狄仁杰说道。

"对，狄大人的推理还是那么准确，不过，只是这次晚了一点儿而已。"钟嘉盛夸赞道。

"还不算晚，因为我即将破除你的阴谋。"狄仁杰说道。

"我心思这么单纯，能有什么阴谋，就是一些银子而已，你想要，我可以给你，咱们共享荣华富贵。"钟嘉盛笑着说道。

"等这些银两运出幽魂凼，你就会利用助燃剂让岩浆湖大爆发，毁灭整座地下城，连同居民和工匠，以免他们走漏风声。同时岩浆河冲破幽魂凼，在助燃剂的作用下，如同河流般进入大峡谷，这条大峡谷正是大周军队入冷泉的必经之地。钟嘉盛，我只想问你一句，灭了王孝杰率领的三十万大周军队，对你有什么好处？数千万两白银流入大周，必定会破坏其经济体系，导致物价飞涨，民不聊生，这对你又有什么好处？"狄仁杰厉声问道。

钟嘉盛脸上肌肉抽搐了几下，看着狄仁杰的目光逐渐变得复杂起来。

"为了江山稳固，为了李唐王朝，为我李姓王族不再受到迫害，为了那些死在武则天的佞臣手下的冤魂。"阴鸷男子虺明福站了出来，他的语气异常坚定，言语中充满了对武则天的怨恨。

狄仁杰上下打量着虺明福，看他竟然和越王李贞相貌有些相似，试探着问道："你和越王李贞是什么关系？"

虺明福冷哼一声："要不是那姓武的女人，我们怎么会落得如此下场。"

狄仁杰听后又把目光转向钟嘉盛。钟嘉盛呵呵一笑，说道："你猜对了，我也是越王李贞的人，只不过，我并非他的族人，而是他的谋士，可惜，越王起兵太过仓促，加上有些人说一套做一套，喊得比谁都响，但真做起来，连只老鼠都不如，这也导致了越王最终兵败。"

"想不到，想不到，想不到。"狄仁杰一连说了三个想不到。

垂拱四年，即公元688年，越王李贞起兵反武，但因为准备不足，很快败落，和他相关的李姓王侯和将领、大臣都受到牵连，李姓王侯被剥夺原本姓氏，赐予"虺"姓。但他却无论如何也想不到，钟嘉盛除了有十二地支成员硕鼠的身份外，居然还是李贞的谋士，但按照钟嘉盛的智慧，李贞不应该这么快败落，难道……

狄仁杰突然想到了另外一种可能，钟嘉盛很有可能是武则天的人，卧底在李贞身边，让没有准备的李贞贸然起兵，这才导致了李贞的失败。若不是武则天的人，他身为李贞的重要谋士，如何得以存活？

想到这里，狄仁杰露出笑容，目光更加深邃，看向虺明福："如果我告诉你，这位钟嘉盛还有一重身份，就是十二地支成员硕鼠，同时，也是让李贞仓促起兵被害的元凶，你信吗？"

虺明福表情凝重，眼珠转了又转，最后缓缓地看向钟嘉盛。

钟嘉盛的脸色却没有丝毫变化，反而问道："你是信我还是信他？"

此刻的虺明福也拿不定主意，狄仁杰所说的也有些道理，但钟嘉盛现在所做的一切都是为了推翻武则天的政权，等同于为越王李贞报仇。

"狄仁杰，你死到临头还来这么一出反间计，厉害！不过我看你说得意犹未尽，就请继续吧。"钟嘉盛讥讽道。

"整座地下城的建设极其先进，只有精通鲁班书的人才能做到，鲁班书早已失传，现在是靠着鲁班门的人口传亲授传承的，舒生财正是鲁班门的传人。另外，袁客师曾经探索过进入口的甬道，我在进入幽魂凼时，也仔细观察过甬道，甬道的墙壁光滑无比。单从建筑学来说，就连皇宫庭院都不会浪费如此的人力物力，把甬道弄得如此光滑，天下之大，就只有患有严重强迫症的钟嘉盛才会这么做，因此……"

"因此钟嘉盛就是舒生财，舒生财就是钟嘉盛！"钟嘉盛打断狄仁杰的推理。

对于这名长期共事的老朋友，突然变成了一生的夙敌——地支组织成员，曾经的过往一桩桩一件件不停地闪现在狄仁杰的脑海中，直到现在，他都不愿意相信自己的推断。

袁客师也不甘落后，说道："我在探查内城宫殿后面的秘密空间时，发现了一座巨大的宅院，宅院中一切都正常，只是正房有些怪异，只有门没有窗户，整个房间漆黑一片，房间中的布设也极为简单，试问，正常人怎么可能住这样的房子，除了盗神钟嘉盛……"

"没错，我早年时盗墓很多，有时候在墓中一待就是半个月，也就养成了在黑暗中睡觉的习惯，有一点儿光亮我都睡不着，哈哈，想不到，这也被你发现了。"钟嘉盛提起过往，又得意地笑了起来。

"老朋友，现在收手还来得及，我有办法让你重新成为钟嘉盛。"狄仁杰劝道。

自打以钟嘉盛的身份投靠狄仁杰后，他也被狄仁杰的胸襟折服过，甚至一度忘记了自己原本的身份，可最终他还是变成了他，地支组织的头号人物硕鼠舒生财，为地支成员提供巨额的活动经费，出谋划策，甚至参与其中。

钟嘉盛苦笑一声："我都不知道我是不是得了失心疯，这几年里，有时我分不清我究竟是钟嘉盛还是舒生财，不过，现在你提醒了我，从现在起，盗神钟嘉盛已经死了。"

两人你一言我一语地说着，地下二层的烟雾却越来越浓，众人感觉有些呼吸不畅。

城主突然从浓烟中出现，他向袁客师点了点头，意思是工匠们已经撤离，现在他要到地下城中，继续帮助疏散居民。

钟嘉盛转过身来，看向城主，质问道："是我让你坐上了城主的位置，是我让你拥有了荣华富贵，你现在却联合外人出卖我。"随即又转向梁阪律和黎悦榕："还有你们俩，要不是我收留你们，你们能有现在！"

城主低下头，过了一阵，他缓缓抬起头，说道："也是你，让我有了一种身不为人的感受，虽拥有极为丰富的物质生活，却没有做人的尊严，这种生活不但是我，整个地下城的居民又何尝不是这种感受，更何况，在你的计划中，我们都将埋葬在地下城中。"

钟嘉盛摇了摇头，说道："我不想和你争辩，我可以给予你权力，也可以把它收走。我现在命令你，不允许任何人撤离地下城，带人到幽魂凼把遮盖通天柱的杂物清理干净。"

城主冷笑一声："抱歉，做不到。我曾经是城主，现在依然是城主，我不是你的影子，更不是你的傀儡，我要为我的子民负责，而无须再为你负责。撤离的号角已经响了起来，我也派人传达了命令，所有人立刻撤离地下城。"

"如果我不同意，没人可以活着离开地下城！"钟嘉盛给一旁的扎西贡布使了个眼色。

扎西贡布轻蔑地看了一眼袁客师，双手连续掐诀，口中不停地念叨着。

众人正不知所以的时候，突然，眼前的景色变成了地下城入口所在的那片白杨树林，树林中冲出一条巨龙，它在树木间不停地盘旋着，口中不时地喷出火焰和烟雾，龙吟声震得众人耳朵嗡嗡作响。

转瞬后，又出现一只浑身上下冒火的凤凰，它冲天而起，凤鸣声与龙吟相呼应，所过之处甚至连空气都燃烧起来。

城主在地下城生活多年，就算不用眼睛看，也能走出地下城，凭借对地形的熟悉，他毫不犹豫地转身，向自己想象的甬道方向跑去。令人想不到的是，刚刚跑出几步远，就感到脚下一空，整个人不受控制地向下坠去，几秒钟后，他清晰地感到身体像落进火炉子一般，一团团的火焰不断地侵蚀着他的身体，还有很多高热的流体流进他的耳鼻口中。

当他意识丧失的那一刻，他终于知道自己的处境——岩浆湖！

第三十五章　正面恐惧

奇门异术最厉害的是虚实结合，看似虚，实则实，看似实，实则虚。

龙、凤是传说中的生物，它可以是神圣的，也可能是邪恶的。城主的惨叫声并未引起众人的警觉，黎映雪从未见过如此奇景，眼见着龙从头顶飞过，忍不住伸手去摸。

袁客师急忙拉住她："小心，别碰任何东西，不要移动脚步。"

大川驿一役，袁客师已经领教了扎西贡布的厉害，却没想到那次他并未展示真正的实力。从目前的情况看，扎西贡布应该是将整座地下城化为一座法阵，只要还在地下城中，就无法摆脱，最终会被浓烟熏死在地下城中。仅凭一个人的力量，居然将整座地下城变成幻境，这种能力已经快接近半仙了。

此刻，一向不服输的袁客师内心满是恐惧，甚至比在大川驿时还要绝望。对他而言，就算是父亲袁天罡复活，怕是也无法与扎西贡布抗衡。

"呔，你这邪佞之徒，少用这些下三烂手段唬人！"狄仁杰双眼炯炯有神，声音极具穿透力，令袁客师心头变得一阵清明，同时愧意顿显。

奇门异术的博弈讲究的是心境，一旦在心境上落入下乘，就等同于败了，幸好狄仁杰暴喝一声，如同醍醐灌顶一般唤醒袁客师。他深吸一口气，内力运转之下使出佛门功夫——静心诀，转瞬之间，内心的恐惧逐渐散去，取而代之的是平静。

"扎西贡布，奇门异术是用来修炼心境，而不是逞凶斗狠，我劝你收了异术，别再助纣为虐。"袁客师的话一出，众人便知道他是临阵顿悟，面对恐惧，看破恐惧，提升了境界。

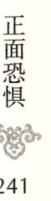

扎西贡布优势占尽，哪里会听袁客师的话，只见他手诀再次变化，一龙一凤朝着袁客师冲了过来，看势头是要把袁客师烧为灰烬。

袁客师双手连掐手诀，脸上的表情并无丝毫变化，浑身衣袍无风自动，突然，他睁开眼睛，身形一晃，便躲过了龙凤的袭击，整个人也消失在烟雾中。

扎西贡布没想到曾经的手下败将居然克服了恐惧，还找到了生门闯了进去，一旦让他找到阵眼，就有可能破了此阵。

扎西贡布冷哼一声，身体和冲过来的火龙合二为一，一龙一凤交缠着冲进浓烟中消失不见。

众人看得面面相觑，却没人敢移动脚步，生怕一步踏错，就会陷入无穷无尽的幻境中，以至于掉落岩浆湖中烧死。梁阪律看准机会连射两把飞刀，一把射向钟嘉盛，一把射向虺明福。想不到的是，钟嘉盛用手中匕首轻而易举地格挡开飞刀，而虺明福伸手一抓，居然把飞刀抓在手中，顺手射向不会武功的黎悦榕。

梁阪律不敢大意，立刻又连射两刀，将射向黎悦榕的飞刀磕飞。

双方在一瞬间交手两个来回，谁都没占到便宜，不敢再轻易出手，只好屏住呼吸等着两人的奇门异术决斗完成的那一刻。

随着时间的推移，空间中的烟雾越来越大。幻境虽说是幻境，但烟雾却是真实的，就算众人不动，不会坠入阵法中，也坚持不了多久。

奇门异术本就超出了人类知识的范畴，两人又都是此道的顶级高手，对决时看起来风平浪静，实则凶险异常。最初时，袁客师担心狄仁杰、齐灵芷等人挺不了太长时间，被对方抓住破绽，处处被动。随着对决越来越激烈，他逐渐放空所有情绪，整个人居然与阵法融为一体，与扎西贡布争夺阵法的控制权。

一龙一凤在空中不停地搏杀着，两者分开又合，合了又分，最终在一定距离上，两者各自蓄力，猛地冲向对方，在一阵巨大的声响和爆炸后，整个空间归于平静。

幻境一下子散去，只剩下浓浓的烟雾和投射出诡异红光的岩浆湖和岩浆河。幻境消失就意味着扎西贡布的失败，奇怪的是，袁客师和扎西贡布却不见踪影。

"行动！"狄仁杰和黎映雪、黎悦榕几乎同时间冲向助燃剂木桶。

而齐灵芷和梁阪律分别对上魊明福和钟嘉盛。魊明福曾经在大川驿一役中轻松打败齐灵芷，在他眼里，齐灵芷只是一个初出茅庐的小丫头，没有江湖磨炼和数十年的苦功，哪怕有青玄师太这样的师父，也不可能有更高的成就。

士别三日当刮目相待。

齐灵芷不像梁阪律一般，喜欢讲江湖规矩，她的目的性很强，赢了就是赢了，手段不限！她一出手便使出师门绝学回风雪舞剑法中的大杀招——漫天飞雪，只见她轻叱一声，脚尖一点，身体急速上旋，将周围的烟雾卷成一个漩涡，随后在半空中一个折腰，同时手腕轻抖，剑光闪动幻作漫天飞雪卷向魊明福，不等对方反应过来，她将回风雪舞剑的前三招一气呵成，在半空中压向魊明福。

齐灵芷的剑招又快又刁钻，一上手这几剑便封住了魊明福所有退路。魊明福甚至来不及戴上那副刀枪不入的手套，只好向后使出一个懒驴打滚，勉强躲过对方的剑式，却被剑锋在脸上割出一道伤口。

魊明福戴上手套，幽蓝色的铁爪瞬间弹出，正要施展功夫，却见齐灵芷一招得势，不容对方反击，身体斜斜向上飘出，也不回头，反手刺出了两剑，剑气随着剑身飞射而出，居然将浓烟雾分开，射向他的胸腹。

"好快的剑法！"

不等剑气射到对方身上，她斜斜再一个翻身，手中长剑一抖，幻作千百支剑气，夹着宝剑本身携带的寒风射向魊明福。

"不好！"魊明福躲无可躲，只得挺着受伤，身体一侧，内力集中在右爪上，抓向齐灵芷的头部。

齐灵芷漫天飞雪的招数使完，身体一收势，使出移形换影的功夫，躲开了对方的致命一击。与此同时，数十道剑气打在魊明福的身上，刺出数道深可见骨的伤口，鲜血瞬间染红了他的衣袍，剑气的力道悉数打在他身上，他不断地后退着，以化解剑气所带来的伤害。

终于，他停了下来，看着地面上洒了一地的鲜血，他不敢相信地看向齐灵芷："不可能。"

齐灵芷微微一笑，说道："世界上就没有不可能的事儿！"

在数天之前，虺明福和齐灵芷对战时，如同猫捉老鼠一般，时隔数日，却反了过来。实际上，齐灵芷的武功的确有了进步，却没达到一招打败虺明福的程度，但虺明福轻敌在先，加上齐灵芷一上来就使出了大杀招，打他个措手不及，这才导致他的败落。

"还不算完！"虺明福并未认输，强忍剧痛身形一晃，消失在烟雾中，他虽受到重创，却并未伤及要害，若利用地形之便，也许还有一线生机。

齐灵芷已经占尽优势，哪肯放过他，纵起轻功追了过去。

人的精力是有限的，钟嘉盛穷极一生都在钻研鲁班书，在武功上便没有太大的成就，因此武功路数偏向于取巧。

梁阪律早年也是江湖中的一把好手，用的是硬桥硬马的功夫，但遇到了狡诈异常的钟嘉盛，他却发现自己竟然施展不开武功，甚至数次险被对方反杀。

"嘭！"第一个落到岩浆湖中的助燃剂桶发生爆炸，随即第二个、第三个……

岩浆湖受到几十次爆炸冲击后，地壳薄弱处被炸开一个大口子，它终于发威了，地面开始不停地颤动着，原本暗红色的岩浆湖变成了亮红色，岩浆湖中央位置不断地冒出气泡，气泡越来越密集，一些岩浆不甘心地心引力的束缚，借着气泡的升力飞了起来，再落下时，与上升的岩浆碰撞在一起，散射出大片的火花。

地震令悬崖裂开，一部分崖体剥离开来。悬崖上的汲取装置摇晃几下后，脱离了固定装置，连同一大块悬崖石壁坠落到岩浆湖中。

钟嘉盛已经红了眼睛，连续猛攻数招逼退梁阪律后，挥着匕首冲向正在搬运木桶的黎悦榕。

"悦榕小心！"梁阪律大声提醒着，同时向钟嘉盛射出两柄飞刀。

钟嘉盛不闪不避，两柄飞刀相继刺中他的后背，却未对他造成任何伤害，飞刀"当啷"一声落在地上，他保持原有的冲势，双眼冒出凶光，眼见匕首就要刺中黎悦榕的胸部，黎悦榕急忙后退着，却一脚踏空，眼见着整个人就要掉入岩浆湖中。

狄仁杰从一旁冲了过来,把钟嘉盛一下子扑倒,化解了他的攻势,却来不及救援黎悦榕。钟嘉盛嘿嘿一笑,挥着匕首向狄仁杰刺去,狄仁杰抓住对方手腕,扭打在一起。

黎映雪手疾眼快,上前一把抓住姐姐的手,用力一拉,将她拉了回来。因拉动的力量太大,两人瞬间调换了位置,两人的手脱离开,黎悦榕一下子摔倒在地。黎映雪松了一口气,正要去扶姐姐,脚下的悬崖和崖体却分裂开来。

穹顶和周边起到支撑作用的大墙裂开,石块不停地从空中砸下来,通天柱也开始倒塌,巨大的尘土混合着原本的烟雾四散开来。

"映雪!"黎悦榕不知道哪来的力量,立刻站起身,奋不顾身地向妹妹冲了过去。

"姐!"黎映雪在崖体脱落的瞬间,抓住了悬崖边的一块凸出的石头,她奋力地向上使劲儿,怎奈凸出的石头面积太小,怎么也上不来。

黎悦榕来到悬崖边,伸手抓住黎映雪的手腕,用力地拉她。

梁阪律将轻功施展到极致,闪电一般地冲向黎悦榕。就在他即将抓到黎映雪的另一只手时,一股岩浆从岩浆湖喷射而出,喷射的方向正好是黎映雪三人所在的位置,如果无法把黎映雪及时拉上来,三人就会被岩浆活活烧死。

黎映雪依依不舍地看了一眼姐姐,猛地挣脱了黎悦榕的手,整个人跌落下去。黎悦榕手上一空,看着妹妹向下坠去,她不甘心,完全不顾飞来的岩浆,身体继续向前探着,试图去抓黎映雪。

在岩浆即将冲到黎悦榕身上时,梁阪律及时地抱着她飞离悬崖边。

"映雪!"黎悦榕瘫软在地上,眼泪瞬间流了下来。

虽说狄仁杰武功不高,却胜在拼命,数次抱着钟嘉盛向岩浆湖滚去,但都被他挣脱,两人打得有来有往。狄仁杰见黎映雪掉入岩浆湖中,定是没了生机,心中怒气爆满,不顾一切地冲向钟嘉盛,他的出拳毫无章法,却每一拳都用尽力气,打在对方的脸上。

俗话说得好,乱拳打死老师傅,钟嘉盛再狡猾,也敌不过狄仁杰的乱拳。转瞬之间，钟嘉盛被打得口鼻流血，连匕首都不知道被打飞到哪里。

"狄大人，这里快要塌了，快走。"梁阪律冲着狄仁杰喊着。

狄仁杰已经进入疯魔状态，加上地震和岩浆喷发的声音，哪还听得见人的喊声。梁阪律咬了咬牙，只得背起黎悦榕，身形一转向远处的甬道奔去。

此时的地下城充满浓烟，钟嘉盛武功虽说不差，但他的内功并不高明，不能像齐灵芷、袁客师、梁阪律等高手一般，仅凭一口内息便活动自如，几口浓烟吸进肺中，便被熏得头晕眼花，否则，十个狄仁杰也不是他的对手。

被按在地上的钟嘉盛突然伸出手抓住狄仁杰的拳头，哀求道："狄仁杰，地下城就要塌了，咱们不如收手，先逃出去再说。活着还能做一些事，死在这儿没有任何好处！"

狄仁杰也吸入了大量的浓烟，仅凭着强悍的意志力与钟嘉盛搏斗，实际上早已力竭，听了钟嘉盛的话，他丹田中一口气泄了下来，猛烈地咳嗽着，眼睛被熏得流下眼泪来，看着鼻青脸肿的钟嘉盛，苦笑一声："我是该叫你钟嘉盛还是舒生财？"

揪出幕后真凶和杀死他并不是最终目的，最终目的是化解三国之间的战争，如果钟嘉盛弃暗投明，愿意配合狄仁杰，对化解这场战争十分有利。

舒生财在十二地支中号称硕鼠，硕鼠不仅代表着贪婪，更代表着狡诈，只要还有一口气，就永远会有诡计。

钟嘉盛嘴角露出一丝诡异的笑容："叫什么并不重要。"

钟嘉盛抬脚将狄仁杰踢到一旁，随后几个纵身，便离开了悬崖。狄仁杰晃晃悠悠地站起身，把剩余的木桶推入岩浆湖，随后躲避着上方掉下来的石块，向甬道跑去。

第三十六章　尾声

人为财死，鸟为食亡。

浓烟已经从地下二层蔓延到地下城中，得到疏散号令的人们打开甬道，纷纷撤离地下城。在秘密空间的打手们已是群龙无首的状态，眼见着浓烟逐渐弥漫到整个空间，地面不断地颤抖着，有些地方开始裂开一条缝，巨大的通天柱有了倒塌的迹象，那些堆在通天柱附近的银箱子被震得倒在地上，白花花的银子散落出来。

这些人因为生活贫苦才被招到地下城，眼见地下城要毁灭，又有这么多银子，谁能不动心思？

张三、李四是最现实的，也是胆子最大的，两人对视一眼，几乎不约而同地跑到银箱子附近，抓了银锭子揣进怀里。众人一看，立刻红了眼睛，纷纷冲上前去，玩命地往怀里揣银子。

银子固然重要，但他们疏忽了一点，如果出不去，揣了再多的银子也没用。

一些年长的工匠明白这个道理，抓了几锭银子后便朝着甬道跑去。张三、李四却不然，他们穷怕了，想借此机会一夜暴富，他们把衣袍脱了下来，把银锭子放在上面，堆满了便把衣袍扎成一个包裹，再脱下内衬，又去捡银子……

张三、李四正驮着两个沉重的包袱向甬道缓慢地走去，就在他们即将进入甬道时，秘密空间的通天柱终于倒塌，无数青砖和穹顶的石块砸了下来，不但将甬道堵住，还砸伤了张三的腿，一些青砖把两人的包袱砸开，银子又散落一地。

两人却并未再寻找其他出口，反而不停地捡着银锭子，想重新包裹起来。

秘密空间的地面突然塌陷，几乎大半个空间的地面落了下去，正好落在巨大的岩浆湖中，青砖、地面、银子落入高温的岩浆中，瞬间成为岩浆的一部分。

……

扎西贡布看着已经趋于毁灭的地下城，知道这次自己彻底败了，回头看了一眼追来的袁客师，眼中尽是羡慕之色。单论对奇门异术的理解，袁客师远不如他，但论起境界，他却不如袁客师，这也是他最终败北的原因。他太沉迷于对奇门异术的追逐，以至于忘了学习和研究奇门异术的目的不是为了逞凶斗狠，不是为了打败对手，而是为了服务于人类。

经历了袁客师顿悟的全过程后，他也顿悟了，可惜的是，他顿悟的时间不合时宜。

空间坍塌，浓烟弥漫，岩浆湖的爆发令整个空间温度急剧上升，用地狱两个字来形容现在的地下城也不为过。

扎西贡布笑了笑："我送你出去！"

袁客师不知道他这句话是什么意思，依然掐着手诀，防止对方突然袭击。

扎西贡布闪身来到一堵墙前，双手连续掐着手诀，口中不停地念叨着。令人惊讶的是，那堵墙居然从中间一分为二，露出一个黑洞洞的空间。

"从这里上去就是白杨树林，相信你能走出白杨树林阵。"扎西贡布伸手示意袁客师离开。

"那你呢？"

"我……"扎西贡布惨笑一声，随后说道："我还需要维系地下城的稳定，给你们争取一些时间撤离。不过，我也坚持不了多久！"

两人之前虽是敌人，可在这一刻，他们惺惺相惜，反而成了知心朋友。

"我还要去找灵芝，她不离开，我也不会离开。"

扎西贡布双手迅速捏起手诀，片刻后，他指了一个方向："她在那儿，如果可能，帮我把虺明福带出去，他……心思并不坏，只是被仇恨蒙蔽了双眼。"

"明白！"袁客师点了点头，一个闪身离开原地。

……

大半穹顶落了下来，砸垮了地下城的地面，与之一起落入岩浆湖中，地下城继续坍塌着，岩浆湖升高的速度很快，已经没过了悬崖，随着时间推移，面积也越来越大。

酏明福身形一个不稳，摔落在地上，地面裂开一条缝隙，下方就是暗红色的岩浆，他奋力地向上爬着，怎奈他伤势太重，加上裂缝周边的土壤松动，眼见着他就要滑落下去。

关键时刻，齐灵芷把剑鞘伸到了他的面前："快，抓住剑鞘，我拉你上来。"

酏明福惨笑一声："在越王殿下兵败的那一刻，我的心已经死了，这几年来，我寝食难安，无时无刻不在想着复仇的事儿，现在，我明白了，一切都是天意，我也该去见殿下了，谢谢你！"

酏明福松开了手，身体迅速向下坠去，转瞬之后便消失在岩浆中。

"姐姐，快走！"袁客师飞奔过来，拉起齐灵芷向甬道飞奔而去。

巨大的石块和青石砖不断地落下来，齐灵芷从酏明福的死亡中缓过神来，反过来拉着袁客师的手，不断地闪展腾挪，躲避着石块。

论武功，袁客师比不上齐灵芷，但论轻功，他丝毫不逊色，从眼前的情况来看，齐灵芷的轻功也胜过他很多。从大川驿一役到现在，时间还不到一个月，青玄师太再厉害，也不可能在这么短的时间内把齐灵芷的武功调教得这么高。

两人终于从甬道冲出地下城，眼见着整个幽魂凼开始下陷，岩浆不时地蹿了出来，不断地将周围的温度升高。

工匠和居民在梁阪律的指挥下朝着幽魂凼外疏散着，安顿好之后，他才来到袁客师和齐灵芷面前，说道："先离开这儿。"

"可是狄大人还在里面。"袁客师说道。

黎悦榕走了过来，她脸上的神情悲戚，眼睛有些红肿，还沉浸在失去妹妹的痛苦中："两位，岩浆湖一旦爆发，会很快吞没地下城，最后把整个

第三十六章 尾声

幽魂凼变成一片火海，看现在的状况，狄大人很难再有机会生还。"

阴阳护法跑了过来，边跑边说道："大哥，居民都撤离到安全地带了，岩浆湖就要大喷发了，咱们得赶紧离开。"

话音未落，地面再次颤抖起来，地面不断地塌陷下去，大片的岩浆暴露出来，红色光芒染红了整个山谷。

袁客师犹豫一阵，才说道："但愿大人吉人天相。"

众人急速向外离去，刚走出那条死亡线，幽魂凼中的地面便再次塌陷，整个幽魂凼变成了一座巨大的岩浆湖，岩浆湖还在以肉眼可见的速度不断地上升着，若按照此速度继续上升，怕是岩浆会冲出山谷，沿着官道顺流而下。

"姐姐，大周军队现在位于何处？"袁客师问道。

"我来的时候，大军还未进入峡谷中。"

袁客师松了一口气。就算岩浆喷发无法控制，冲入峡谷中，也不会对大周军队造成影响。

"咱们还是先退到安全地带吧。"梁阪律建议道。

"你们先去，我在这儿等一会儿，也许狄大人……"袁客师望着已经是一片火海的幽魂凼说着。

自人类诞生智慧以来，一直以地球主人自居，极尽手段改造自然，改造环境，企图征服大自然，可大自然的力量是浩瀚的，人类在大自然面前如同蝼蚁一般。就像眼前的岩浆喷发一般，任你武功再高，任你军队数量再多，哪怕是钢铁，在它面前也只是一缕飞灰罢了。

众人对狄仁杰都有着极深的感情，既然要等，那就一起等着，可惜的是，直到岩浆湖已经上升到和地平面平齐，也没能看到狄仁杰的身影。众人只得退到附近的高地上，却并未走远，他们依然不死心，不相信狄仁杰就这样死了。

天边露出鱼肚白，群鸟儿从树林飞起，不断地向远方飞去。

岩浆湖也迎来了最大的一次爆发，岩浆喷出了几十丈的高度，巨量的岩浆流顺着幽魂凼流了出来，沿着峡谷向地势低的方向流去，远远望去，如同一条巨大的火蛇，吞噬着经过的一切。

"梁大哥,我和灵芷去白杨树林那个出口看看,要不,你们先离开这儿,可以到鄠州暂时避避战祸,那里还有狄大人未处理完的事儿,此间事情处理完毕后,我俩就会去鄠州找你们会合。"袁客师依然不死心。

狄仁杰曾经分析过,炼制假银锭需要真银锭,真银锭很可能来自鄠州。

"白杨树林我比较熟,要去就一起去看看吧!"黎悦榕抹了抹眼泪,她也带着一丝希望,希望妹妹黎映雪也会出现在白杨树林的出口。

当四人来到白杨树林时,一股股浓烟从树林深处冒了出来,应该是部分岩浆通过甬道冲了出来,流到了树林中,引发了火灾。

袁客师和齐灵芷对视一眼,身形一闪,便钻进树林中。

不得不说狄仁杰是幸运的,他所在的位置地势较高,否则,光是流出来的岩浆就足以把他烧成灰烬,恰好他又处于上风区域,火焰并未波及他所在的区域,这才活了下来。

袁客师和齐灵芷尝试着唤醒狄仁杰,但他已处于深度昏迷中,任凭两人如何召唤都没醒过来,袁客师只好背起狄仁杰,绕过着火的区域出了白杨树林。

黎悦榕满心希望地看向袁客师和齐灵芷,得到的却是两人微微摇了摇头,她一下子瘫软在地,她知道,妹妹黎映雪永远地留在地下城中。

袁客师施展内功给狄仁杰推血过宫,过了好一阵,当他的内力快要耗尽时,狄仁杰才猛地吐出一口气,随后剧烈地咳嗽起来。

"醒了,狄大人醒了!"齐灵芷急忙把水囊递给他。

狄仁杰接过水囊一口气喝干,神情恍惚地看着眼前的四人,过了一阵,刺眼的阳光令他有些睁不开眼,他用手遮住太阳,麻木的头脑顿时清醒过来,回过头向幽魂凼的方向看着。

"居民都撤离了吗?"狄仁杰的嗓子变得沙哑,却透露出浓浓的关怀之意。

"都撤出来了。"齐灵芷答道。

当狄仁杰看到黎悦榕满脸悲戚后,他的心一下子沉了下来,缓缓地站起身,朝着幽魂凼的方向拜了拜。

"大人,钟大……舒生财呢?"袁客师本想叫钟嘉盛为钟大哥,最终还是改了口。

狄仁杰叹了一口气："舒生财已经死了。"

袁客师听出狄仁杰的语气中有些怪异，却不敢多问，只好说道："大人，计划成功了，银子一两也没离开地下城，大周军队也未受到任何损伤。"

太阳渐渐地升了起来，一阵风吹过，幽魂凼上方的乌云逐渐散开，阳光照射在幽魂凼的地面上，已经冷却的岩浆岩呈现出乌黑的颜色，如同一块墨玉一般镶嵌在大地上。也许，千百年后，幽魂凼会再次变成神仙谷。

……

战争是残酷的。

狄仁杰、袁客师、齐灵芷站在冷泉附近的一座山上，看着不远处的冷泉，残破的城墙上已经插上了大周的军旗，崭新的军旗在风中呼啦啦地响着，盔甲鲜明的士兵在城墙上巡逻，与残破的城墙和城内破败的建筑形成鲜明的对比。

大将军王孝杰站在城墙上，十六年前，他率军与吐蕃大战，在诸多牵绊中，被吐蕃大军打败并被俘。如今，他终于扬眉吐气地站在城墙上，看着这来之不易的胜利，不禁感慨万分。

若不是狄仁杰等人冒死破坏了钟嘉盛的阴谋，他率领的三十万大军怕是会被岩浆烧死在峡谷中。得到情报后，他命大军立刻停止前进，埋伏在山谷两侧的高地，同时让大军把军旗、盔甲、马匹、车辆等丢弃在峡谷中，伪造大军被岩浆河摧毁的假象，以迷惑对方。

吐蕃和西突厥联军按照之前制定的计划，率领大军对出动的大周军队进行围剿，然而，等待他们的却是从高地滚下来的檑木、滚石、弓弩、火油等，大量伤亡之下，两国联军溃败，王孝杰趁机率大军乘胜追击，一举打败了联军，收复了冷泉地区。

然而狄仁杰并未停留于眼前的功绩中，立刻起程前往鄜州继续追查假银锭一案，按照他的推理，以钟嘉盛的财力、物力，仅够建造地下城，而炼制假银锭所需的真银锭，很可能来自于鄜州府库，这就意味着，鄜州刺史府的官员勾结外敌，利用职权之便提取大量的军饷，为钟嘉盛所用。

打仗只需要勇猛加上谋略即可，与贪官斗争，远比打仗复杂得多。

"狄大人,保重,若需要我时,尽可开口,王某定全力以赴!"王孝杰想起离别时他对狄仁杰说的话。

……

冷泉通往鄯州的官道已经恢复了往日的平静,人们或行走或赶着马车。狄仁杰、齐灵芷、袁客师骑着马慢悠悠地向前走着,三人神情轻松,如同外出游玩一般。

随着妹妹黎映雪的死,黎悦榕心死如灰。梁阪律以侠客自居,但经过此事后,他有些分不清真正的侠义是什么,他也需要时间来思考,所以两人决定隐居山中。

正所谓人在红尘中,历经红尘事。先立后破,不立不破。两人有很多事不明白,是因为在红尘中的历练还不够。

钟嘉盛已死在地下城中,但遍布全国的嘉盛货栈还在,需要人来打理。不如再入红尘,接手嘉盛货栈的经营,造福更多的百姓。

梁阪律和黎悦榕再次被狄仁杰的说辞打动,决定接手嘉盛货栈,把红尘中的历练做到极致。

狄仁杰三人则前往鄯州,继续查察假银锭一案,狄仁杰心中清楚,大川驿一战也好,幽魂凼也罢,都远比不上官场斗争的残酷。

经历过生死的袁客师紧紧地拉着齐灵芷的手,骑着马并肩而行,见狄仁杰在前面默默地骑马前行,袁客师内心中生出愧疚,和齐灵芷对视一眼,两人同时松开手,双腿一夹,马儿飞奔向前,一左一右地陪着狄仁杰。

见两人满脸的幸福,狄仁杰会心一笑。

"大人,此处只有咱们三人,和我俩说说,您是怎么逃出地下城的?"袁客师小声问道。

狄仁杰笑了笑,说道:"就知道你会忍不住来问。是他,是他把我救出地下城的。"

看到狄仁杰的表情,齐灵芷和袁客师便知道狄仁杰口中的"他"很可能指的就是钟嘉盛。

"他真的死了吗?"

"真的死了,和那些银子永远地留在了幽魂凼的地下。"狄仁杰显然不愿多说，只是敷衍着。

"大人，最后这批银子永远地留在幽魂凶地下，但之前的五年，也有很多假银锭流入市场，该如何处理？"袁客师问道。

狄仁杰笑了笑，说道："我问过黎悦榕，真银锭和假银锭的区别在于两者的熔点不同，假银锭在炼制时，熔点高了很多，其余并无两样，既然如此，不管也罢！"

袁客师天资聪慧，立刻明白了狄仁杰的意思。

假银锭早在数年前就通过嘉盛货栈在市场上流通，大周经济体系庞大，已把这些假银锭消化完，既然难以分辨真假，索性就不分辨，让这些假银锭继续流通下去。

齐灵芷眼珠转了转，又问道："那……钟嘉盛的事儿怎么和皇帝禀报？"

狄仁杰摊了摊手："钟嘉盛在大川驿一役中为国捐躯，还需要怎么禀报？"

"也对。"齐灵芷鼓着嘴做了一个鬼脸，又看向若有所思的袁客师，她向后扬着身子越过狄仁杰向袁客师问道："小袁神捕，你想什么呢？"

袁客师立刻答道："没事，没想什么。"

其实袁客师想起了黎映雪，和齐灵芷一样，她正值青春年华的年纪，为了寻找失踪的姐姐而卷入一场巨大的阴谋中，最终找到了姐姐却无缘相聚，实在是可怜。

"你肯定有事瞒着我！"

"我没有！"

狄仁杰看着拌嘴的二人又是一笑，向齐灵芷问道："灵芷，我也有件事比较好奇，可不可以问你？"

齐灵芷放弃对袁客师的追问，说道："好啊。"

"大川驿一役，你败在觑明福手上，但在地下城时，你又轻松地击败了他，按说你的武功就算是进步神速，也不可能这么快吧，你是怎么做到的？"狄仁杰好奇地问道。

齐灵芷歪着脖子支吾了一阵，看到周围没人后，才小声说道："师父给了我一些丹药，吃了之后不但能让我的伤势复原神速，还能让人力气变大，内力暴增，和甪明福对敌时，他太过轻敌，所以我才打败了他。"

"原来是这样啊。"狄仁杰只是听说过青玄师太这位江湖奇人，却始终无缘相见，想来还是缘分未到吧。

袁客师听后来了精神，一拉缰绳，来到齐灵芷身旁："姐姐，那个丹药叫什么？还有吗？给我弄两颗。"

齐灵芷白了袁客师一眼，说道："有是有，但不能给你，我师父说了，想要有高明的武功，还得勤加练习才行。"

袁客师有些失望，向狄仁杰投去求助的目光。

狄仁杰假装没看见，清了清嗓子，双腿一夹，马儿嘶鸣一声，立刻向前奔去。

"不过我可以告诉你丹药的名字。"齐灵芷说道。

"铁尸丹吗？之前听你说过一百次了，是你师父的朋友，那个神秘客炼制的，吃了之后可以力大无穷、不畏疼痛。"袁客师撇了撇嘴。

"当然不是，铁尸丹会让人失去神智，这种丹药不会。"

"那叫什么？"

"避水丹。"

狄仁杰也听得清楚，嘴里重复着："避水丹，避水丹……"

第三十六章 尾声